나는 쿄아였다

나는 코아였다

초판 1쇄 인쇄일 2024년 11월 27일
초판 1쇄 발행일 2024년 12월 7일

지은이 허선화
펴낸이 양옥매
편 집 홍민지
디자인 표지혜 송다희
마케팅 송용호

펴낸곳 도서출판 책과나무
출판등록 제2012-000376
주소 서울특별시 마포구 방울내로 79 이노빌딩 302호
대표전화 02.372.1537   **팩스** 02.372.1538
이메일 booknamu2007@naver.com
홈페이지 www.booknamu.com
ISBN 979-11-6752-547-5 (03800)

나는 코아였다

알코올 중독자 딸의 상처와 극복의 기록

허선화 지음

나의 아버지와 어머니,

그리고 세상의 코아들에게 이 책을 바친다

프롤로그

어쩌면 독자에게는 '코아'라는 용어가 낯설지도 모르겠
다. 코아(COA)란 알코올 중독자의 자녀(Children of the
Alcoholics)를 일컫는 말이다. '자녀를 제대로 사회화시키고
양육할 만한 능력이 갖추어지지 않은 혼란스러운 가정'이라
는 의미의 '역기능 가정'이라는 용어는 심리학자들이 알코올
중독자가 있는 가정을 연구하는 과정에서 만들어냈다. 그
만큼 알코올 중독자가 있는 가정은 제대로 기능하지 못하는
가정을 대표하게 되었다.

오랫동안 나는 내 성격에서 나조차도 이해할 수 없는 면
이 어떻게 형성되었는지 궁금했다. 내가 어찌할 수 없었던
어린 시절의 경험이 성인이 되어서까지 삶의 고비마다 나를
괴롭혔다. 40대 초반이 되어서야 나는 코아라는 낯선 용어
를 접하게 되었고, 내게 코아들에게 발견되는 인지적, 정서
적 특성이 있다는 사실을 알게 되었다.

나는 전형적인 코아였다. 그 발견은 뼈아팠다. 그저 아버
지가 알코올 중독자여서 내가 남들보다 힘든 삶을 살아왔다

고만 생각했다. 그러나 중독을 가진 부모 밑에서 성장한 결과가 내 성격과 정서에 얼마나 깊은 흔적을 남겼는지 깨닫고 나는 절망했다. 과연 그 영향을 극복할 수 있는 것인지, 죽을 때까지 중독이 남긴 상처를 안고 살아가야 하는 것인지 답을 찾을 수 없는 질문에 괴로웠다.

　미리 일러두자면, 이 책은 치유에 대한 서사가 아니다. 불우한 환경을 극복하고 성공한 이야기는 더더욱 아니다. 그런 이야기를 기대하는 독자라면 책을 덮어도 좋다. 이 책은 내 가족의 이야기이자 나 자신의 이야기이다. 내가 보아온 중독을 가진 아버지의 모습을 그려내고 싶었다. 그리고 중독이 내게 미친 영향과 코아의 심리가 어떻게 형성되었는지를 탐구하고 싶었다.

　코아에게는 자신만의 생존방식이 있다. 고통스러운 현실을 잊고 살아남기 위해 무의식적으로 택한 그 생존방식이 결국은 자신을 괴롭히는 족쇄가 된다. 코아들 각자가 택한 방식은 모두 다르다. 내 경우에는 동반 의존(codependency)과 보상 심리, 그리고 과대자기(grandiose self)가 주요한 방식이었다. 나는 이 책을 통해 어떻게 그러한 생존방식이 형성되었는지 보여주려 한다. 가끔 설명을 덧붙이겠지만 세

세한 분석 없이도 독자들은 자연스럽게 고개를 끄덕이게
될 것이다.

　코아가 내 정체성을 전부 구성하지는 않지만, 내 정체성
의 핵심에 코아가 있다는 사실은 부인할 수 없다. 나는 코
아의 경험을 기록함으로써 과거의 나와 만나고 싶었다. 그
리고 나와 같은 코아들이 이 책을 읽고 그들의 경험과 마주
하기를 바랐다. 내가 알기로 코아들은 과거의 아픈 경험을
끄집어내기를 싫어한다. 그저 묻어두고 지나간 일일 뿐이
라고 생각한다. 다시 옛날의 상처를 들쑤셔서 달라질 건 없
으니까. 과거의 경험이 자기 삶에 아무런 영향을 끼치지 않
았다거나 이미 그 영향에서 완전히 벗어났다고 주장하기도
한다.
　나는 그런 코아들이 안타까웠다. 그 말이 사실이라면 얼
마나 좋을까. 잔인한 말일지도 모르지만, 나는 코아들이 자
신의 상처를 직면하고 치유가 필요하다는 사실을 알리고 싶
다. 그리고 가능하다면, 함께 위로받기를 바란다. 내가 이
책을 쓰면서 수 없이 눈물을 흘렸듯 그들도 이 책을 읽으며
억눌러왔던 울음을 토해냈으면 좋겠다. 그 과정에서 조금씩
치유를 향한 발걸음을 내딛기를 바란다.

이 세상에는 너무나 많은 코아가 있다. 자신이 코아인 줄도 모르는 이들도 많다. 군이 이 용어가 필요한가 싶을 정도로 코아의 심리적 특성에는 보편적인 면이 존재한다. '나는 코아가 아닌데 나에게도 비슷한 면이 있다'고 생각할 독자들도 있을 것이다. 중독자가 아니지만 학대나 방임한 부모 밑에서 성장했을 수도 있고, 어린 시절에 감당해서는 안 될 책임을 떠안았을 수도 있다. 당신이 코아든 아니든, 이 책을 통해 어린 시절의 '나'를 마주하고 지금까지 애쓰며 살아온 자신을 위로할 수 있다면 용기를 내어 책을 쓴 보람은 충분할 것이다. 코아의 치유 여정 이야기는 다음을 기약하겠다. 어쩌면 이 책을 쓰고 고치는 것 자체가 가장 의미 있는 치유의 작업이 될 수도 있을 것이다.

차 례

3부 성장과 용서

4부 트라우마의 습격

1부

괴물 아버지

나는 어릴 때 아버지가 없어지기를 바랐다.

아버지는 괴물이었으니까.

그러나 내 삶에는 전혀 다른 일이 일어났다.

중독의 시작

나의 첫 기억은 대여섯 살 때로 거슬러 올라간다. 오후였다. 나는 완만한 언덕을 올라 집으로 가고 있었다. 그러다 누군가 머리채를 잡기라도 한 듯 자리에 멈춰 섰다. 집 앞 댓돌 위에서 얼굴이 벌겋게 달아오른 아버지가 고래고래 소리를 지르고 있었다. 아버지는 손을 휘저으며 발로 무엇인가를 걷어찼다. 그것이 나뒹굴었다. 놀란 나는 눈을 크게 뜨고 자세히 쳐다보았다. 어머니였다. 어머니는 등을 웅크린 채 옆으로 몸을 돌렸다. 어머니의 입에서는 아무 소리도 새어 나오지 않았다. 그 순간 내 몸은 그 자리에 얼어 버렸다. '아빠는 왜 엄마를 때리는 거지? 엄마는 왜 맞고 누워 있을까? 설마 엄마가 죽은 건 아니겠지? 가서 엄마를 도와주고 싶어.' 그러나 얼굴이 파랗게 질린 나는 그저 서 있기만 했다. 생애 처음 목격한 그 광경은 영화의 한 장면처럼 내 뇌리에 박혔다. 아버지가 술을 마시면 괴물같이 변한다는 사실을 알게 된 것은 그로부터 좀 더 시간이 흐른 후였다.

아버지는 1937년 황해도 수안에서 3남 1녀 중 막내로 태어났다. 아버지는 어릴 때부터 뭐든 자기 맘대로 되지 않으면 견디지 못하는 괴팍한 성격의 소유자였다. 그가 열 네 살에 6·25가 일어났다. 소련 군대가 한국에 들어와 만든 소년단에 가입해 완장을 차고 다니며 마을 아이들의 대장 노릇을 했다. 그때 아버지는 러시아어를 조금 배워 "아진(Один, 하나), 드바(Два, 둘), 뜨리(Три, 셋)"하며 러시아어로 숫자를 세고 "젠기 다바이(Деньги Давай '돈을 달라'는 뜻)"라며 뜻 모를 말을 종종 했다.

할아버지는 지금의 공무원 격인 '주사'라는 직업을 가지고 있었다. 1·4후퇴 때 인민군에 끌려간 첫째 아들과 만삭인 딸을 남겨두고 아내와 며느리, 둘째, 셋째 아들, 그리고 자신의 남동생을 데리고 남한으로 피난을 왔다. 나중에 다시 북한으로 돌아갈 심산이었으나 휴전선이 막히는 바람에 남겨두고 온 가족과 영원히 이별하고 말았다.

여섯 식구는 공주 정안의 어느 부잣집 사랑채에서 기거하게 되었다. 성품이 조용하고 천성이 선비였던 할아버지는 남한에서 할 일을 찾지 못하고, 종일 책을 읽고 낚시하며 소일했다. 생활력이 강했던 할머니가 새우젓 장사로 가족을 부양했다.

아버지는 야망이 큰 소년이었다. 조부모님은 어려운 살림에도 공부를 제법 잘하는 아버지를 서울에 있는 대학에 보냈다. 대학생일 때 아버지는 제주도, 경포대 등 전국을 돌아다녔다. 집안 살림은 안중에도 없었다. 큰아버지가 할머니를 도와 생계를 책임졌다. 아버지는 청진동 오촌 당숙의 집에서 숙식을 해결하며 지냈다. 오촌 당숙은 꽤 재력이 있었고 정치에도 뜻이 있는 분이었다. 자식들이 대부분 의대에 갈 정도로 공부를 잘했다. 짐작하건대, 그런 당숙과 육촌들을 보며 아버지는 더 야망을 불태웠을 것이다. 정치에 관심이 생긴 것도 그때인 것 같다. 그러나 아버지의 야망은 이루어지지 못했다. 사범대학을 졸업한 아버지는 평택시 어연리의 작은 시골 국민학교 교사로 부임했다. 당시로서는 좋은 직업이었으나 아버지 성에 찰 리 만무했다. 아버지는 훤칠하게 큰 키에 이목구비가 뚜렷했다. 1960년대 중반 시골에서 잘생긴 총각 교사는 훌륭한 신랑감으로 꼽혀 여기저기서 중매가 들어왔는데 아버지는 여덟 살 어린 어머니를 선택했다.

총각이었을 때 아버지는 한 동료 선생님에게서 술을 배웠다. 매일 수업이 끝나면 그 선생님이 아버지를 데리고 가서 함께 술을 마셨다. 그러다 보니 자꾸 술이 늘었다. 내가 태어난 다음 해 뇌졸중을 앓던 할머니가 돌아가셨다. 아버지는 마을 뒷산 할머니 묘에 일 년 이상 매일 찾아가 목 놓아 울었다. 그리고 돌아오는 길에 꼭 술을 마셨고 결국 끊을 수 없는 지경까지 가고 말았다. 어머니의 죽음을 애통해하는 것이라기엔 할머니가 돌아가신 후 오랫동안 어머니를 시켜 장독대에 매일 부침개를 올려놓게 하는 등 아버지의 행동에는 이상한 점이 많았다. 할머니는 아버지에게 어떤 어머니였을까. 아버지의 중독과 할머니는 어떤 연관이 있을까. 아버지 인생의 미스터리 하나가 우물 속에 던져진 돌처럼 영원히 가라앉은 채 떠오르지 않았다.

"얌전하던 사람이 달라졌어." 마을 사람들이 말했다. 술에 취하면 아버지는 온 동네를 돌아다니며 고래고래 고함을 지르고 행패를 부렸다. 시골에서 술을 많이 마시던 사람이 아버지 한 명만은 아니었겠지만, 조용하고 점잖았던 학교 선생이 술만 마시면 돌변하니 사람들은 혀를 차며 안타까워했다.

집에서 가까운 곳에 우물이 있었다. 두레박을 내려뜨리면 몇 초가 지나서야 첨벙 하고 떨어지는 소리가 들렸다. 까마득히 깊은 우물 바닥에 물이 찰랑거렸다. 우물 밑은 들어가 볼 수 없는 인간의 마음속 같았다. 까치발을 들어 우물 바닥을 내려다보면 등골이 오싹해져서 저절로 몸이 움츠러

들었다. 나는 종종 도르래를 이용해 직접 두레박으로 물을 퍼 올렸다. 두레박에 담겨 철렁대는 물은 이를 시리게 할 정도로 차가웠다. 밤이 되면 우물 근처에 가는 걸 피했다. 조심하지 않았다가는 그 우물에 빠져 영영 나올 수 없을지도 모른다는 생각이 들었다. 공포가 우물을 통해 내 영혼으로 침입했다.

또 기억나는 추억으로 토끼들이 있다. 어머니가 앞마당에 토끼장을 만들고 토끼를 키웠다. 나와 두 살 어린 남동생은 자주 토끼장에 가서 토끼들을 살펴보았다. 어느 날 손가락 크기 정도 되는 작은 토끼 새끼들이 어미의 젖을 물고 있는 모습을 보았다. "토끼가 새끼를 낳았어!" "아, 귀여워." 눈을 뜨지 못하던 토끼 새끼들은 며칠이 지나자 제법 꼬물꼬물 움직이며 토끼장을 돌아다녔다. 나와 동생은 토끼풀을 뜯어와 문을 열고 토끼들에게 내밀었다. 새끼 토끼들이 작은 입을 오물거리며 풀을 뜯어 먹었다. 동생이 네 발 자전거 뒤에 토끼풀을 싣고 오던 모습이 눈앞에 아른거린다. 아직 불우함을 맛보기 전 행복했던 유년의 토막이었다.

공포의 밤

아버지의 전근으로 우리 가족은 어연리를 떠나 당시 평택군 세교리로 이사했다. 그곳에서 나는 국민학교에 입학했다. 70년대 중반이었다. 해가 뉘엿뉘엿 질 무렵이면 나는 습관처럼 장독대로 갔다. 크기와 높낮이가 다른 된장, 고추장, 간장독들이 옹기종기 모여 있는 장독대로 올라가면 담장 너머로 길이 보였다. 눈을 가늘게 뜨고 버스가 다니는 큰길에서 우리 집까지 오는 길을 유심히 바라보았다. 그 길이 아버지의 귀갓길이었기 때문이다. 아버지의 걸음걸이를 보고 오늘은 술을 마셨는지, 마시지 않았는지, 어느 정도 취했는지 구분했다. 아버지가 술을 마시고 오지 않는 날은 일주일에 한두 번 꼴을 정도였다. 그런 날 아버지는 성큼성큼 똑바로 걸었고, 손에는 과자나 사탕 봉지가 들려 있었다. 그런 아버지를 보면 나는 장독대에서 내려와 길까지 뛰어나갔다. 아버지 손을 잡고 깡충깡충 뛰면서 집으로 왔다. 술을 먹지 않으면 말수가 없던 아버지는 빙그레 웃기만 했다. 때로는 나를 어깨 위에 태웠다.

그러나 아버지의 걸음이 갈지자로 휘청거리면 내 심장은 쿵쿵 뛰었다. 오늘 밤은 또 끔찍하겠구나. 무사히 넘어갈 수 있을까. 가슴에 무거운 먹구름이 몰려들었다.

아버지가 많이 취하지 않은 날에는 그나마 괜찮았다. 기분이 적당히 좋아진 아버지는 말수가 많았고 어머니는 아버지를 살살 달래 양복을 벗긴 다음 양은 대야에 따뜻한 물을 담아 방으로 가져왔다. 아버지는 왕처럼 두 발을 대야에 담그고 고개를 뒤로 젖혔다. 어머니는 무릎을 꿇고 비누를 묻혀 아버지의 발을 정성껏 손으로 씻겼다. 더러워진 물을 버리고 다시 깨끗한 물로 아버지의 발을 헹구었다. 발을 씻다가 대야를 뒤집어엎지 않으면 다행이었다. 모든 것은 아버지 기분에 달려 있었다.

저녁 식사 후에 나와 동생은 아버지의 어깨와 발을 주물렀다. 그날의 나머지 시간이 무사히 지나가기를 빌면서. 그런 날들만 이어졌으면 얼마나 좋았으랴. 저녁 식사 시간이 지나도 아버지가 돌아오지 않으면 그날은 만취라는 뜻이었다. 식사 시간에 정적이 흘렀다. 곧 닥쳐올 폭풍우를 어떻게 피할 수 있을까. 우리는 그 생각에만 골몰했다. 그러나 어머니도 우리도 아버지 이야기를 입 밖에 꺼내지 않았다.

밤이 깊어질 무렵 철로 된 현관문을 발로 차는 소리와 함께 온 집안이 아버지 고함으로 가득 찼다. "다 죽여 버려!" 아버지는 마당을 가로지르며 가쁜 숨을 몰아쉬었다. 아랫입

술을 쑥 내밀고 이를 갈았다. 눈이 번득였다. 난폭한 짐승이 집에 난입한 것 같았다. 어머니가 간신히 양복을 벗기면 아버지는 우리를 불렀다. 우리는 언젠가부터 습관이 되어 자동으로 무릎을 꿇고 꼭 쥔 두 손을 무릎 위에 올려놓았다. 그 자세로 두세 시간을 오들오들 떨며 앉아 있었다.

밤 열 시가 넘어서까지 아버지가 돌아오지 않으면 어머니는 우리를 재웠다. 운이 좋은 날이면 아버지는 우리가 자도록 내버려두었다. 그런 날은 어머니 혼자 몇 시간이고 아버지를 상대해야 했다. 그러나 아버지는 대부분 잠든 우리를 향해 "일어나!"하고 고함을 쳤다. 잠이 화들짝 달아난 우리는 벌떡 일어나 안방으로 가 무릎을 꿇었다.

아버지의 길고 긴 술주정이 이어졌다. 어린 우리는 알아듣지 못할 이야기였다. 한두 해 나이가 들어가며 그것이 세상과 정부에 대한 욕이라는 것을 알게 되었다. "이 나쁜 놈들!" 아버지에게 정치하는 사람들은 다 도둑놈이고 죽일 놈들이었다. 특히 박정희 대통령 욕을 거침없이 해댔다. 박정희 대통령이 아버지에게 무슨 짓을 한 것일까. 아버지는 대통령에게 울분을 쏟아냈다.

아버지가 "다 죽여 버려!"라고 할 때는 정말 무슨 짓이라도 저지를 것 같아 몸이 사시나무같이 떨렸다. 가끔 우리를 일으켜 세우고 "똑바로 서!"라고 소리쳤다. 공포가 얼굴을 할퀴었다. '우릴 때릴지도 몰라. 맞아서 죽을지도 몰라.' 침이 꼴깍 목구멍으로 넘어갔다.

아버지는 우리 앞에서 줄담배를 피웠다. 이를 드러내고 입 가장자리로 담배를 물었다. 우리는 담배 연기를 고스란히 들이마셨다. 아버지는 늘 몸을 한쪽 옆으로 기울이고 별 모양으로 만들어진 투명한 유리 재떨이에 담뱃재를 털었다. 재떨이는 내가 혼자 들 수 없을 정도로 무거웠다. 아버지가 가끔 느닷없이 재떨이를 집어던졌는데도 재떨이는 깨지지 않았다. '언젠가 저 재떨이가 어머니나 우리에게 날아올지도 몰라. 저것에 맞는다면 머리가 박살 날 거야.' 아버지는 나를 때린 적이 없는데도, 맞을지 모른다는 생각이 끈질기게 달라붙었다. 두 남동생은 아버지에게 맞았다고 기억한다. 그러나 나는 그 광경을 본 적이 없다. 어쩌면 기억에서 지워졌을지도 모른다.

때로는 아버지가 난데없이 부엌에서 칼을 찾아 들고는 밖으로 나갔다. 어머니는 아버지 뒤를 따라 뛰어나갔다. 집에 남은 우리는 아버지, 어머니가 돌아올 때까지 기다리며 가습이 콩알이 되었다. 정말로 아버지가 누구를 죽이고 오면 어떡하지. 현실 감각이 다 사라졌다.

집 밖에서는 고래고래 소리치는 아버지의 목소리가 어둠을 뚫고 들려왔다. "박정희 독재정권 타도하자!" 개 한 마리 짖지 않는 동네에 아버지 목소리만 쩌렁쩌렁 울렸다. 길은 텅 비어있었다. 도와주러 오는 사람도, 말리는 사람도 없었다. 세상이 야속했다. 누구라도 와서 우리를 도와주기를 간절히 바랐다. 그러나 그 밤에 우리 집에서 일어나는 일에 모두가 무관심했다. 알코올 중독자의 가정은 그 폐쇄성 때문에 포로수용소, 그 가족은 포로로 비유되곤 한다. 밤마다 우리 집은 높은 담장이 둘러쳐져 쥐새끼 한 마리도 들어올 수 없는 포로수용소 그 자체였다.

칼을 들고 나간 아버지는 다행히 소리만 지르다 돌아왔다. 칼은 원래 있던 자리로 돌아갔다. 어린 내가 어찌 알았으랴. 아버지가 실은 여린 마음의 소유자라는 것을. 유약한 사람들이 술의 힘을 빌려 평소에 하지 못했던 말과 행동을 대담하게 한다는 사실을 말이다.

밤 열두 시가 넘으면 어머니가 아이들 학교 가야 한다며 아버지를 달랬다. "그래, 학교 가야지. 가서 자." 그제야 해방된 우리는 뻣뻣해진 다리를 펴고 이불 속으로 파고들었다. 지칠 대로 지친 우리는 잠에 빠져들었다. 이런 날들이 영원히 계속될 것만 같았다. 아무리 반복되어도 도저히 익숙해지지 않았다. 막막함이 영혼 밑바닥에 짙은 안개처럼 내려앉았다. 그 영향 때문인지 인생에서 힘겨운 시기가 닥칠 때마다 '언젠간 지나가겠지'라고 생각하는 것이 어려웠다. 그 상황이 영원히 계속될 것만 같았다. 코아의 경험이 가져다준 잘못된 감각이었다.

아버지는 퇴근 후 집에 와서도 밤에 혼자 맥주나 막걸리를 마시곤 했다. 그런 날 아버지는 더 난폭해졌다. 내가 제일 싫어했던 일은 술 심부름이었는데, 처음에는 내가, 나중에는 동생들도 술 심부름꾼이 되었다. 동네에서 하나뿐인 구멍가게를 향해 캄캄한 밤길을 걸었다. 나는 불이 밝혀진 다른 집을 부러운 눈길로 쳐다보았다.

구멍가게 주인에게 맥주 달라는 말을 하기가 창피했다. "저, 아버지가…"라고 운을 떼면 주인아저씨는 "술 사 오라고?"하며 혀를 끌끌 찼다. "애들 생각해서 술 좀 줄이지, 참"하는 아저씨의 말에 "아저씨가 가서 우리 아버지 좀 말려 주시면 안 돼요?"라는 말이 목구멍까지 차올랐다. 팔뚝이 굵은 아저씨는 술에 취해 비틀거리는 아버지를 제압할 수 있을 텐데. 그러나 동네에서 누구도 우리 집 일에 관여하지 않았다. 그 시대에 술 문제는 순전히 집안일로 남이 상관할 성질이 아니었다.

때로는 막걸리를 사러 갔다. 막걸리는 구멍가게가 아니라 동네 끝에 있는 어느 집에서 만들어 팔았다. 막걸리를 사러 가는 길, 하늘에 둥근달이 떠 있으면 내 그림자가 나를 따라왔다. 찌그러진 양은 주전자에 막걸리를 가득 담아 돌아오면서 나는 그 길이 영원히 끝나지 않기를 바랐다.

어느 여름날, 여느 때보다 조금 일찍 집에 돌아온 아버지가 모두 마당으로 모이라고 불호령을 내렸다. 아버지가 마당으로 불러내는 일은 없었기에 웬일일까 두근두근하며 마당 한가운데 섰다. "여기 있던 수국 어디 갔어?" '수국? 수국이 뭐지?' 우리는 눈을 둥그렇게 뜨고 서로를 멀뚱멀뚱 쳐다보았다. 무슨 영문인지 몰라 어깨를 움츠리고 겁에 질린 눈길로 어머니를 쳐다보았다. 우리 집 마당 화단에는 계절마다 이름 모를 꽃들이 피었는데, 그중에 수국이 있었는지는 알 수 없었다. '수국이 정말로 있었을까, 누가 그 수국을 없앴을까, 아버지한테 그 수국이 그렇게 중요한 것이었을까, 평소 꽃에 관심이나 있었을까.' 화풀이를 위해 트집 잡을 거리가 필요했던 게 분명했다.

아버지는 우리를 범인으로 지목했다. "누가 그랬는지 말해!" 아는 게 없었기에 우리는 고개를 숙인 채 서로 눈치만 보았다. "빨리 말 안 해? 이 새끼들이!" '오늘 드디어 맞나 보다.' 두려움이 온몸을 마비시켰다. 악몽을 꾸는 기분이었다. "동네 열 바퀴 돌아! 느리게 뛰면 죽어!" 우리는 맞을까 봐 부리나케 집 밖으로 뛰어나왔다. 왜 뛰어야 하는지 이유도 모른 채 아버지의 분을 가라앉히기 위해서 동네를 돌고 또 돌았다.

숨을 헉헉 몰아쉬며 기진맥진해진 우리를 보고 아버지는 화를 가라앉혔다. 아버지는 집에서 절대적인 권력자였다. 밖에서 자신이 초라하다고 느끼는 사람일수록 집에서는 폭군으로 군림한다는 사실을 나는 차츰 알아갔다. 수국을 볼 때마다 그날이 떠오른다. 어린 세 아이가 무서움에 떨면서 동네를 뛰던 기억이 송곳으로 가슴을 찌르는 것만 같다.

"얘들아, 빨리 나가!" 그날 무슨 일이 있었는지는 기억에서 사라졌다. 내가 기억하는 건 다급하게 우리를 집 밖으로 내몰던 어머니의 목소리였다. "애숙이네로 가 있어! 엄마도 갈게." 우리는 아버지가 쫓아올까 부리나케 집을 나와 뛰었다. 좁은 골목길로 접어들어 친구 애숙이네 집으로 들어갔다. "아이고, 불쌍한 것들!" 상황을 짐작한 애숙이 어머니는 우리를 방 안으로 들였다.

이미 밤이 깊어 동네는 조용했다. 우리는 언제 어머니가 오는지 연신 고개를 돌려 대문 쪽을 바라보았다. 얼마 후 살며시 대문을 여는 소리가 들렸다. 어머니가 들어왔다. 동네 사람들은 도움이 필요해서 도망쳐 온 사람에게 기꺼이 피신처를 제공했다. 애숙이 어머니가 깔아주시는 요에 몸을 눕혔다. 혹시나 아버지가 우리를 찾으러 올까 봐 가슴이 쿵쾅거렸다. 우리는 숨을 죽였다.

우리가 도망 나오면 아버지는 체념하고 혼자 잠이 들기도 했다. 그러나 그날은 달랐다. 큰길 쪽으로 난 애숙이네 집 창문으로 아버지의 고함이 들리기 시작했다. "어디 있어! 안 나와? 안 나오면 다 죽여 버려!" 아버지는 우리의 이름을 불러 가며 소리쳤다. 나는 아버지가 가까이에 있다는 생각에 온몸을 바들바들 떨었다. 아버지가 애숙이네 집으로 불쑥 들어오면 어쩌지. 지금이라도 다른 데로 도망가야 하나. 나는 간절한 눈빛으로 어머니를 쳐다보았다. 어머니는 긴장한 얼굴로 내게 가만히 있으라는 신호를 보냈다.

아버지는 한 시간 정도 큰길을 오가며 괴성을 질러댔다.

사람이 아닌 괴물이었다. 애숙이 아버지, 어머니가 우리를 보호해 줄까. 경찰이라도 와서 아버지를 잡아가면 얼마나 좋을까….' 그러나 시골 마을에는 경찰도 없거니와 당시에는 그런 일로 경찰에 신고한다는 생각은 아무도 하지 못했다. 동네 한복판에서 소란을 피워도 정적만이 답했다. 아버지는 동네에서도 혀를 내두르는 술꾼이었고 선생이라는 직업 때문에 함부로 할 수 없는 사람이었다.

한 시간쯤 지났을까. 고래고래 온갖 위협을 하던 아버지는 마침내 포기했다. 목소리가 잦아들다 집 쪽으로 사라졌다. 어머니는 참았던 눈물을 터뜨렸다. 애숙이 어머니는 어머니의 등을 토닥토닥 두드렸다. 새벽 한 시가 넘은 데다 긴장이 풀리자 졸음이 쏟아졌다. 방금 벌어진 소동은 꿈결인 듯했다. 나는 학교에 가야 한다는 생각에 서둘러 잠을 청했다. 아침에 집에 들어갔을 때 아버지는 숙취가 남아있는 상태였지만, 지난밤에 벌인 일은 까맣게 잊은 뒤였다.

한 번은 아예 다른 동네로 도망을 갔다. 상황이 다급했던지 그날은 어머니가 먼저 집을 나갔다. 어머니는 나에게 동생들을 데리고 황 선생님 댁으로 오라고 했다. 황 선생님은 아버지와 호형호제하는 사이였다. 어머니는 황 선생님의 부인을 친언니처럼 의지했다.

황 선생님 댁으로 가려면 나지막한 산을 넘어 한 시간 정도 가야 했다. 나는 아버지가 잠시 딴 데로 주의를 돌린 틈을 타 동생들을 데리고 살금살금 집을 빠져나왔다. 가슴이 방망이질 쳤다. 동네를 벗어나면 밭 사이로 길고 좁은 길이 이어졌는데, 밭에는 계절마다 옥수수, 무, 열무, 배추가 자랐다. 산에는 키가 큰 소나무들이 검은 자태를 드러내며 꼿꼿이 서 있었다. 산꼭대기에 올라서니 저 아래로 우리 동네가 보였다. 고요했고 불빛이 다 꺼져 있었다. 우리 집은 보이지 않았다. '아버지는 지금 어떻게 하고 있을까. 지금쯤이면 우리가 사라진 것을 알 텐데. 설마 여기까지 쫓아오진 않겠지.'

누런 달이 떠 있는 하늘은 검고 푸르렀다. 달빛만이 우리가 가는 길을 비춰주었다. 산에서 생길 위험 같은 것은 하나도 두렵지 않았다. 빨리 어머니한테 가야 한다는 생각뿐 눈물조차 나지 않았다. 황 선생님 집에 가면 안전하게 있을 수 있다는 기대에 발길을 재촉했다. 영화의 한 장면 같던 그때가 비현실적으로 느껴진다. 어린아이 셋이 한밤중에 산을 넘어 이웃 동네로 갔다니. 가슴에 짙은 안개가 내려앉는다.

황 선생님 댁에 도착하니 어머니가 황 선생님 부인 품에 안기다시피한 채 울고 있었다. "언니, 언니⋯." "그래, 그래….” 함께 울면서 두 사람은 밤을 지새웠다. 황 선생님 댁에는 아이들이 많았다. 나와 동갑내기 여자아이도 있었다. 우리는 그들과 노느라 무서움도 잊었다. ‘엄마와 여기서 살면 좋겠다. 우리 집에 영원히 돌아가지 않으면 좋겠다….’ 불가능한 소망이 몽글거렸다.

아버지의 두 얼굴

때로는 밤늦게 동네 이장님을 통해 경찰서에서 연락이 왔다. 어머니는 부리나케 옷을 챙겨 입고는 우리를 남겨두고 집을 나섰다. 아버지는 술을 마시면 사람들과 종종 싸움을 벌였다. 그럴 때마다 경찰서에 가서 어머니가 아버지를 데려와야 했다. 동네 사람들은 허 선생이 자꾸 박정희 대통령을 욕하고 다닌다고, 저러다 큰일 난다고 걱정했다. 나는 아버지가 큰 사고를 쳐서 차라리 감옥에 들어가면 좋겠다고 생각했다. 몇 년쯤 감옥에 있는 동안 우리 집은 평화롭겠지. 그리고 감옥에 갔다 오면 아버지도 정신을 차리겠지, 라고.

술에 취하면 아버지는 필름이 완전히 끊어졌다. 다음날이 되면 전날 일은 아버지의 기억에서 완전히 지워졌다. "내가 왜 그랬지? 전혀 생각이 안 나는데." 그럴 때마다 나는 속이 터질 듯했다. 그런데도 항의는커녕 그저 "아빠, 이제 술 안 드시면 안 돼요?"라고 말할 뿐이었다. 그러면 아버지는 "그 래, 이제 술 안 마신다"라는 대답만 수백 번 되풀이했다.

때로 저녁상을 물리고 어머니는 하얀 종이 한 장과 검정 사인펜을 아버지 앞에 내밀었다. "여기에 각서 쓰세요." 아 버지는 고분고분 어머니가 시키는 대로 "나는 이제부터 절 대 술을 마시지 않겠습니다"라는 내용의 각서를 쓰고 날짜 를 적고 서명했다. 족히 수백 번은 각서를 썼으리라. 각서를 쓸 때만큼은 아버지도 반성하며 다시는 술을 입에 대지 않 겠다는 결심을 했다. 알코올 중독이라는 게 뭔지 몰랐던 나 는 아버지의 결심을 믿고 싶었다. 그래서 희망을 품었다가 실망하고, 희망을 품었다가 또다시 실망하기를 무수히 되풀 이했다. 삶이 나를 자주 배반한다고 느끼는 건 이런 경험 때 문인지도 모른다. 어머니도 아버지가 마음만 먹으면 술을 끊을 수 있을 거라고 믿었다. 중독은 의지의 문제가 아니라 뇌의 질병이라는 사실을 70년대 순박한 사람들이 알 리 없 었다. 언제부턴가 어머니는 더 이상 아버지에게 각서를 내 밀지 않았다.

술을 마시면 아버지는 신세 한탄을 늘어놓았다. "내가 말이야, 꿈이 대통령이었어, 대통령! 지금이라도 얼마든지 될 수 있어! 내가 대통령 나가면 나 찍어줄 사람이 수두룩해, 알아? 이거 왜 이래!" 수없이 반복되는 그 말을 듣고 나는 아버지를 이해해 보고자 이런 결론을 내렸다. 아버지는 머리가 영특하고 공부도 잘해서 고등학생 때까지 대통령 되는 것이 꿈이었다. 그런데 집이 가난해서 좋은 대학에 가지 못해 대통령이 될 수 있는 길이 막혔다. 그게 한이 되어 술을 마시게 된 것이다. 그래서 박정희 대통령 욕을 하고 돌아다니는 것이다. 그리 생각하니 아버지가 좀 안 돼 보였다. 하지만 말 잘 듣는 자식들도 있고 교사라는 좋은 직업도 있는데 왜 아직도 옛날 꿈을 못 잊고 술에 빠져 사는지 도무지 그 이유가 헤아려지지 않았다. 술만 아니면 우리 집은 누구나 부러워할 만큼 화목했을 텐데.

아버지는 국회의원 선거가 있을 때마다 출마해야 한다고 말했다. 그 많은 아버지의 지지자들은 모두 어디에 숨어있는 걸까. 커가면서 나는 '대통령'이라는 단어가 나올 때마다 깊은 비애를 느꼈다. 아버지의 과대망상은 그가 정상인지 의심하게 했다. 도대체 아버지가 저 꿈을 붙잡고 있는 이유가 뭔지 궁금했다. 언젠가 그 이유를 알 날이 올까. 그러면 아버지는 그 꿈의 마수에서 벗어나 온전해질 수 있을까. 그런데 이해할 수 없던 아버지의 과대망상은 내게 대물림되어 미숙한 자기애의 한 종류를 뜻하는 '과대자기(誇大自己)'를 형성했다. 망상 정도는 아니었지만 나는 자주 내가 웅대해지는 공상을 품곤 했다. 이 이야기는 앞으로 자주 등장할 것이다.

술만 마시면 괴물로 돌변하던 아버지도 술의 마력에 지배되지 않을 때는 한없이 자상했다. 아버지는 큰 딸인 나를 유독 예뻐했다. 한 살이 지난 나를 매일 학교에 데리고 가 교무실 책상 위에 앉혀놓았다. 그때 찍은 사진 속 나는 눈이 동그랗고 얼굴이 까무잡잡한 아기였다. 눈이 컸던 나는 선생님들의 인기를 독차지했다. 여자 선생님들은 우스갯소리로 "선화야, 나랑 눈 바꾸자"라고 말했다. 내가 대학생이 되었을 때도 아버지는 걷고 있는 나를 보며 "아기처럼 아장아장 걷는다"고 말하곤 했다.

내가 세 살 때 전국적으로 소아마비가 유행했다. 군에서 위생병으로 복무했던 아버지는 내게 직접 예방주사를 두 번 놓았다. 세 번째 주사를 맞기 전에 나는 소아마비에 걸리고 말았다. 아버지는 나를 업고 사방팔방으로 뛰어다녔다. 어린 나를 학교 운동장에 데리고 가 매일 걷는 연습을 시켰다. 다른 사람들이 내가 소아마비를 앓았다는 사실을 잘 모르는 걸 보면 아버지의 정성이 어느 정도였는지 짐작된다. 아버지에게 뭐라도 고마운 점이 있는지 생각할 때면 나는 이 사실을 떠올린다.

아버지가 술을 먹지 않을 때만큼은 나도 아버지가 좋았다. 그럴 때 아버지는 내게 혼을 내거나 화낸 적이 없었다. 훈계를 늘어놓지도, 잔소리도 하지 않았다. 아버지는 나에게 천자문과 바둑을 가르쳐줬다.

온 가족이 함께 보낸 즐거운 시간에 대한 기억이 거의 없지만, 그래서 더 또렷이 빛나는 순간들이 있었다. 딱 한 번 어머니와 나 그리고 두 살 어린 남동생과 아버지가 편이 되어 화투를 쳤다. 십 원짜리, 백 원짜리 동전을 쌓아놓고 화투를 쳤는데, 열을 내기도 하고 깔깔거리기도 하면서 한나절을 보냈다. 일상에서 흔히 느낄 수 있는 그런 즐거움이 두 번 다시 재현되지 않았다.

한 달에 한 번씩 온 가족이 행사처럼 시내에 있는 목욕탕에 갔다. 어머니와 내가 여탕에 들어가고 아버지와 두 동생이 남탕에 들어가면, 늘 아버지와 동생들이 먼저 나왔다. 우리는 그날을 손꼽아 기다렸다. 목욕 후에 자장면을 먹을 수 있기 때문이었다. 당시 자장면을 먹는 것은 우리가 기대할 수 있는 최고의 선물이었다. 술을 마시지 않은 아버지와 온 가족이 함께 맛있는 자장면을 먹을 수 있다니 그날의 행복을 무엇에 비유할 수 있을까. 그런 날 아버지는 다른 사람이 된 듯 자상했다.

아버지와 함께 TV를 보고 있었다. 화면에는 영국 옥스퍼드 대학의 육중하고 고풍스러운 정문이 큼지막하게 클로즈업됐다. 진리의 전당이 있다면 저곳임이 틀림없었다. 그 대학이 어떤 곳인지도 모르면서 나는 신비한 느낌에 사로잡혀 "아빠, 나 저 대학 가고 싶어요"라고 말했다. 그랬더니 아버지는 "그래, 보내주마" 했다. 내 마음은 갑자기 원대한 미래를 향해 날았다. 아버지가 나의 미래를 격려하고 믿어준다는 생각에, 언젠가 그 일이 나에게 이루어질 것 같다는 기대로 가슴이 부풀었다. 그때부터 옥스퍼드 대학은 나의 동경이자 꿈이 되었다. 훗날 미국 유학을 준비하며 토마스 하디의 소설 『무명의 주드』를 읽었다. 나는 주인공 주드의 운명과 나를 동일시하며 속으로 흐느꼈다. 옥스퍼드를 모델로 한 크라이스트민스터가 주드에게 불가능한 꿈이었듯 내게도 옥스퍼드는 그러했다. 주드에게 그 동경을 포기하는 게 너무나 쓰라렸던 것처럼 나도 마찬가지였다. 그때 아버지의 그 한마디가 없었더라면 옥스퍼드가 나의 의식 속에 들어오지 않았을 것이다.

아버지는 만화 캐릭터 아수라 백작처럼 전혀 다른 두 얼굴을 가지고 있었다. 아버지에 대한 내 감정도 좋아하는 마음과 극도로 싫은 마음 사이를 오갔다. 술에 취하는 날이 많을 때면 왜 내 아버지는 이런 사람일까 하는 생각에 억울하고 슬펐다. 분노는 철저히 억압했다. 어디에, 누구에게 표출한단 말인가. 아버지를 향한 증오는 점점 깊어져 그의 죽음을 바랄 정도였다. 도스토옙스키의 소설『카라마조프 형제들』의 주인공 이반은 법정에서 "자기 아버지가 죽기를 바라지 않는 자식이 있는가?"라고 외친다. 그 장면을 읽을 때 소름이 돋았다. '그도 이걸 느꼈구나. 나만 그런 줄 알았는데….' 아버지의 죽음을 바랐다는 죄책감이 인류의 보편적인 감정임을 그때 알았다.

어머니가 절에 다녔기 때문에 나는 우리 집 종교가 불교라고 생각했다. 하지만 부처님은 기도를 들어줄 신이 아니라는 생각이 들었다. 그래서 가끔 나는 부엌 아궁이 앞에서 울면서 손을 모으고 잘 알지도 못하는 하나님에게 기도했다. "하나님, 우리 아버지 술 좀 끊게 해주세요. 제발 도와주세요." 하나님이라는 분이 정말 계시면 혼을 내서라도 아버지가 술을 못 마시게 해주기를 간절히 빌었다. 하나님은 그 기도를 들었겠지만 응답해 주지는 않았다.

강하지만 가엾은 어머니

나는 외조부모에 대한 기억이 전혀 없다. 6.25가 발발했을 때 외할아버지는 군에 입대했다가 장티푸스에 걸려 전역하여 시름시름 앓다가 사망했다. 과부가 된 외할머니 혼자 장사를 해 세 아이를 키웠다. 태어난 지 얼마 안 된 막내아들은 제대로 먹지 못해 굶어 죽었다. 외할머니가 광주리를 이고 장사를 나가면 일곱 살 난 어머니가 부뚜막에 올라 밥을 지었다. 총명했던 어머니는 그런 형편에도 초등학교 내내 일등을 했다. 집안이 가난해 중학교에 가지 못하고 서울 고모집에 올라가 살림하며 편물 기술을 배웠다. 성장하여 다시 고향으로 내려온 어머니는 편물로 돈을 벌었다. 외할머니는 우리 삼 남매가 태어나고 얼마 지나지 않아 뇌졸중으로 돌아가셨다.

크면서 나는 어머니가 아버지와 이혼하기를 간절히 바랐다. 내 삶에서 아버지가 사라진다면 얼마나 좋을까. 하지만 그 마음을 표현해 본 적은 한 번도 없었다. 남편이 아무리 집에서 횡포를 부려도 당시 여자가 이혼한다는 건 어려운 일이었다. 어머니는 우리를 위해 산다는 말을 자주 했다. 나는 어머니가 우리 삼 남매 때문에 어쩔 수 없이 고생을 참고 산다고 생각했다.

그렇게 술을 마셨어도 어머니는 아버지를 극진하게 대우했다. 아버지가 퇴근할 무렵이면 어머니는 내게 늘 뚜껑을 덮은 밥공기를 따뜻한 아랫목에 갖다 놓고 이불을 덮어 놓으라고 시켰다. 아버지가 먹을 밥이었다. 그 시절 시골에서는 흔한 일이었다. 그래도 어머니의 정성은 유별났다.

어머니는 아버지에게 대들거나 싸우지 않았다. 늘 아버지를 달래고 비위를 맞추었다. 어머니는 아버지에게서 우리를 보호하려고 최선을 다했다. 우리가 조금이라도 덜 시달리게 하려고 아버지에게 호소했고, 폭력이 나타날 조짐이 보이면 우리를 피신시켰다. 나는 아버지가 무서웠지만 그래도 어머니가 있어 든든했다. 어머니는 하늘을 뚫을 듯 사정없이 몰아치는 폭우를 막아주는 튼튼한 우산이었다. 당시 삼십 대였던 어머니에게 어디서 그런 강인함이 나왔을까 늘 의아하고 놀라웠다. 훗날 어머니의 성장 배경을 안 후에야 어머니가 이해되고 더 안쓰럽게 느꼈다. 나의 부분적인 강인함은 어머니를 닮은 것이다.

　어머니는 외할머니를 닮아 생활력이 강했다. 살림하면서 편물 일을 계속했다. 겨울이 가까워지면 우리 동네뿐 아니라 이웃 동네에서도 주문이 밀려들었다. 어머니는 하루 종일 편물 기계 앞에 앉아 오른팔로 무거운 기계를 좌우로 움직였다. 슥삭슥삭 기계가 움직이는 소리가 음악처럼 들렸다. 쌓여있던 실들이 어느새 스웨터, 바지, 조끼로 모양을 갖춰가는 게 신기했다. 나는 일하는 어머니 옆에서 배를 깔고 누워서 책을 읽곤 했다. 시골 사람들은 옷이 다 만들어지면 일단 가져가고 돈을 나중에 줬다. 이웃 동네까지 가서 옷값을 받아오는 것은 늘 내 몫이었다. 돈 달라는 말을 하는 게 영 불편했지만, 하루 종일 앉아 일하느라 허리가 아파 밤마다 끙끙대는 어머니 앞에서 하기 싫다고 말하는 건 불가능했다.
　재테크 능력도 탁월했던 어머니는 동시에 계를 여러 개 들어 계주 노릇을 했다. 우리 집에서 계모임이 있는 날이면 평소에 먹어볼 수 없었던 고기며 나물이 상 한가득 차려졌다. 어머니는 아버지 월급을 아끼고 편물로 돈을 벌고 계를 한 돈으로 목돈을 모아 고향 땅에 논과 산을 사고 마침내 집도 장만했다. 다행히 아버지는 도박과는 거리가 멀어 큰돈을 탕진하지는 않았다. 그런 식으로라면 우리 집도 언젠가 부자가 될 수도 있을 것 같았다. 여러 면에서 능력이 많았던 어머니였다.

그렇게 강인해 보였던 어머니도 연약한 여자였다. 아버지가 술을 먹은 다음 날이면 동네 아주머니들이 어머니를 찾아오곤 했다. 어머니는 전날 있었던 일을 이야기하며 눈물 지었다. 그런 어머니를 볼 때마다 마음이 울적해졌다. 어머니 목에 매달려 울고 싶었다. 그러나 그럴 용기가 없었다. "에구, 술이 웬수야, 웬수. 그래도 좋은 날이 올 거야. 애들도 다 착하고 잘 크는데…. 허 선생이 언젠가 정신 차리겠지." 이웃 아주머니의 위로에 어머니는 눈물을 훔치며 고개를 끄덕였다. 어머니는 그 희망으로 버티고 있었다.

어머니가 가여웠다. 우는 어머니를 보면 마음속에서 무언가 내려앉았다. 아버지는 우리 앞에서 자주 어머니를 때리지는 않았지만, 나는 종종 어머니가 맞는 모습을 목격했다. 실제로는 어머니가 아버지에게 자주 맞았다는 걸 커서 알았다. 한 번은 아버지의 발에 걸어 채이며 저항도 하지 못하는 어머니를 보았다. 어머니가 맞는 걸 처음 본 그날처럼 어찌할 바를 몰랐다. 아버지를 말릴 엄두도 낼 수 없었다. 그러다가는 나도 맞을 것 같아 무서웠다. '왜 우리 엄마를 도와주는 사람은 아무도 없는 거지? 엄마는 누가 보호해 주지?' 답이 없는 질문을 되뇌며 주르륵 눈물만 흘렸다.

아버지를 상대하느라 어머니는 자식들의 감정을 돌볼 여력이 없었다. 어머니에게 "어젯밤 무서웠지? 힘들었지?"라는 말을 들은 기억이 없다. 어머니 자신의 감정도 추스르기 힘든데 자식들의 감정을 보듬어 줄 여유가 있었을까. 그때 어머니가 나의 감정을 좀 돌봐주었더라면 하는 아쉬움이 들 때마다 어머니 상황에서 그것이 가능하지 않았으리라 생각한다. 나 역시 어머니를 위로할 줄 몰랐다. 그러나 나는 마음으로 어머니의 슬픔과 막막함을 함께 짊어졌다. 어머니를 행복하게 해주고 웃게 해주려 애썼다. 가장 좋은 수단은 공부였다.

"엄마!" 나는 가방을 어깨에서 풀어 내리면서 대문에서부터 어머니를 불렀다. "잘 다녀왔니?" "엄마, 나 상 받았어!"
나는 가방에서 상장을 꺼내 자랑스럽게 어머니에게 내밀었
다. "어디 보자." 어머니는 상장을 받아 들고 얼굴에 미소를
머금었다. "이번에도 일등 했네. 잘했다." 나는 어머니의 얼
굴에 번져가는 미소가 좋았다. 어머니를 기쁘게 해주었다는
마음에 스스로가 대견했다.

　어머니는 내 공부에 열성이었다. 공부하라는 말을 들은
적이 없는데도 나는 어머니가 무엇을 원하는지 알았다. 어
머니는 자주 학교에 찾아와 담임 선생님을 만났다. 시험 때
면 어디서 구했는지 문제집을 사다 주었는데, 신기하게도
그 문제집에서 시험 문제가 다 나왔다. 경기도에서 학력 경
시대회가 있었을 때, 각 학년에서 공부 잘하는 학생들 몇 명
을 뽑아 한 달 정도 교무실에서 공부시켰다. 그때 저녁마다
어머니는 도시락을 가지고 학교에 왔다. 나는 어머니의 자
랑이었고 사람들은 어머니를 부러워했다. "자식이 이렇게
공부를 잘해서 얼마나 좋아. 나중에 고생 다 잊을 거야." 그
런 말을 들을 때마다 어머니는 흐뭇한 미소를 지었다. 나는
커서 꼭 어머니가 고생한 보람을 느끼게 해 드리겠다고 결
심했다.

　가끔 집에 도서 전집을 파는 사람들이 들렀다. 그들은 동

화 전집, 위인전집, 역사책 전집 등 목록이 적힌 커다란 종이를 마루에 펼쳐놓고 설명했다. 나는 옆에 앉아 도서 목록을 살펴보면서 어떤 전집을 사주시려나 기대에 부풀었다. 전집은 당시 우리 집 살림으로는 부담스러운 가격이었지만 알뜰했던 어머니는 책값에 드는 돈을 아끼지 않았다. 책꽂이에 25권짜리 세계문학전집, 50권짜리 위인전집이 꽂히자마자 나는 탐욕스러울 정도로 책을 읽어나갔다.

다음번에 그 책 장사가 다시 오면 어머니는 내가 벌써 전집을 다 읽었다고 자랑스럽게 이야기했다. "어휴, 대견한 아이네요. 그 많은 책을 벌써 다 읽었다고요?" 그런 칭찬을 듣고 어머니가 기뻐하는 모습을 보면 어머니의 고단한 삶을 내가 위로하는 느낌이 들었다.

살면서 나는 어머니의 말을 거역하거나 투정을 부려본 적이 없다. 아주 일찍부터 나는 순종적인 딸이 되기를 선택했던 것 같다. 어머니의 엄격함도 한몫했겠지만 나 스스로 어머니를 조금도 힘들게 하고 싶지 않았다. 기특하고 장한 딸, 어머니에게 정신적으로 힘이 되어주는 딸, 그것이 무의식적으로 내가 자신에게 부여한 역할이었다.

이런 아이를 가정에서 영웅의 역할을 하는 아이라고 말한다. 보통 첫째인 경우가 많고 책임감이 강해 부모를 돕는다. 공부를 잘하고 성취력이 높으며 나이보다 어른스럽게 행동한다. 또한, 자신의 필요보다 남의 필요를 먼저 생각하고 주변에 도움을 요청하기보다는 스스로 자기 일을 잘 해낸다. 이런 영웅 아이의 특성이 내게 해당했다.

그런데 집안의 영웅 역할을 자처하며 칭찬을 많이 받은 것이 결국 내게 독이 되었다. 어머니 삶의 이유가 되어야 했고 성취로써 어머니의 힘든 삶을 보상해 주어야만 했던 나는 존재 자체로 인정받는다는 느낌이 무엇인지 몰랐다. 지금까지도 나는 사람들의 인정과 칭찬을 갈망한다. 있는 그대로의 모습으로 충분하다고 느끼기가 어렵다.

나를 자랑스럽게 여겼던 어머니는 내 안에 내면화되어 여전히 내게 뭔가 뛰어난 일을 성취하기를 바라는 것만 같다. 내 안에는 자신을 자랑스럽게 여기고 싶은 욕구가 늘 자리하고 있다. 그래서 내 삶은 자주 불만족스럽고 항상 무언가 부족하다는 느낌으로 가득하다. 결코 어머니의 탓이라고 말하는 것은 아니다. 코아로서 나의 성장 배경이 현재의 나를 어떻게 형성했는지 설명하는 것뿐이다.

책과 학교

알코올 중독자 가정의 아이들은 슬픔의 바다에 빠져 산다고 들 한다. 혼자 슬퍼하는 것이 너무 고통스러워 슬픔을 삼키고 때로는 슬픔을 잊기 위해 도피한다. 나 역시 슬픔에 잠겨 있지 않기 위해 도피처를 찾았는데, 그것은 바로 책이었다. 현실이 두렵고 막막할수록 나는 책 속에서 위안과 환상을 길어 올렸다. 책을 읽는 동안만큼은 우리 가정의 현실을 잊을 수 있었다. 책 속 세계는 아름다웠고 결말은 항상 해피엔딩이었다.

주인공은 늘 고난과 시련에 대해 충분한 보상을 받았다. 내가 특히 좋아했던 책은 『소공녀』, 『키다리 아저씨』, 『빨간 머리 앤』, 『작은 아씨들』같이 역경을 이겨내고 행복한 삶을 찾게 된 소녀들이 주인공인 소설이었다. 나는 『소공녀』의 새라, 『키다리 아저씨』의 주디, 『빨간 머리 앤』의 앤, 『작은 아씨들』의 둘째 조와 나를 동일시했다. 특히 작가를 꿈꾸었던 나는 조를 모델로 삼았다.

위인전 읽기도 좋아했는데, 내가 보기에 모든 위인전에는 동일한 공식이 있었다. 위인은 반드시 역경을 겪고 그 역경을 이겨내고 나면 훌륭한 사람이 되어 사회와 나라, 인류를 위해 큰일을 했다. 위인전을 읽는 것은 즐거움이기도 했지만, 한편으로는 괴로운 일이기도 했다. 자꾸만 나 자신을 위인들과 견주어 보곤 했기 때문이다. 내 나이쯤 위인들이 어떤 어린 시절을 보냈는지 비교해 보면, 내가 너무 초라하게 느껴졌다. 나는 위인들을 동경했고 그들처럼 훌륭한 일을 해내는 사람이 되고 싶었다. 내가 그런 사람이 될 만한 능력이나 자질을 가지고 있지 못하다는 생각이 들 때면 '시기심'이라는 이름의 벌레가 내 가슴을 갉아 먹었다.

나는 위인전을 읽으며 야망을 키웠고 평범한 삶을 거부했다. '과대자기'라는 심리학 용어가 있다. 무의식이 형성한 실제 자기보다 엄청나게 크고 위대한 모습을 의미한다. 과대자기를 가진 사람은 자신의 이상에 미치지 못하는 현실 속 모습을 견디지 못한다. 어린 시절 위인전을 읽으며 내게 과대자기가 생겨났다. 위인전을 읽고 노벨상에 대해 알게 된 나는 노벨 문학상을 받겠다는 원대한 꿈을 꾸었다. 대통령이 되겠다는 아버지의 딸다운 꿈이었다.

왜 그래야 했을까. 나름의 생각과 분석을 통해 결론을 얻었다. 나에게는 어린 시절 내가 겪어야 했던 가정의 불행을 해석할 틀이 필요했다. 위인전을 읽으며 내게 닥친 모든 불행은 훌륭한 사람이 되는 과정에서 겪는 시련이라고 해석했다. 현실이 아무리 힘들고 고통스러워도 훗날 훌륭한 사람이 되어 큰일을 해내면 현재의 시련은 충분히 보상될 것이기 때문이다. 얼마나 힘들었으면 어린아이가 그런 생각을 했을까 싶어 그 시절의 내가 안타깝다. 아무도 나의 이런 생각을 알지 못했고 그 생각을 수정해 주지 않았기 때문에, 나는 꽤 오랫동안 그 생각의 틀 속에서 살았다. 그 생각은 과도한 칭찬과 마찬가지로 내게 치명적인 독이 되었다.

책 외에 학교도 각별한 의미가 있었다. 학교는 집으로부터 도망칠 수 있는 탈출구였고, 내가 다른 아이들보다 돋보일 수 있는 무대였다. 밤에 집에서 어떤 일이 있었더라도 다음날 학교에만 가면 전날 밤 일을 다 잊을 수 있었다. 학교에는 내 아버지가 지독한 술꾼이라는 사실을 아는 사람이 한 명도 없었다. 나는 대학에 갈 때까지 아무에게도 아버지에 대해 이야기하지 않았다. 그때까지 나는 괴물 같은 아버지가 있는 집은 세상에 우리 집뿐인 줄 알았다.

학교에서 이루어지는 모든 일이 즐거웠다. 집중력과 성취동기가 매우 높은 아이였던 나는 공부를 잘해서 선생님들의 주목과 칭찬을 많이 받았다. 공부에 몰두하고 있을 때는 옆에서 무슨 일이 일어나는지 시간이 어떻게 흐르는지 모두 잊었다.

시험이 다가오면 나는 밥을 먹으면서도 밥상 아래 책을 펴고 공부했다. 그런 나를 어머니는 꾸짖지 않았고 아버지는 대견하게 여겼다. 한번은 곧 시험 기간인데 아버지가 술을 많이 마시고 와 난동을 피웠다. 아버지에게 걸리면 공부할 시간을 빼앗길 게 뻔했다. 나는 책과 작은 상을 가지고 집 뒤 담벼락 쪽으로 숨었다. 벽에 상을 대고 가슴으로 받친 뒤 그 위에 책을 놓고 공부했다. 아버지가 고함치는 소리도 아련히 들렸다.

시험 때는 아버지의 긴 술주정에서 벗어날 수 있는 유일한 시간이었다. 무릎을 꿇고 술주정을 듣다 보면 나는 애가 탔다. 어머니가 조심스레 "내일 애 시험이라 공부해야 해요"라고 말했다. 그러면 아버지는 "그럼, 공부해야지. 가. 공부해" 하고 나를 놓아주었다. 나는 안도의 숨을 쉬며 책상으로 달려갔다.

국민학교 3학년 무렵부터 나는 전교에서 두각을 나타냈다. 경쟁자인 남자아이가 있었다. 얼굴에 주근깨가 있고 얌전한 아이였는데 지금껏 그렇게 공부를 잘하는 아이를 본 적이 없다. 학교에 다니는 동안 내가 이겨보지 못한 아이는 그 애가 유일했다.

6학년 때 담임 선생님은 나에게 교사용 참고서를 주면서 아침에 칠판 가득히 문제를 적으라고 시켰고 아이들에게 그 문제를 풀도록 했다. 답을 알려주고 설명을 하는 것도 내 몫이었다. 선생님으로부터 그런 신임을 받는 것이 자랑스러웠다. 체육부를 맡았던 담임 선생님은 나에게 통째로 수업 시간을 맡기기도 했다. 가는 막대기를 주면서 말 안 듣는 아이는 때려도 좋다고 했다. 한번은 떠든 아이들을 나오라고 해서 정말로 손바닥을 때렸다. 선생님에게 전권을 부여받은 나는 그걸 당연히 여겼다. 아이들도 순순히 내게 손바닥을 맞았다. 지금으로서는 도저히 이해할 수 없는 일들이 가능했던 시절이었다.

선생님이 내게 맡긴 시간에 나는 종종 반 아이들에게 내가 지어낸 이야기를 들려주었다. 때로는 미리 생각하지도 않았는데 즉석에서 이야기가 술술 흘러나왔다. 아이들은 내가 해주는 이야기를 좋아했다. 재미있다며 자꾸 들려달라고 했다. 산을 넘어 집으로 돌아올 때면 함께 가던 친구들에게도 이야기를 들려주었다. "선화야, 오늘도 이야기해 줘." 그럴 때마다 어깨가 으쓱했다. 아이들은 내가 커서 분명 작가가 될 것이라고 말했다. 학교에서 개최하는 글짓기 대회에서 늘 상을 탔다. 특히 일기 쓰기 일등상은 항상 내 차지였다. 어머니는 1학년 때부터 내게 일기 쓰기를 시켰는데 일기를 밀리면 회초리로 맞은 적도 여러 번 있었다. 일기를 쓰지 않았다고 맞는 것이 억울했지만 그 덕분에 내게 글 쓰는 솜씨가 생긴 건 분명하다. 나는 크면 꼭 고생한 어머니에 대한 글을 쓰겠다고 결심했다.

누가 내게 말해준 것도 아닌데 국민학교 6학년 때 나는 서울대학교 입학을 목표로 세웠다. 서울대학교가 우리나라에서 가장 좋은 대학교라는 것을 알고 나서였다. 옥스퍼드 대학은 언제 이루어질지 알 수 없는 까마득한 꿈이었지만, 서울대학교는 구체적인 목표였다. 그 당시 내가 살던 시골에서 서울대학교에 가는 것은 개천에서 용이 나는 것이나 마찬가지였다.

훌륭한 사람이 되려면 일단 서울대학교에 가야 한다고 생각했다. 그 이후는 생각하지 않았다. 노벨 문학상을 꿈꾸면서도 작가를 직업으로 삼지는 않을 참이었다. 서울대학교를 나온 후 어떤 직업을 가질지는 나중에 고민할 일이고 일단은 서울대학교에 입학하는 것이 중요했다. 대학 졸업 후 어떤 직업을 가지게 되든, 반드시 노벨 문학상을 받아야 나의 불행한 유년 시절을 전부 보상받을 수 있다고 생각했다. 뚜렷한 목표를 세운 나는 전보다 더 지독하게 공부에 매달렸다.

어머니의 두 모습

나는 어머니를 동정하면서도 한편으로 두려워했다. 아버지에 대한 두려움과는 성격이 달랐다. 어머니는 내가 잘못하면 호되게 야단을 쳤다. 한 번은 어머니에게 50원을 받아서 종합장을 샀다고 거짓말을 하고 20원을 과자 사 먹는 데 썼다. 거짓말은 금방 들통이 났다. 종아리에 빨갛게 회초리 자국이 생길 정도로 맞고 다시는 어머니에게 거짓말을 하지 않았다.

또 한 번은 어머니 시계를 가지고 나갔다가 잃어버렸다. 어찌나 무서운지 집에도 못 들어가고 어디론가 사라져 버리고 싶었다. 어떤 벌을 받을지 두려움이 압도했다. 그런데 뜻밖에도 어머니는 일부러 그런 게 아니니 괜찮다며 넘어갔다. 그때는 왜 어머니가 혼내지 않는지 이해가 되지 않았다. 또 하루는 학교에서 청소 시간에 대걸레로 장난을 치다 교실 벽에 걸린 거울을 깨뜨린 적이 있었다. 나는 어머니에게 그 사실을 숨기고 돼지 저금통을 깨 거울을 샀다. 나중에 그일을 알게 된 어머니는 왜 말하지 않았느냐며 모은 돈이 아깝다고 했다. 그때야 나는 어머니가 실수한 것은 혼내지 않는 분이라는 것을 알게 되었다. 어머니를 오해해 공연히 두려움에 떨었다는 것도.

어머니가 엄했던 것은 사실이다. 어머니는 내가 투정을 부리거나 징징대는 것을 봐주지 않았다. 내 기대보다 시험 문제를 많이 틀리면 속상한 마음에 엉엉 울며 집으로 돌아왔다. 어머니는 나를 흘겨보며 "뭘 그런 걸 가지고 울어? 그만 울어!"라고 차갑게 말했다. 감정을 조절하지 못한 나는 내 방으로 가 이불을 뒤집어쓰고 어머니에게 들리지 않게 울었다. 그런 일 정도야 상처라고 할 수도 없었다. 그런데 어느 날 어머니의 엄한 성격이 내게 트라우마를 남긴 사건이 일어났다.

누구나 어린 시절에 그런 경험이 있을 것이다. 학교에서 돌아왔는데 어머니가 집에 없으면 온 세상이 텅 비어버린 것처럼 느껴지는 경험 말이다. 국민학교 5학년 어느 날이었다. 학교에 다녀왔는데 어머니는 없고 처음 보는 할머니가 집에 와 있었다. 하얀 한복을 입고 머리에 비녀를 꽂은 그 할머니는 어머니의 먼 친척이라고 했다. 어머니가 며칠 동안 집에 돌아오지 못해 살림을 대신 봐 주기로 했다는 것이다. 가슴이 철렁했다. "며칠이나요?" "글쎄, 그건 나도 모르겠다." 가슴이 빠르게 뛰기 시작했다. 어머니가 집을 나갔다. 이런 일은 처음이었다. 어떤 암시도 없이 어머니가 며칠씩이나 집을 비운다는 게 믿기지 않았다. 금세 눈물이 그렁그렁 차올랐다. "어디 가셨는데요?" "그것도 잘 모른단다." 야속하게도 할머니는 아무 일도 아니라는 듯 무심히 대답했다. 나는 하늘이 노래지고 땅이 쑥 꺼져버리는 것 같았는데 말이다. 어머니가 어디로 갔는지, 얼마나 있어야 돌아올지도 알 수 없다니 어떻게 이런 일이 있을 수 있지?

아버지는 뭔가 아는 것 같기도 하고 모르는 것 같기도 했다. 나는 겁이 나서 아버지에게 아무것도 묻지 못했다. 그 할머니가 저녁밥을 해주셨는데 밥이 목에 걸렸다. '엄마가 아빠 때문에 힘들어서 도망친 걸까. 정말 그런 거면 나는 이제 어떡하지?' 두려움에 뜬눈으로 밤을 새우고 아침이 되었는데도 매일 들리던 어머니의 목소리는 들리지 않았고 어머니의 기척도 없었다.

지옥이 시작되었다. 며칠 있으면 돌아온다던 어머니는 일주일이 지나도 돌아오지 않았다. 세상이 캄캄한 어둠으로 변해 버렸다. 한 줄기 빛도 비추지 않는 어두운 날들이 계속되었다. 가슴 속에 큰 구멍이 나버렸다. 나는 앨범에서 어머니 사진을 하나 찾아냈다. 사진 속의 어머니는 미소 짓고 있었다. 나는 그 사진을 가슴 속에 집어넣었다. 사진이 몸에 닿는 감촉이 매 순간 느껴졌다. 그 감각마저 없으면 세상 어딘가에 어머니가 있고 머지않아 돌아올 거라는 사실을 믿을 수가 없을 것 같았다.

저녁이면 장독대로 올라가 가슴 속에서 사진을 꺼냈다. 웃고 있는 어머니 얼굴을 보며 하염없이 눈물을 흘렸다. "엄마, 언제 와?" 사진 속 어머니에게 대답 없는 질문을 해댔다. 행여나 오늘은 올까 하는 기대는 매일 무너졌다. 이러다 영영 어머니가 돌아오지 않으면 어쩌지. 혼자 장독대에서 울다 지치면 들어가 잠을 잤다.

그러던 어느 날 밤 열 시쯤 되었을까. 할머니가 내게 "엄마 오셨다. 너 혼자만 밖에 나가 봐라"하고 작은 목소리로 말했다. 아버지가 듣지 못하게 하려는 것이었다. 나는 꿈을 꾸는 기분이 들었다. 마당을 가로질러 뛰어가 대문을 열었더니 어머니가 서 있었다. "엄마!" 목소리가 떨렸다. 어둠 속에 희미하게 보이는 어머니는 못 보던 스카프로 머리를 감싸고 있었다. 그 모습이 낯설었다. 얼마나 기다렸던 어머니인가. 얼마나 보고 싶었던가. 그런데도 나는 쭈뼛거리며 엄마에게 달려가 안기지 못했다. 보고 싶었다는 말도 하지 못했다. 내가 그날 어머니에게 무슨 말을 했는지는 전혀 기억나지 않는다. 어둠 속에서 엄숙하게 굳어있던 어머니의 얼굴과 어머니가 했던 말만이 기억난다. 내가 입술을 실룩거리며 울음이 터질 것 같은 표정이 되자 어머니는 울지 말라고 했다. 나를 쳐다보며 엄한 목소리로 "조금 있으면 엄마 돌아올 거야. 그때까지 동생들 잘 보살피고 있어"라고 말했다.

야속한 엄마! 어디에 있는지, 언제 돌아오는지 정확히 얘기해주지도 않고 그 말만 했다. 나는 엄마가 지금 어디에 살고 있는지, 언제 올 건지 너무나 묻고 싶었다. 그러나 내게 이야기하면 아버지가 알게 될까 봐 말해주지 않는다는 생각에 입을 다물었다. 얼마나 보고 싶었는지, 안 가면 안 되는지 울면서 붙잡고 싶었다. 하지만 딱딱하게 굳은 어머니 표정을 보니 그렇게 하면 혼날 것만 같아 무서웠다.

잠시 후 어머니는 몸을 돌려 어둠 속으로 사라졌다. 어머니를 따라 뛰어가고 싶었지만, 나를 데려가 달라고 소리치고 싶었지만, 내 발은 땅에 들러붙었다. 멀어지는 어머니의 뒷모습을 보면서 나는 소리 죽여 울었다. 마당을 가로질러 방으로 돌아오는 내내 세찬 바람이 휘몰아치는 허허벌판을 걷는 기분이었다. 그날의 일은 어머니가 내게 했던 가장 잔인한 일이었다.

정확히 한 달이 지난 어느 날, 학교에서 돌아오니 기적처럼 어머니가 집에 있었다. 마치 그동안 아무 일도 일어나지 않은 것처럼. 나는 어머니가 돌아온 기쁨을 표현하지 못했다. 감정을 표현하면 그것이 어머니에게 또 다른 짐이 될 것만 같아서였을까. 어디서 무엇을 하다 왔는지도 묻지 않았기 때문에 지금까지 그 일은 미스터리로 남았다. 친척들에게 그 일을 물어보면 "네 엄마가 집을 나간 적이 있었니?"라는 대답만 돌아온다.

어머니가 집에 돌아온 뒤 모든 것이 제자리로 돌아갔다. 그것으로 충분했다. 나의 눈물은 말랐고 사진은 다시 앨범 속에 넣었다. 아주 오랜 시간이 지나서야 알게 되었다. 감정을 말로 표현하지 못하는 것이 코아의 특징이라는 것을. 내 감정을 받아줄 사람이 아무도 없어서였다는 것을. 어머니가 부재했던 그 한 달은 내게 큰 트라우마가 되었다. 소중한 사람이 나를 떠난다는 느낌, 그것이 주는 공포가 내 영혼 어딘가에 깊숙이 자리 잡았다.

어머니는 자식들을 향해 더할 나위 없이 헌신적이었지만 부드러운 모성을 가진 분은 아니었다. 어머니가 가출했던 사건은 그런 어머니의 이미지를 더 강화했다. 한편 어머니는 본래 차갑거나 모진 성격은 아니었다. 동정심이 많아서 집에 찾아오는 걸인이나 시주를 받으러 오는 스님들을 친절히 맞이했다. 어려운 살림에도 흰 쌀을 한 바가지씩 퍼서 자루에 담아주곤 했다. 서른일곱 살이었던 큰외삼촌이 폐결핵에 걸리자 어머니는 오빠를 살리겠다며 시골 우리 집으로 불렀다. 매일 한약을 달여서 큰외삼촌에게 먹였다. 큰외삼촌이 우리 집에 온 날부터 집에 허연 자루가 생겼는데, 그 자루 안에 약으로 쓸 뱀이 들어있었다는 사실을 나중에 알고는 소름이 끼쳤다. 어머니는 살아있는 뱀을 사서 약재료로 썼던 것이었다. 어머니의 정성이 무색하게도 큰외삼촌은 세상을 떠났다. 그렇게 마음이 따뜻하고 자애로웠던 어머니의 모습이 내 기억에도 뚜렷이 남아있다.

어머니가 부엌에서 저녁 식사를 준비할 때면 나는 부엌문 옆 마루에 배를 깔고 누워서 어머니에게 그날 있었던 일을 종알종알 이야기했다. 그 시간이 하루 중 가장 행복했다.

6학년 때, 다른 반이었지만 친하게 지내던 현주라는 아이가 있었다. 늘 웃는 얼굴에 밝고 당당한 그 아이가 좋았다. 같은 반이 된 적이 없었는데도 우리는 꽤 친하게 지냈다.

어느 날 학교에서 아이들로부터 현주가 죽었다는 말을 들었다. "간밤에 연탄가스를 마셔서 죽었대." "벌써 장례식을 치렀대." 아이들의 말이 거짓말처럼 들렸다. 그런데 현주네 반에 가 보니 정말 그 애가 보이지 않았다. 뭔지 모를 침통한 분위기가 흐르고 있었다. 나는 수업이 끝나기만을 기다렸다가 현주네 집으로 찾아갔다. 차가 다니는 큰길가에 늘어선 작은 집 중 하나였다. 마당도, 마루도 없고 부엌과 방만 있는 집이었다.

"계세요?" 개미 같은 소리로 불러 보았으나 정적만이 흘렀다. 방문을 살짝 밀어 보니 잠겨 있지 않았다. 텅 빈 작은 방은 을씨년스러웠다. 모두 장례를 치르러 간 모양이었다. 현주가 죽었다는 게 비로소 실감 났다. 오싹하는 전율과 동시에 마음 깊은 곳이 아려왔다.

집으로 돌아와 대문을 열고 마당에 들어서니 어머니가 마루에 앉아 이불보를 깁고 있었다. "엄마…." 어머니의 모습을 보는 순간 슬픔이 터져 나왔다. 나는 울면서 어머니에게 달려갔다. "왜? 선화야, 무슨 일 있어?" 심상치 않은 일이 있다는 걸 감지한 어머니가 눈을 크게 뜨고 근심스러운 얼굴로 물었다. "현주가 죽었어." "뭐라고?" 어머니는 믿지 못하겠다는 눈빛으로 나를 바라보았다. "밤에 연탄가스를 마셨대." "…세상에… 어떻게…." 어머니는 나를 감싸 안았다. 나는 어머니의 품에 안겨 펑펑 울었다. "우리 선화랑 그렇게 친했는데… 네가 아주 슬프겠구나." 어머니도 눈물을 지으면서 나를 안은 채 한동안 말을 잇지 못했다. 마당에는 해가 기울어 키 큰 꽃 그림자가 길게 늘어졌다. 시간이 지나니 슬픔은 거짓말처럼 사라졌다. 나는 어머니의 품속에서 친구의 죽음을 충분히 애도했다. 어머니가 말없이 나의 슬픔을 공감해주었던 그 순간은 가장 따뜻했던 어머니의 모습으로 기억에 남았다.

국민학교 6학년 여름방학, 내가 가장 좋아하는 외사촌 여동생이 집에 놀러 왔다. 그 아이가 돌아갈 때 함께 서울로 가서 남은 방학을 보내기로 했다. 어머니는 나와 외사촌 여동생을 평택역으로 데려다주었다. 아버지를 떠나 한동안 평화로운 생활을 할 수 있겠다는 해방감에 몹시 들떠 있었다.

기차가 플랫폼으로 들어왔다. 어머니는 어린 여자아이 둘만 서울로 보내는 게 못내 걱정스러웠나 보다. 이런저런 주의를 주면서 우리를 기차에 태웠다. 나는 기차가 떠날 때까지 기차 문 쪽에서 어머니와 인사를 나눴다. 신이 나기도 했지만, 한편으로는 혼자 서울에 가는 게 처음이라 두렵기도 했다.

"잘 지내고 있거라." 평소와는 다르게 어머니의 목소리가 부드러웠다. 그리고 나를 쳐다보는 어머니의 눈빛에 걱정과 안쓰러움이 가득 묻어났다. 기차가 출발할 때까지 어머니는 내 얼굴을 올려보며 플랫폼에 서 있었다. 연민과 슬픔 같은 감정이 어머니 얼굴을 뒤덮고 있었다. 기차가 출발하고 멀어지는 어머니의 모습이 보이지 않을 때까지 바라보았다. 아버지의 폭음이 이어지던 상황에서 어머니를 두고 혼자 도망치는 것 같아 미안했다. 그러나 그것도 잠시 기차에 앉은 나는 서울에 가서 지낼 생각으로 다시 흥분했다. 어머니의 그 표정이 지금도 눈에 선한 걸 보면 나는 일찌감치 어머니와의 작별을 예감하고 있었는지도 모른다.

음력 2월, 어머니 생일이었다. 6학년이 되어 용돈을 받기 시작하고부터 일찌감치 돈을 모아 두었다. 돼지저금통을 깨 보았더니 십 원, 오십 원, 백 원짜리 동전이 쏟아져 나왔다.

세어 보니 몇천 원이 채 되지 않았다.

학교 근처 시장을 몇 바퀴 뱅글뱅글 돌았다. 매서운 겨울 바람에 손이 시려 호호 불면서 돌아다녔지만, 어머니 선물을 산다는 생각에 신이 나서 추운 줄도 몰랐다. 그러다가 갑자기 양말을 사야겠다는 생각이 들었다. 어머니는 새 양말을 신은 적이 거의 없었다. 아버지가 신던 양말에 구멍이 나면 그것을 기워서 어머니가 신었다. 그래서 어머니에게 형형색색의 예쁜 여자 양말을 선물해야겠다는 생각이 든 것이다. 돈을 탈탈 털어서 색깔이 다른 양말 몇 켤레를 샀다. 포장도 하지 않고 검은 봉지에 넣어 오면서 가슴이 부풀어 올랐다. 내가 모은 돈으로 처음 해보는 어머니 생일 선물이었다.

선물을 받아 든 어머니는 봉투를 열어 양말을 꺼내 들고는 "양말이네"하며 환히 웃었다. "우리 선화가 벌써 다 컸네. 엄마에게 생일 선물을 다 하고. 양말 선물은 처음 받아 보네. 우리 선화가 효녀야." 함박웃음을 지으며 기뻐하는 어머니 모습에 마음이 뿌듯했다. 추위에 떨면서 돌아다닌 나 자신이 대견스러웠다. 그것이 내가 어머니에게 해주는 처음이자 마지막 생일 선물이 될 것이라고는 꿈에도 모른 채.

아버지의 입원, 그리고 서울로

어머니가 가출 후 집에 돌아온 지 몇 달 지나지 않은 어느 날, 집에 돌아와 보니 집 앞에 동네 사람들이 모여 있었다. '무슨 일이지?' 집 앞에는 하얗고 네모난 차가 서 있었다. 사람들 틈에서 초조해하는 어머니의 모습이 보였다. 어머니 옆에는 서울에 사는 막내 외삼촌이 서 있었다. 술에 취한 아버지가 차 안에 타고 있는 모습이 보였다. 아버지 양옆에는 하얀 가운을 입은 남자 두 명이 아버지 팔을 붙잡고 있었다. 깜짝 놀란 나는 어머니에게 다가갔다. "엄마, 아빠 어디 가?" "아빠 병원 가신다." "무슨 병원?" "이따 얘기해줄게."

두려움에 사로잡힌 나는 아버지 눈에 띄지 않게 멀찍이 물러났다. 아버지는 넋이 나간 듯 앞만 바라보고 있었다. 모든 것을 체념한 듯 소리도 지르지 않았다. 나중에 들어보니 처음에는 저항했지만 흰 가운을 입은 남자 간호사들이 제압하자 유순해졌다고 했다.

잠시 후 차가 떠났다. 사람들이 두런두런 얘기하는 소리가 들렸다. "결국 허 선생이 병원에 가는구먼." "알코올 중독이라잖아." "그게 병이었구먼 그래. 그저 술을 좋아하는 줄만 알았지." "우리 같은 촌사람들이 그런 걸 어떻게 알아?"

나는 알코올 중독이라는 말을 그때 처음 들었다. 그제야 아버지가 병원에 강제로 입원하게 되었다는 걸 깨달았다. 가출했을 때 어머니는 어디선가 아버지가 알코올 중독이라는 사실을 알게 되었다. 그리고 막내 외삼촌과 의논해서 아버지의 입원을 몰래 준비했다. 말이 입원이지 아버지는 병원으로 납치되듯 가 버렸다. 아버지가 자발적으로 입원할 리는 만무했다. 저항하던 아버지는 그날 화난 외삼촌에게 맞았다고 한다. 아버지가 간 곳은 그 유명한 용인 정신병원이었다.

얼마 후 면회를 다녀온 어머니는 소식 하나를 알려주었다. 아버지의 병명이 조울증이라는 것이었다. 기분이 아주 좋았다가 아주 나빠지는 두 상태를 반복하는 병이라고 했다. 대통령이 되겠다는 과대망상을 가진 것도 그 병 탓이었다. 아버지가 정확한 병명이 있는 환자였다는 사실은 충격적이기도 하고 속 시원한 발견이기도 했다. 단지 술을 너무 좋아해서 마신 게 아니라, 오랫동안 아픈 사람이었기 때문이라는 사실이….

아버지가 없는 삼 개월은 천국이었다. 이대로 아버지가 영영 돌아오지 않기를 바랐다. 그러나 아버지는 집으로 돌아왔다. 그런데 이전과는 많이 달라져 있었다. 날카롭던 얼굴형이 살이 쪄서 둥그렇게 변해 있었다. 약을 먹어서인지 사람이 멍해졌다. 눈빛이 멍하고 말수도 적어졌다. 그런 아버지 모습이 영 낯설어서 술을 안 먹는 것이 마냥 신나지는 않았다. 이대로 아버지는 술과 영원히 작별을 고한 줄만 알았다. 그랬다면 얼마나 좋았을까.

서울은 내게 동경의 장소였다. 내가 본 서울은 고작 영등포 일대가 전부였지만, 모든 게 신기하고 흥분을 일으키는 도시였다. 방학 때마다 서울에 갈 때면 '나도 서울에 살고 싶다'고 생각했다. 그러나 아버지 직장이 평택이었기 때문에 서울로 이사 간다는 것은 상상할 수도 없었다.

그런데 여름방학에 외사촌 여동생이 우리 집을 다녀간 후 나는 마음의 병에 걸리고 말았다. 그 애와 지낸 꿈만 같은 시간에서 깨어나 하루하루를 견디기 힘든 정도까지 이르고 말았다. 나는 상사병에 걸린 사람처럼 그 아이를 그리워하며 공허한 눈길로 하늘을 바라봤다. 그렇게 한 달여 속내를 감추고 끙끙거리던 나는 마침내 엄청난 방법을 생각해냈다. "엄마, 나 서울 가서 공부하고 싶어." "서울? 갑자기 서울은 왜?" "서울 가서 공부해야 서울대학교에 갈 수 있을 것 같아. 여기서 공부하면 못 갈지도 모르잖아."

나는 당연히 어머니가 역정을 내며 쓸데없는 소리를 한다고 야단을 칠 줄 알았다. 그런데 어머니는 화를 내지 않고 가만히 내 얘기를 듣기만 했다. 그날부터 나는 엄마를 졸졸 쫓아다니며 '서울, 서울' 하며 노래를 불렀다. 내가 무언가를 그렇게 집요하게 졸라본 것은 실로폰을 사 달라고 조른 이후 처음 있는 일이었다.

어머니는 어느 날 놀라운 말을 했다. "우리 서울로 이사 가자." "엄마, 정말?" 꿈일까, 생시일까? 어머니의 말은 진심이었다. 그 말을 한 후 일사천리로 이사 준비가 시작되었다. 내 공부도 공부지만, 아버지의 알코올 중독을 고치려면 아는 사람이 없는 서울로 이사 가는 게 좋겠다고 했다. 시골 사람들이 워낙 술을 좋아해서 아버지가 술 마실 기회가 너무 많다는 것이었다. 또 시골 사람들은 술에 대해 관대해서 아버지가 창피함을 못 느끼고 술을 더 마신다고 했다.

불가능하다고 생각했던 꿈이 이루어진 나는 날아갈 듯이 행복했다. 외사촌 동생과 같은 동네에 살고 싶어서 어머니를 졸랐다는 것은 비밀이었다. 어머니는 아버지를 설득해서 학교를 그만두게 했다. 당시 아버지는 교사로 18년을 근무했었기에 2년만 더 지나면 연금을 받을 수 있었다. 두고두고 아까운 일이었다. 어머니는 아버지가 알코올 중독을 치료하고 다시 교사로 일할 수 있으리라 기대했다. 그만큼 알코올 중독에서 아버지를 구하겠다는 마음이 컸다.

서울로 이사하는 것이 결정되었지만 시골집을 정리해야 하는 등 이것저것 처리할 일이 많았다. 그마저도 기다리기 힘들었던 나는 당장 서울로 가게 해 달라고 재촉했다. 중학 교에 입학하기 전에 미리 가야 진학이 수월하다는 이유에서 였지만, 속마음은 빨리 외사촌 동생 곁으로 가고 싶어서였 다. 결국 어머니는 6학년 여름방학이 끝나자마자 나를 영등 포에 있는 학교로 전학시켰다. 1979년 가을이었다.

영등포구 신길동. 우리가 처음으로 서울에 터를 잡고 살 게 된 동네였다. 동네 경계에는 높고 흰 벽돌 담벼락이 강 제수용소를 연상시키듯 길게 늘어서 있었다. 담벼락 옆으 로 난 길에서 아이들이 모여 놀았고 그 너머로 기차가 지나 가는 소음이 들렸다. 길 안쪽으로는 집들이 다닥다닥 붙어 있었다. 전형적인 가난한 서울 동네였다. 골목길은 시골 동 네의 골목보다 더 좁았다. 기찻길에서 좁고 구불구불한 골 목을 따라 조금 올라가면 제법 큰 길이 나왔는데, 그 큰길가 에 외삼촌 집이 있었다. 나는 일곱 식구가 단칸방에 살던 외 삼촌 집에서 한 달 정도를 함께 지냈다. 유년기를 보낸 시골,

산과 들, 개천, 그리고 친구들을 까맣게 잊고 서울 생활의 황홀함에 빠져들었다.

한 달 후 가족이 이사했다. 외삼촌 집에서 다시 좁은 골목을 따라 내려가면 우리 집이 나왔다. 시골에서는 제법 넓은 마당이 있는 집에서 살았지만, 서울에서는 남의 집에 세 들어 살아야 했다. 우리는 마당을 사이에 두고 왼쪽, 오른쪽에 있는 방 두 칸을 나누어 썼다. 남동생만 있고 공부에 전념해야 한다는 이유로 나는 처음으로 오른쪽에 있는 방을 혼자 사용하게 되었다.

전학한 학교에서 몇몇 아이들이 시골에서 왔다는 이유로 나를 무시했다. 짝이 된 남자아이가 수학 시간에 플러스, 마이너스를 배울 때 내게 물었다. "너 이런 거 알아? 양수, 음수라고 부르지 않고 플러스, 마이너스라고 하는 거야. 시골 학교에서는 그런 거 안 가르치지?" 나는 속으로 코웃음을 쳤다. 그 녀석의 코를 납작하게 해주고 싶어 첫 시험을 기다렸다. 첫 시험에서 나는 보기 좋게 6학년에서 일등을 했다. 나도 깜짝 놀랐다. 우습게 보이지 않으려고 죽어라 공부했지만, 일등을 할 줄이야. 담임 선생님과 반 아이들이 모두 나를 다시 보기 시작했다. 짝이었던 아이는 그때부터 공부에 관한 한 내 앞에서 잠잠해졌다.

쉬는 시간이나 점심시간마다 다른 반 아이들이 나를 보려고 우리 반을 기웃거렸다. "쟤야, 저기." 우리 반 아이들은 일등 한 아이가 누구냐고 묻는 다른 반 아이들에게 나를 가리켰다. 그 모든 관심을 의식하면서 나는 고개를 숙이고 묵묵히 책을 보았다. 우쭐대거나 잘난 척하면 안 된다는 생각이 들었다. 혹여나 내 외모에 관심을 보일까 봐 얼굴을 더 깊이 숙였다. 시골 아이라서 새까맣다는 말을 듣기 싫었다. 그렇지 않아도 '깜씨'라는 별명으로 나를 놀리던 아이들이 몇 있었기 때문이다.

학년이 끝나갈 무렵 담임 선생님이 아버지를 모셔 오라고 했다. 왜 하필 어머니가 아닌 아버지를 불렀는지 모르겠다. 시골에서는 아버지가 학교에 간 적이 한 번도 없었다. 나는 혹시나 아버지가 술을 조금이라도 먹고 올까 봐 바짝 긴장했다. 그러나 약을 먹고 있던 아버지는 멀쩡한 모습에 황토색 점퍼 차림으로 학교에 왔다. 아버지는 집에 돌아와서 "우리 선화가 졸업식에서 최우수상을 받는다더라"라고 자랑스럽게 말했다. 그걸 알려주려고 아버지를 불렀다는 게 이상했지만 나는 묘한 쾌감을 맛보았다. 서울 아이들을 이겼다는 느낌이었다.

국민학교 시절 내내 나는 거의 매달 상을 받았다. 운동장에 모여선 수백 명의 전교생 앞에서 이름이 불리면 혼자 걸어 나가 단상으로 올라갔다. 아이들과 선생님들의 이목이 내게 집중되었다. 뒤돌아 고개 숙여 인사하면 전교생의 박수 소리가 들렸다. 자리로 돌아오면서 뿌듯함으로 가슴이 부풀어 올랐다. 하루면 사라질 느낌일지라도 매달 맛보는 그 쾌감에 중독되었다. 어머니의 기쁨과 자랑은 시간이 갈수록 더 커졌다. 모두의 주목을 받는 그 자리가 내가 있어야 할 곳이라고 생각했다. 일등이 아니면 살 가치가 없다는 얼토당토않은 생각이 의식 속에 깊이 뿌리내렸다. 성인이 되어 그 왜곡된 가치관이 두고두고 나를 갉아먹고 괴롭히리라는 걸 그때는 알 길이 없었다.

아버지는 학교를 그만두고 서울로 올라와 백수가 되었다. 어머니의 알뜰함은 상상을 초월할 정도였다. 원래도 돈 한 푼을 허투루 쓰는 법이 없는 분이었지만, 서울에서 모든 수입이 끊어졌을 때 어머니의 생활력은 빛을 발했다. 한 달에 6만 원 정도의 생활비로 1년간 다섯 식구의 생활을 감당했다. 주위 사람들은 대단하다고 혀를 내둘렀다. 당시 물가가 높지 않았다 하더라도, 다섯 식구가 서울에서 6만 원으로 생활한다는 건 불가능에 가까웠다. 그래도 나는 우리 집이 그

다지 궁핍해졌다는 생각이 들지 않았다. 돈이 없어도 집안이 조용하고 평안하니 더 바랄 게 없었다.

우리가 서울에 올라온 1979년 10월, 박정희 대통령이 암살당했다. 나는 왠지 눈물이 났다. 아버지는 박정희 대통령이 죽기 전 그에 대해 욕을 하다가 경찰서에 끌려갔다. 시골에서는 동네방네 떠들어도 괜찮았는데, 서울은 달랐다. 누군가 아버지의 말을 듣고 신고한 것이다. 어머니가 사정사정해서 겨우 풀려났다. 박정희 대통령이 죽자 아버지는 잘됐다며 기뻐했다. 나는 그런 아버지가 미웠다.

겨울에 우리는 같은 동네 다른 집으로 이사했고 1980년이 되어 나는 영등포 여자중학교로 진학했다. 나는 전교 2등으로 입학했다. 입학식 날 어머니는 일등을 한 아이의 어머니에게 다가가 말을 걸었다. 집에 돌아온 어머니는 나에게 그 아이와 친하게 지내라고 말했다. 그렇게 나는 기순이와 친구가 되었다. 기순이와 친하게 지내면서도 늘 석차에 신경을 곤두세웠다. 나는 곧 일등을 차지했고 일등을 놓치면 안 된다는 생각으로 공부에만 매달렸다. 중학교 내내 기순이를 경쟁자로 여겼지만, 공부와 상관없이 우리 우정은 견고해졌다.

새로 이사한 집은 그 전 집보다 열악했다. 아버지의 무직 기간이 길어지면서 집안 형편이 더 나빠진 것이다. 변변한 마당도 없는 집의 대문을 열고 왼쪽으로 돌아 미닫이문을 열면 곧바로 커다란 부엌이 나타났다. 석회와 시멘트를 엉성하게 발라 만든 부엌이었다. 아궁이 대신 연탄을 넣어 불을 땠다. 부엌 한쪽에 있는 계단을 올라가면 앉을 수 있는 좁은 공간이 있었다. 거기가 마루인 셈이었다. 그 옆에 커다란 방 하나에서 온 가족이 지내게 되었다. 집안은 낮에도 컴컴했고 환기가 되지 않아 축축했다. 우리가 가난해졌다는 걸 실감했다.

가을이 되자 어머니는 아버지가 일자리를 찾았다고 말했다. 전라남도 신안군에 장산도라는 섬이 있는데, 아버지가 그곳 중학교 영어 교사로 가게 되었다는 것이었다. 나는 '사회과 부도' 책을 펼쳐 지도를 살펴보았다. 평택과 서울 외에 가 본 적이 없던 나에게는 그곳이 까마득히 멀게만 느껴졌다.

어머니는 아버지가 그곳에서 한두 해 정도만 근무하면 조건이 좋은 육지로 나올 수 있다고 했다. 아버지는 곧 섬으로 떠났다. 이제 아버지가 돈을 버니 생활이 좋아질 테고 알코올 중독도 끝이라는 생각이 들었다. 아버지가 없는 집은 허전하기는커녕 모든 고생이 끝난 듯 행복했다. 하지만 어머니의 생각은 달랐던 모양이다. 그리고 얼마 뒤 내 삶에서 가장 슬픈 날을 마주하게 되었다.

어머니의 죽음

서울에 이사 와 얼마 지나지 않아 어머니는 교회에 다니기 시작했다. 여의도 순복음 교회에 다니는 동네 아주머니들이 어머니를 전도한 것이다. 그 아주머니들은 예수님을 믿어야 아버지의 알코올 중독을 고칠 수 있다는 말로 어머니를 설득했다. 절에 열심히 다니던 어머니는 같은 정성으로 교회에 다녔다. 어릴 때부터 절보다는 교회에 더 마음이 끌렸던 나는 어머니를 따라 교회에 나갔다. 나뿐 아니라 온 가족이 모두 어머니를 따라 갑자기 기독교로 종교를 바꿨다.

아버지가 섬으로 떠나고 어머니는 금요일마다 철야 기도회를 다니기 시작했다. 혼자 섬에서 지내는 아버지가 걱정되어서인지, 곁에서 약을 챙겨줄 사람이 없어 아버지의 알코올 중독이 다시 재발할까 봐 불안해서였는지 어머니는 한

주도 빠짐없이 금요일 밤이 되면 집을 나섰다. 나도 어머니를 따라 철야 기도회를 간 적이 있었다. 밤을 새워 기도하고 어스름하게 날이 밝을 무렵 교회를 나섰다. 가을꽃이 피어 있는 곳을 지나다가 어머니는 잠시 발걸음을 멈추고 꽃향기를 맡았다. 우리는 도란도란 이야기를 나누며 여의도 광장을 건너 집으로 돌아왔다.

11월 말, 어느 금요일이었다. 추적추적 비가 내렸다. 그날도 어머니가 철야 기도회에 갈 것을 알았기에 나는 같은 동네에 살던 한 살 어린 육촌 여동생을 불렀다. 우리 집에서 함께 자기로 하고 재미있게 시간을 보낼 생각에 마음이 부풀었다. 동생이 집에 오고 10시가 지나자 어머니가 교회에 갈 채비를 했다. 날씨가 제법 쌀쌀한 데다 비까지 내려서 혼자 집을 나서는 어머니에게 왠지 미안했다. 어머니는 머리에 스카프를 두르고 우산을 챙겨 집을 나섰다. 나는 방에서 어머니를 배웅했다.

어머니는 그날따라 서둘러 나가지 않고 문턱에서 우리를 잠시 지켜보았다. 얼굴에 근심이 가득해 보이기도 하고 약간 슬퍼 보이기도 했다. 우리를 측은히 여기는 것 같기도 했다. 잠시 후 어머니가 문을 닫고 밖으로 나가는 소리가 들렸다. 나와 육촌 여동생은 이불을 덮고 재미있는 이야기를 한참 속닥거리다가 잠이 들었다. 잠자는 시간이 아까울 정도로 그날 나는 흥분해 있었다. 사춘기로 막 들어설 나이여서였는지 할 이야기가 차고 넘쳤다.

잠이 든 지 얼마 지나지 않았을 때였다. 밖에서 누가 대문을 두드렸다. 주인아주머니가 누군가와 이야기를 나누는 소리가 들렸다. 나는 잠에서 깨어 귀를 기울였다. 잠시 후 주변이 조용해졌다. 별일 아닌가 싶어 다시 잠을 청하려고 하는데 누군가의 발걸음이 가까워지는 소리가 들렸다. 그러더니 우리 집 부엌문이 열렸다. 깜짝 놀라 자리에서 벌떡 일어났다.

"선화야, 일어나. 어서." 방문이 열리며 주인아주머니 얼굴이 나타났다. 서둘러 불을 켜보니 아주머니 얼굴이 딱딱하게 굳어있었다. 직감적으로 무슨 일이 생겼음을 느꼈다. 육촌 여동생도 눈을 비비며 일어나 앉았다.

"옷 입어라. 어머니가 사고가 나셨다." 아주머니 목소리는 차분했다. 순간 등골이 오싹해지며 냉기가 흘렀다. 혀가 입천장에 들러붙은 듯 말이 나오지 않았다. 심장이 쿵쾅거리며 거세게 뛰었다. '무슨 사고지? 많이 다쳤을까? 어머니는 지금 어디 있지?' 물어보고 싶은 말이 너무 많았지만, 겁에 질려 아무 말 없이 옷을 챙겨 입고 아주머니를 따라나섰다. 동생들은 잠들어 있었다.

밖은 아직 캄캄한 밤이었다. 비는 그쳤다. 싸늘한 초겨울의 냉기가 몸속을 파고들었다. 조용한 동네에는 개 짖는 소리조차 들리지 않았다. 이 밤 중에 어머니에게 일어난 사고 현장으로 가고 있는 것이 꿈처럼 느껴졌다. '병원에 가는 걸까?' 그런데 아주머니는 내 손을 이끌고 동네에 있는 구멍가게로 향했다. 집에서 가까운 그곳에는 불이 희미하게 밝혀 있었다. '왜 저기로 가지?' 쿵쾅거리는 가슴이 더 빨리 뛰었다. 어머니 상태가 어떤지라도 말해주면 좋으련만 아주머니의 입은 굳게 닫혀 있었다.

가게로 들어서자 주인이 말했다. "아이고, 어떡해. 엄마가 죽었으니 애들 불쌍해서…." 주인아주머니는 고개를 떨구었다. 그때야 나는 엄마가 다친 게 아니라 죽었다는 것을 알았다. 머리가 멍해졌다. '엄마가 죽었다고?' "진짜예요?"라는 말이 목구멍에 걸렸다. 진짜라는 말을 들을까 봐 무서웠다. 잘못 알았다는 말이 나오기를 간절히 바랐다. '분명 잘못 안 걸 거야'라고 생각했다. 가게 주인은 어딘가로 전화를 걸었다. "여보세요?" 아버지 목소리였다. 주인아주머니가 전화기를 건네받았다. 어머니가 여의도 광장으로 들어서는 도로에서 교통사고를 당해 그 자리에서 즉사했다는 소식을 아버지에게 전했다. 그 말을 들으면서 '진짜구나' 생각했다. 어머니가 살아있을 가능성이 완전히 사라져 버렸다. 온몸의 기운이 빠졌다. 모든 현실 감각이 없어졌다. 주인아주머니는 어머니 시신이 지금 한강 성심병원에 있으니 빨리 서울로 오라고 말했다. 그리고 전화기를 내게 넘겨주었다. 나는 얼떨결에 수화기를 받았다.

"아빠⋯." "선화야, 아빠가 지금 서울로 갈 테니 병원에서 기다려라. 동생들 잘 챙겨라." 아버지 목소리에는 어떤 감정도 담겨있지 않다. 야속하고 또 야속했다. 전화기에 대고 울고 싶었지만, 이상하게도 눈물이 나오지 않았다. "네"라고 대답하고는 전화를 끊었다.

주인아주머니와 가게 주인이 뭔가 이야기를 하는데 그 말이 꿈결에서 들리는 듯했다. 빗길에 차가 오는 걸 어머니가 제대로 보지 못했고, 차는 어머니를 친 후 그대로 뺑소니를 쳤다는 이야기였다. 뉴스에 나오는 이야기를 하는 것 같았다. '저게 우리 엄마 이야기일 리 없어⋯.' 주인아주머니는 나를 데리고 집으로 돌아왔다. "아침에 병원으로 가자. 아버지가 병원으로 오실 거야."

얼마나 시간이 흘렀는지, 그 사이 무엇을 했는지 기억나지 않는다. 새벽 다섯 시쯤 되자 주인아주머니가 아침상을 차려서 방으로 들어왔다. 나는 동생들을 깨웠다. "어서 밥 먹어라. 병원 가게." 동생들에게 어머니 소식을 어떻게 전했는지 기억나지 않는다. 어떻게 이 상황에서 밥을 먹으라는 걸까. 내가 가만히 있자 아주머니는 "밥 먹어야지"하며 꾸짖듯 말했다. 그래도 나는 숟가락을 들 수 없었다. 몸이 마비되어 버린 것 같았다.

날이 밝자 아주머니는 우리를 데리고 한강 성심병원으로 갔다. 병원에는 이미 외삼촌과 오촌 아저씨가 와 있었다. 병원 마당 한 편에 허름하게 지어진 건물에 빈소가 차려졌다. 어머니 사진이 걸렸고 향을 피우는 그릇이 놓였다. 그곳에서 아버지가 도착하기를 기다렸다. 오후쯤이 되어 아버지가 도착했다. 섬에서 배를 타고 육지로 나와 기차를 타고 먼 길을 서둘러 온 것이다. 아버지가 오자마자 누군가 우리를 시신이 보관된 곳으로 데리고 갔다. 서랍같이 생긴 은색 상자들이 빼곡하게 들어서 있는 방이었다. 그중 한 상자를 빼내더니 가까이 오라고 손짓했다. 그곳으로 다가가 이미 이 세상 사람이 아닌 어머니의 얼굴을 보았다. 핏기 하나 없이 얼어있는 퍼런 얼굴은 어머니가 아니었다. 싸늘한 공포가 엄습했다. 어머니 얼굴을 보면서 공포를 느끼다니 죄책감이 들었다. 그러나 빨리 그 방에서 나가고 싶었다. 자다가 꿈에 나올까 봐 겁이 났다. '저건 엄마가 아니야. 엄마는 이제 없어.' 어머니의 시신을 확인하고 나서야 어머니가 죽었다는 사실을 인정했다. 더 이상 가슴이 쿵쾅거리지 않았다. 이상할 정도로 냉정해지며 모든 감각이 사라졌다. 주위에서 일어나는 모든 일들이 나와는 상관이 없는 듯 시간이 흘렀다. 나는 방관자가 되었다.

빗길에 차도를 건너는 어머니를 보지 못하고 사고를 낸 뺑소니 운전사는 곧 붙잡혔다. 아버지는 600만 원의 보상금을 받고 합의를 해줬다. 운전사가 고의로 사고를 냈을 리 없다고 생각한 나는 그를 원망하지 않았다. 장례식 동안 나는 곧 있을 기말고사를 걱정했다. 이 상황에 어떻게 시험 걱정을 할 수 있는지 부끄러웠다. 담임 선생님과 반 아이들이 조문을 왔다. 열네 살에 어머니를 잃은 아이는 어떻게 행동해야 하는지 방법을 몰라 어색하기만 했다. 아이들 눈에 내가 어떻게 보일지 신경 쓰였다. 아주 슬프게 보여야 한다는 생각에 연극을 하듯 맡은 역할을 행했다.

내가 태어난 동네에 어머니가 사둔 선산이 있었다. 그곳에 있는 할아버지와 할머니 묘 앞에 어머니의 묘를 쓴다고 했다. 11월이었는데도 날씨가 청명했고 심지어 따뜻하기까지 했다. 몇 명의 아저씨들이 삽으로 땅을 깊게 팠다. 그 시간이 너무 길어서 나와 동생들, 친척 동생들은 주변을 어슬렁거렸다. 땅을 다 파고 관을 내렸다. 관이 땅에 닿자 아버지부터 흙을 한 삽 퍼서 구덩이 속에 던져 넣었다. 나는 그 모습을 아무 말 없이 지켜보았다. 눈물이 펑펑 쏟아지든 뺨을 타고 줄줄 흐르든 해야 할 것 같은데 야속하게도 내 눈은 바싹 말라 있었다. "너도 흙을 퍼서 넣어라." 삽이 무거워 흙을 조금 담아서 구덩이 속에 던졌다. 이것이 어머니를 보내는 마지막 의식인데도 내 마음속에서 아무런 동요가 일어나지 않다니 너무나 신기했다. 내 마음은 마치 주인이 떠난 빈집 같았다. 흙을 다 덮고 봉분을 만들 동안에도 나는 어서 이 과정이 끝나기만을 바랐다.

누군가의 목소리가 들렸다. "어휴 지독한 년 같으니. 어쩌면 눈물 한 방울을 안 흘리냐." "엄마를 별로 좋아하지 않았나?" 그 말을 듣는 순간 속에서 뭔가 울컥했다. 누구의 목소리인지 짐작할 수 있었지만 뒤돌아보지 않았다. '아닌데…. 그래서 울지 않는 게 아닌데.' 지금 땅속에 묻힌 저 사람은 내가 이 세상에서 가장 좋아하고 존경하고 의지하던 사람인데, 왜 눈물이 나지 않는지 몰라 너무나 답답하고 억울했다. 뭔가 이유가 있을 텐데 그것을 이해하지 못하는 어른들이 야속했다. 좋은 엄마가 아니라서 내가 어머니를 좋아하지 않았고, 그래서 울지 않는다고 생각할까 봐 화가 났다.

　어머니는 서른여섯 해의 기구한 인생을 살다 갔다. 나는 하나님이 왜 어머니를 그렇게 이른 나이에 데려가셨는지 스스로 묻고 답했다. '더 이상 고생하지 말라고, 이제 쉬라고 부르신 거야. 더 살아봐야 아버지 때문에 계속 힘들 테니까 이른 나이에 불러주신 거야.' 고생만 죽도록 하다 떠난 어머니의 고된 삶을 달리 해석할 수 없었다.
　지금 생각하면 어처구니가 없지만 그 순간을 견딜 수 있었던 이유가 하나 더 있었다. 그해 시한부 종말론이 떠돌고 있었다. 장례식 후 우리 집에 방문한 목사님인지 전도사님이 3년 후면 예수님이 재림하신다고 했다. 그러니 어머니가 돌아가셨어도 너무 슬퍼하지 말라고 했다. 나는 부엌 쪽에 앉아 방으로 향하는 문을 열고 그 이야기를 들었다. 그리고 그 말을 믿었다. 3년 후에 엄마를 다시 만날 수 있겠구나.' 그러니 그리 슬퍼할 이유가 없었다. 마음속에 세찬 바람이 불어 한기가 가득했지만, 나의 이성은 그 허황한 말을 구명튜브라도 되는 양 꽉 붙잡았다.

어머니의 상실을 슬퍼하기 시작한 것은 고등학생이 되어서였다. 그때까지도 나는 슬픔을 느끼지 못했다. 아주 오랜 시간이 지나서야 그 이유를 알게 되었다. 나의 무의식이 나를 보호하기 위해서 한동안 슬픔을 차단했다는 것을. 감당할 수 없는 감정에 압도되어 의식이 해리되거나 분열되지 않도록 강력한 방어기제가 작동되었다는 것을. 그래서 어머니가 돌아가신 사실을 현실로 실감하지 못했다는 것을.

아이는 엄마를 잃을 때 무서워서 울 수는 있어도 슬퍼서 울 수는 없다. 그냥 슬픔을 꿀꺽 삼켜버린다. 슬픔을 처리할 아무런 방법도 주어지지 않기 때문이다. 시간이 흘러 슬픔을 감당할 시간이 되어서야 비로소 애도하기 시작한다.

어머니를 잃은 후 나는 상실에 취약해졌다. 친밀하던 관계가 끝나버리거나 익숙했던 장소를 떠나거나 더 이상 이룰 목표가 없거나 무언가를 상실하면 유난스러울 정도로 힘들어했다. 새로운 상황이나 환경에 익숙해지는 데 너무 오랜 시간이 걸렸다. 그 과정은 고통스러운 수술을 받는 것과 같았다. 지독한 외로움과 우울감에 시달렸고 마음을 어디에 붙들어 매야 할지 몰라 정착할 만한 기슭을 찾는 조각배처럼 헤맸다. 오랫동안 그 이유를 몰랐다. 어머니를 잃은 상실감을 충분히 애도하지 못했기 때문에 새로운 상실을 마주할 때마다 이전의 아픔이 재활성되는 것임을, 나이가 들어 정신적으로 심하게 앓고 나서야 알았다.

어머니는 가끔 내 꿈에 나타났다. 집에 왔는데 놀랍게도 어머니가 집에 돌아와 있었다. 젊었을 때 모습 그대로, 인자한 웃음을 띠고 밥을 짓고 있다. 압력밥솥이 돌아가는 소리가 들리고 구수한 된장찌개 냄새가 난다. 나는 믿기지 않아 "엄마, 진짜 온 거야?"라고 묻는다. 어머니는 미소만 지을 뿐 아무 대답도 하지 않는다. "엄마, 다시 가지 않는 거지?" 역시 대답이 없다. 너무 좋아 가슴이 터질 것 같지만 마냥 좋아할 수만은 없다. '어머니는 분명히 돌아가셨는데 이게 어찌된 일일까? 꿈이겠지? 깨어나면 어머니도 사라지겠지?' 그러다 잠시 후 어머니가 정말 다시 사라져 버린다. 아무 작별인사도 없이. 나는 목 놓아 운다. "엄마, 엄마. 왜 또 갔어? 갈 거면 왜 다시 왔어?" 그렇게 울다가 잠에서 깨면 눈가가 축축하게 젖어있다. 꿈에서나마 어머니의 모습을 본 것이 현실처럼 너무 생생하고 어머니가 다시 떠난 게 슬퍼서 한참을 엉엉 울었다.

가끔 애도가 영영 끝나지 않을지도 모른다는 생각이 든

다. 어머니를 어떻게 보내야 하는 건지 보내야 한다는 생각만 해도 눈물이 차오르고 가슴이 먹먹해진다. 하지만 그래야 내 안에 살고 있는 어머니를 만족시키려는 삶을 멈출 수 있을 것 같다. 그래야 삶에서 끊임없이 다가오는 상실의 파도를 조금은 수월히 넘어갈 수 있을 것 같다. 그래야 '어머니의 딸'이 아닌 '나'로 온전히 살아갈 수 있을 것 같다. 그래서 효과가 있을지는 모르지만, 다시 어머니에게 작별을 고하려 한다.

엄마, 안녕. 엄마, 잘 가요. 나 이제 엄마 없이도 잘 살게요.
이제 엄마 딸 아닌 나로 살게요.
다시 만날 수 있다면 한 이십 년쯤 있다가 하늘에서 만나요.
더 빠를 수도 있고 조금 더 늦을 수도 있어요.
그때까지 안녕.
엄마를 보내도 잊지는 않을게요.
너무 늦은 것 같지만 이제라도 엄마를 보내 드릴게요.
안녕, 사랑하는 나의 엄마….

2부

소녀 가장

어머니가 떠나면서 내 삶에는 돌이킬 수 없는 변화가 생겼다.

나는 가장이라는 강요된 짐을 떠안았다.

엄마 없는 하늘 아래

1976년, 내가 국민학교 3학년이었을 때 TV에서 「엄마 찾아 삼 만리」라는 만화영화를 방영했다. 돈을 벌기 위해 아르헨티나로 떠난 엄마를 찾아 나선 소년 마르코가 홀로 온갖 역경을 겪는 이야기였다. 나는 마르코에게 말로 설명하기 힘든 연민을 느꼈다. 마르코가 엄마를 만날 듯한 기회가 올 때마다 가슴을 졸였다. "아득한 바다 저 멀리 산 설고 물길 설어도 나는 찾아가리 외로운 길 삼만리…." 주제가를 따라 부르며 나도 엄마를 찾아 헤매는 것처럼 눈물을 훔쳤다. 마르코가 결국 엄마를 만나는 데 실패하거나 엄마가 죽었다고 밝혀질까 봐 만화의 결말이 어떻게 될지 두렵고 지레 슬펐다. 오랜 고생 끝에 마침내 마르코가 엄마를 만났을 때, 그 기쁨은 말로 표현할 수 없을 정도였다. 마치 나의 간절한 바람이 이루어져 마르코가 엄마를 만나기라도 한 듯이.

이듬해인 1977년에는 「엄마 없는 하늘 아래」라는 국내 영화가 개봉됐다. 영화를 보지 않고 제목만 들어도 가슴이 아렸다. 엄마 없이 산다는 건 어떤 것일까. 마르코는 엄마를 다시 만났지만, 이 영화의 주인공은 태어나자마자 엄마를 잃었다. 나는 어떤 이유에서인지 그런 이야기에 강하게 이

끌렸다. 엄마가 없는 아이들만큼 불쌍한 존재는 없다고 늘 생각했다.

나는 이제 엄마 없는 아이였다. 나와 두 남동생은 하룻밤 사이 세상에서 가장 불쌍한 존재가 되었다. 나에게 어머니는 세상의 중심이었고 살아갈 힘과 용기의 근원이었다. 근원이 사라진 후 삶은 온통 회색으로 칠해진 거대한 벽으로 변했다.

어머니의 장례가 끝나고 아버지는 방학이 되어 서울에 남았다. 그런데 불과 한 달이 채 못된 어느 날 우리 집에 어떤 여자가 나타났다. 삼십 대 정도밖에 안 되어 보이는 그 여자는 중간 정도의 키에, 얼굴에는 주근깨가 퍼져 있고 촌스러운 분홍색 원피스를 입고 있었다. 아버지는 그 여자가 우리 새엄마라고 했다. '새엄마라니? 어머니가 돌아가신 지 얼마나 지났다고?' 알고 보니 어머니의 장례가 끝나자마자 아버지는 큰아버지에게 새장가를 가게 해 달라고 졸랐다. 그래서 큰어머니가 아는 동네 여자를 소개해 주었고 그 여자가 우리의 새엄마가 되기로 동의했다는 것이다.

어머니의 죽음만큼이나 충격적인 일이었다. 아버지에 대한 배신감과 증오가 끓어올랐다. "싫어, 싫다고! 누구 맘대로 새엄마야?" 소리를 지르고 난리를 피우고 싶었지만 나는 시무룩한 표정으로 침묵시위만 벌였다. 아버지가 어머니를 그렇게 빨리 잊고 다른 여자를 찾았다는 사실에 충격을 받았다. 어른들이 미웠다. 아버지를 경멸하고 무시했다. 죽을 때까지 그 여자를 엄마라고 부르는 일은 없을 거라고 속으로 다짐했다.

그 여자가 우리 집에서 함께 지낸 건 채 며칠이 되지 않았다. 아버지는 그 여자를 데리고 돌아다녔고 방학이 끝나자 함께 섬으로 떠났다. 그리고 몇 달 지나지 않아 여자가 도망갔다는 말을 큰어머니에게서 전해 들었다. 다시 폭음을 시작한 아버지는 폭력을 행사했고 그 여자는 얼마 견디지 못하고 달아나 버린 것이다. 그 말을 듣고 나는 체중이 내려간 것 같았다. '그럼 그렇지. 누가 아버지 같은 사람하고 같이 살 수 있겠어? 뭘 모르는 바보 같은 여자였네.' 새엄마가 될 뻔한 여자가 나타났다 사라진 사건은 작은 에피소드로 끝나 버렸다.

그 후에도 아버지는 두어 번 난데없이 여자를 데려온 적이 있었다. 한번은 이십 대 밖에 되어 보이지 않는 앳된 얼굴의 여자가 포대기로 아기를 업은 채 아버지를 따라 집에 들어섰다. 여자는 수줍어하면서 내 앞에서 어쩔 줄 몰라 했다.

아버지는 그 여자와 아기가 오늘부터 우리 집에서 같이 살 거라고 했다. 기가 막혔다. 도대체 무슨 사연이 있기에 이 여자는 우리 아버지를 따라온 것일까. 여자와 아기가 가엾 기만 했다. 나는 아버지 몰래 그 여자를 마당으로 불러냈다. 여자는 고분고분 나를 따라 나왔다. "우리 아버지가 어떤 사 람인지 알고 따라온 거예요?" 나는 아버지에 대해 조목조목 이야기해줬다. 여자의 얼굴은 점점 겁에 질린 표정으로 변 해갔다. 내 말을 다 듣고는 아버지에게 아무 말도 하지 않고 조용히 짐을 챙겨 우리 집을 떠났다. 나는 골치 아픈 문제를 잘 해결한 자신이 뿌듯하기도 했지만, 아버지가 한심스러워 깊은 한숨이 나왔다.

중독이 재발하자 아버지는 학교에서 문제를 일으키기 시 작했다. 수업 시간에 학생들을 이유 없이 체벌하기도 하고 결근을 밥 먹듯 했다. 큰아버지는 섬으로 내려가 아버지 대 신 사직서를 쓰고 아버지와 함께 서울로 돌아왔다. 그때 나 는 아버지가 18년 동안 해직당하지 않고 지낼 수 있었던 건 순전히 어머니가 보살핀 덕분이었다는 것을 알았다. 어머니 가 사라지자 사회에서도, 가정에서도 아버지의 기능은 완전 히 끝나버렸다. 말 그대로 아버지는 내 눈앞에서 폐인이 되 어갔다.

나에게 사춘기가 있었을까. 사춘기가 부모로부터, 특히 어머니의 절대적인 영향력에서 벗어나 독립과 개별화를 추구하는 시기를 의미한다면 나에게 사춘기는 존재하지 않았다. 나는 어딘가로부터 독립해야 할 존재 자체가 없었다. 아버지는 나에게 그 어떤 권위도 갖지 못했다. 어머니만이 내가 독립을 추구해야 할 유일한 대상이었는데 그 대상이 사라져 버렸다.

어머니의 사망 후 더 이상 전적으로 의지할 대상이 없었기 때문에 나는 겉으로는 매우 독립적인 청소년이었다. 그 독립성은 강요된 것이었다. 그래서인지 지금까지도 나는 독립성과 의존성 사이에서 균형을 잡지 못하고 때로는 지나칠 정도로 독립적이고 때로는 지나칠 정도로 의존적인 상태를 반복한다. 너무나 오랜 시간 동안 자기 자신만을 의지한 채 살아서인지, 나이가 들수록 점점 거꾸로 의존적으로 되어간다. 청소년기에 의존에서 독립으로 나아가는 정상적인 발달 단계를 단숨에 뛰어넘었기 때문인 것 같다.

친구들은 엄마와 싸웠다는 이야기를 많이 했다. 나는 도무지 이해할 수 없었다. 내게 엄마라는 존재는 감히 거역할 수 없는 절대적인 권위였다. 그 권위에 도전하는 친구들이 이상하기도 하고 대단해 보이기도 했다. 친구들이 자연스러운 사춘기를 통과하고 있다는 것을 나는 알지 못했다.

'나는 누구인가'라는 질문을 던지며 정체성의 혼란을 겪지도 않았다. 그런 질문은 내 의식의 표면 아래 가라앉아 있었다. 내가 어떤 사람인지, 앞으로 어떤 삶을 살고 싶은지 깊이 생각할 겨를조차 없었다. 그런 생각을 하기에는 마음에 여유 공간이 너무 적었다. 나는 매일 매일 학업 계획을 세웠고 그 계획을 한 치의 오차도 없이 실행했다. 자주 다가오는 시험은 내 생각이 다른 데로 흘러가지 못하도록 붙잡아 주었다. 오로지 공부와 미래의 목표인 대학만이 내 의식을 가득 채웠다.

어른들에 대한 비판과 약간의 경멸적인 태도가 나타났다는 차원에서 사춘기가 있긴 했다. 무섭기만 했던 아버지는 여전히 공포의 대상이었지만 무시와 비판의 대상이기도 했다. 어머니가 돌아가시고 나서 직업을 잃고 자기 삶을 꾸려가지 못하는 아버지의 모습이 한심스러웠다. 돈을 벌지 못하면 집에서 책이라도 읽든지, 취미생활이라도 하든지, 친구들을 만나기라도 하든지 해야 하는데 아버지는 아무것도 하지 않았다. 술을 마시고 동네를 떠돌아다니며 쓸데없이 사람들과 다투고 신세를 한탄했다. 전에는 괴물로 보였던 아버지가 이제는 아무짝에도 쓸모없는, 사람 구실을 하지 못하는 초라한 폐물로 보였다. 선생이었던 사람이 어떻게 이렇게 동물적이고 본능적인 생활만을 할 수 있는지, 그런 아버지가 창피했고 경멸스러웠다. 겉으로는 아버지 앞에서 벌벌 떨었지만, 속으로는 형리같이 가혹했다.

아버지가 섬으로 떠났을 때 우리 집에 사촌 언니가 왔다. 언니는 나보다 불과 여섯 살 많은 이십 대 초반이었다. 큰아버지가 조카인 우리를 어떻게 돌봐야 할지 고민하다 내린 결정이었다. 평소에 좋아하던 사촌 언니였기에 마음이 든든해졌다. 언니는 사회생활 경험도 있고 요리든 뭐든 살림하는 솜씨가 남달랐다. 무엇보다 언니와 마음이 잘 통했다.

우리는 신길동을 떠나 망원동으로 이사했다. 망원동에서만 네 번을 이사했는데, 첫 번째 살았던 곳은 복개천 근처의 연립주택이었다. 지금은 사라진 형태의 연립주택으로, 가운데 마당 비슷한 공유 공간을 둘러싸고 사방으로 4층짜리 건물을 올린 형태였다.

이사한 집의 주인은 젊은 부부였고 연경이라는 다섯 살짜리 딸이 있었다. 이목구비가 오밀조밀하고 인형같이 예쁜 아이였다. 그 아이가 웃으면 온 세상이 행복으로 넘실대는 것 같았다. 연경이는 나를 잘 따랐고 우리는 금세 친한 친구가 되었다. 연경이는 매일 내가 학교에서 돌아오기를 기다렸고 우리는 여러 놀이를 하며 저녁 시간을 보냈다. 웃는 모습이 매력적이었던 마음씨 착한 주인아주머니는 사촌 언니와 찰떡궁합이었다. 앞머리가 벗겨지고 양옆으로만 머리칼이 많았던 주인아저씨는 유머 감각이 뛰어나 자주 나를 웃겨주곤 했다.

주인집은 큰 방을 썼고 우리는 나머지 방 두 개를 썼다. 아버지와 남동생들이 방 하나를 쓰고, 언니와 내가 다른 방을 썼다. 언니와 이야기를 많이 나눠서인지 나는 어머니의 부재나 외로움을 크게 느끼지 않았다. 어른이 될 때까지 언니와 쭉 같이 살았으면 좋겠다고 생각했다. 언니는 음식을 해주고 빨래하고, 옷을 사주고 병원에 데려가는 등 어머니가 했던 모든 일을 했다. 완벽하지는 않았지만, 어머니를 대신한 존재였다. 어머니를 잃은 허전함이 언니의 존재로 어느 정도 채워졌다. 언니도 어린 나이였는데 어떻게 사촌 동생들을 위해 그런 희생을 감수할 수 있었는지 너무 어렸던 나는 미처 헤아리지 못했다.

너무 힘이 들었던지 언니는 1년 만에 우리를 떠났다. 그리고 또 다른 사촌 언니가 왔다. 먼저 왔던 언니의 언니, 그러니까 제일 큰 사촌 언니였다. 언니는 어릴 때 삼촌인 아버지에게 맞은 적이 있었다. 아버지와 어머니가 결혼하던 날, 어린아이였던 언니가 운다고 아버지는 큰어머니에게 구정물을 던졌다. 아버지에게 상처가 많았던 언니는 아버지에게 자주 대들고 싸웠다. 어머니가 아버지에게 대드는 모습을 본 적이 없었던 나에게 그런 언니가 대단해 보였다. 아버지는 어린 언니에게 했던 일이 미안했던지 언니가 대들면 그저 잠자코 듣기만 했다.

아버지는 술을 마시고 큰집에 가서도 자주 행패를 부렸다. 그래서 사촌들 역시 아버지를 치가 떨릴 만큼 싫어했다. 그렇게 싫은 삼촌네 살림을 도맡아서 해야만 했으니. 아무리 사촌 동생들이 불쌍했어도 언니의 마음이 어땠을지 짐작하고도 남는다. 아버지의 행패가 심해지던 어느 날 언니는 집을 나가버렸다.

중학교 2학년 여름방학이었다. 언니가 어디로 갔는지는 궁금하지 않았다. 언니가 다시 돌아올지, 언제 돌아올지 그것만이 궁금했고 돌아오지 않으면 우리는 어떻게 되는 건지 무서웠다. 아버지와 우리 남매만이 오롯이 남겨졌다. 그 상황이 너무나 막막하고 암담했다. 다행히 언니는 어머니처럼 한 달이 지난 어느 날 다시 돌아왔다. 언니가 집을 비운 그 한 달은 어머니가 돌아가신 후 가장 끔찍했던 시간이었다. 밥은 어떻게 해 먹었는지, 빨래는 누가 했는지 아무것도 기억나지 않는다. 하지만 다음 두 가지 사건은 선명히 기억난다.

무더운 여름날이었다. 갑자기 아버지가 정동 유원지로 놀러 가자고 했다. 아버지는 이미 술에 조금 취한 상태였다. 그 상태로 놀러 가면 그곳에서 술을 더 마시고 만취가 될 게 뻔했다. 당연히 가고 싶지 않았지만 싫다고 말을 하지 못했다.

우울한 날이 되리라는 것을 이미 예감한 나는 내키지 않는 발걸음을 뗐다. 버스 안에서 아버지가 혹시라도 실수하면 어쩌나 마음이 조마조마했다. 물놀이를 하는 곳이라는데 이런 기분으로 무슨 물놀이란 말인가. 가는 내내 불안하고 우울했다.

그렇게 정동에 도착했다. 햇볕이 쨍쨍 내리쬐고 한창 더위가 기승을 부렸다. 가족끼리, 친구끼리 온 다른 사람들은 하나같이 즐거워 보였다. 산 아래 암벽 같은 것이 있고 물이 많은 곳에서 사람들이 물놀이를 즐기고 있었다. 아버지와 동생들은 웃통을 벗고 물속으로 들어갔다. 물놀이하는 동안

만큼은 동생들도 아무 생각 없이 신나 보였다. 그러나 나는 물에 발만 담근 채 언제 무슨 일이 생길지 몰라 불안해하며 눈으로 아버지와 동생들을 쫓고 있었다. 천진난만하게 놀고 있는 동생들이 안쓰럽기만 했다. 뜨거운 햇볕 아래서 자꾸만 눈물이 나려고 했다.

아니나 다를까 아버지는 그곳에서 혼자 술을 마시기 시작했다. 제발 한 병만 마시기를 빌고 또 빌었다. 아버지가 만취가 되면 어떻게 여기서 집까지 돌아갈 수 있단 말인가. 마음에 먹구름이 몰려들었다. "아빠, 술 많이 마시지 마세요. 집에 가야 하잖아요." 나는 용기를 내서 아버지에게 말을 걸었다. "알았다. 많이 안 마신다." 이미 얼굴이 붉어진 아버지가 내 마음을 알았던 것일까. 다행히 더 이상 술을 마시지는 않았고 난동을 부리지도 않았다. 아버지는 물놀이하는 동생들 사진을 찍었다. 나는 사진을 찍고 싶지 않았다. 지금도 앨범을 꺼내 보면 그날 찍은 동생들의 사진이 있다. 웃음기 없는 어색한 표정으로 두 손을 몸통에 꼭 붙이고 물속에 나란히 서 있는 동생들의 모습을 볼 때마다 가슴이 아려온다. 다행히 큰 사고 없이 무사히 집에 돌아왔지만, 그날의 기억은 가장 슬펐던 가족 여행으로 내 뇌리에 새겨져 있다. 이후 우리 가족은 단 한 번도 함께 여행을 간 적이 없다.

언니가 없는 동안 아버지의 폭음이 갈수록 심해졌다. 하루하루가 지옥같이 세상의 온갖 불행을 혼자서 다 짊어진 기분이었다. 어디론가 도망치고 싶었다. 내가 집에 머물러 있었던 건 동생들 때문이었다. 동생들을 데리고 갈 수 있는 곳은 세상 어디에도 없었다.

그러던 어느 날, 아침부터 외출했던 아버지가 술에 취해 집에 돌아왔다. 주인 가족도 집을 비웠고 동생들도 놀러 나가 집에는 나뿐이었다. 아버지는 화가 잔뜩 나 있었다. 언니와 내가 지내는 방에 들어가더니 욕을 하면서 언니의 옷을 옷장에서 마구 꺼냈다. 나는 영문을 알지 못한 채 겁에 질려 아버지가 하는 행동을 보고만 있었다. 아버지는 언니 옷을 전부 꺼내어 베란다 창문으로 하나씩 집어 던졌다.

"다 없애 버릴 거야." 돌아오지 않는 언니에게 부아가 난 모양이었다. 옷을 다 내던진 아버지는 밖으로 나가더니 라이터를 꺼내 쌓여있는 옷에 불을 붙였다. 연립주택 마당은 텅 비어있었다. 활활 타오르던 옷가지는 순식간에 재로 변했다. 아버지의 그런 기행을 처음 본 나는 경악했다. 이제 또 무슨 일이 벌어질까.

옷을 다 태운 아버지는 집으로 들어왔다. 여전히 분이 풀리지 않는지 씩씩대면서 부엌으로 가더니 과도를 손에 집어

들었다. 머리가 쭈뼛해졌다. '아, 대체 이게 무슨 일일까.' 아버지가 칼을 잡은 모습을 어렸을 때부터 여러 번 봤지만, 그 광경에 도저히 적응할 수 없었다. 이번에야말로 큰일이 터지겠구나. 아버지가 누군가를 해치고 경찰에 붙잡혀 감옥에 가는 모습이 저절로 그려졌다. "따라와라." 아버지는 무서운 목소리로 나에게 말했다. 어디 가느냐고 묻지도 못한 채 아버지를 따라 나갔다.

아버지는 과도를 바지 주머니에 집어넣고 차가 다니는 큰 길로 나갔다. 그리고 지나가는 택시를 멈춰 세웠다. "타라." 아버지가 택시 앞좌석 문을 열었을 때 주머니에 있던 과도가 땅에 툭 하고 떨어졌다. 아버지는 과도를 집어 주머니에 넣었다. 택시 운전사가 그 모습을 보고 흠칫 놀라는 표정을 지었지만, 승차를 거부하지는 않았다. 아버지가 "오산!"이라고 말했다. 나는 아버지가 오산 큰집에 가려 한다는 걸 알아챘다.

기사는 힐끔거리며 아버지를 쳐다보았다. 아버지는 술 냄새를 풍기며 거친 숨을 몰아쉬었다. '큰 집에 가서 무슨 행패를 부릴까. 저 칼로 누구를 어쩌려는 거지.' 나는 도착할 때까지 공포로 몸이 굳었다.

큰집 앞에 택시가 멈춰 서자 아버지는 엄청난 요금을 지

불하고 부리나케 차에서 내려 빠른 걸음으로 큰집 대문으로 들어섰다. 나는 쿵쾅거리는 가슴을 진정시키며 큰집 문 옆에 서 있었다. 밖에서 안쪽 상황이 어떻게 돌아가는지 확인해야만 했다.

아버지가 고함치는 소리가 들렸다. "다 나와! 오늘 다 죽어 버린다!" 그 말을 듣자마자 나는 몸을 돌려 쏜살같이 뛰었다. 말 그대로 도망친 것이다. 한참을 뛰다 보니 동네에서 벗어나 논이 보였다. 여기까지는 아버지가 따라오지 못하겠지. 엉엉 울면서 논길을 배회했다. 무슨 일이 나면 어떡하지. 혹시라도 경찰차가 오지는 않았는지 동네 쪽을 연신 바라보았다.

해가 저물고 있었다. 얼마나 그곳에 있었는지, 시간이 얼마나 흘렀는지 알 수 없었다. 석양이 물들고 저만치 보이는 집 굴뚝마다 모락모락 연기가 올라왔다. 평화로운 광경이었다. 지금 큰집에서 벌어지고 있을 일과 전혀 조화되지 않는 너무나 낯선 모습이었다. 조금 더 있으면 날이 완전히 저물겠다는 생각에 나는 천천히 발걸음을 옮겼다. 내가 보게 될 광경이 과연 무엇일지 무섭고 섬뜩했지만 확인해야만 했다.

큰집에 다가갔는데 아주 조용했다. 대문을 열고 들어서는데도 아무런 기척이 나지 않았다. 잠시 후 방문이 열리며 큰어머니가 나왔다. "에구, 선화야, 어디 갔었니?" "아빠는요?" "큰아버지가 병원에 입원시키셨다. 이게 무슨 일이냐, 대체?" 큰어머니가 언제쯤 이런 일이 끝날까 하는 표정을 짓자 이마에 깊은 주름이 잡혔다. 그 말을 듣고 나서야 비로소 숨을 크게 쉴 수 있었다. 아무도 해치지 않고 아버지는 병원으로 갔다. 온몸에 긴장이 풀리며 깊은 안도감이 몰려왔다. 3년 만에 다시 입원하게 된 아버지. 이제 몇 달은 마음 편히 지낼 수 있겠구나. 그렇게 아버지는 정신병원에 두 번째 입원했고, 그 후에도 3년이라는 시간은 공식처럼 맞아떨어졌다.

소녀 가장이 되다

내가 고등학생이 되자 큰언니도 우리 집을 떠났다. 2년 동안 어머니의 빈자리를 채워준 언니들의 존재가 내게 얼마나 큰 힘이 되었는지 깨달은 건 오랜 시간이 지난 후였다. 청소년기 내내 나 혼자 가족들을 책임지고 산 줄 알았는데 그게 아니었다. 언니들은 내가 학업에 전념할 수 있도록 집안일을 돌보고 동생들을 챙기며 우리 가정을 지탱해 주었다. 이제는 고등학생이 된 내가 가정을 떠맡을 차례였다. 진정한 의미에서 소녀 가장이 된 것이다.

2년을 지냈던 연경이 집에서 맞은편에 있는 집으로 이사했다. 이번에 살게 된 집은 완전한 지하 셋집이었다. 영화 「기생충」에 나오는 집과 비슷하게 창문을 열면 머리 위로 사람들이 지나다니고 흙먼지가 날아 들어왔다. 길에서 서너 계단을 내려가 작은 문을 열면 바로 싱크대 하나와 수납장, 가스레인지가 전부인 부엌이었다. 낡고 지저분한 싱크대 서랍에는 늘 바퀴벌레가 들끓었다. 나는 바퀴벌레를 보아도 아무렇지 않게 휴지로 꾹 눌러 죽이는 데 익숙해졌다.

부엌 뒤로는 한 평이 조금 넘는 작은 방과 한 사람만 간신히 들어가 세수할 수 있을 정도로 좁디좁은 화장실이 마주하고 있었다. 그 방과 화장실 사이를 지나면 비로소 큰 방이 나타났다. 나는 작은 방에서 공부하고 잠은 큰 방에서 다 함께 잤다. 환기가 되지 않아 집 안은 항상 습기가 가득했고, 늘 썩은 냄새가 났다. 장마철이면 길에서 빗물이 부엌으로 흘러들었다. 급기야 쥐까지 나타나 온 집을 제멋대로 활보하고 다녔다. 그 후에 살았던 집들도 그다지 좋은 환경이 아니었지만, 그곳은 최악이었다. 그래서인지 지독히 지저분하고 냄새나던 이 집이 꿈에 자주 보이곤 했다.

한 달에 한 번씩 나는 큰집에 가서 십만 원씩 생활비를 타
왔다. 시골집을 팔아 얻은 돈과 어머니 사고 합의금을 큰아
버지가 관리해 주셨기 때문이다. 합정에서 전철을 타고 수
원역까지 가서 버스로 갈아타야 큰 집에 도착할 수 있었다.
한 달에 한 번, 어떻게 지내는지, 아버지 상태는 어떤지 큰아
버지에게 보고했다. 언니들은 가끔 나를 데리고 시장에 가
서 옷을 사주곤 했다.

나는 폭우를 온몸으로 맞고 있는 기분이 들었다. 비를 막
아줄 우산은 없었다. 이를 악물고 주먹을 불끈 쥐는 습관이
생겼다. 삶은 내게 무거운 짐이 되었고 하기 싫어도 해야 하
는 숙제가 되었다. 하고 싶은 일을 하는 중에도, 그것을 '반
드시 해야 할 일' 처럼 생각해야만 성취감이 생겼다. '산다는
건 뭘까, 왜 살까' 하는 생각은 사치였다. 가끔 그런 철학적
인 질문을 하며 어려운 책을 읽고 사색에 잠긴 친구들을 보
면 이해가 가지 않았다. 태어났으니까 사는 거지 뭐, 저 애들
은 뭐가 저렇게 복잡할까. 나는 인생의 가장 큰 질문들을 유
예했다.

아버지와 함께 지내는 것만으로도 하루하루가 벅찼다. 아버지만 없었어도 동생들과 셋이 얼마든지 살 수 있었다. 맛있는 식사를 준비해주는 사람이 없어도, 집안일을 엉망으로 해도 상관없었다. 아버지만 없다면 삶이 훨씬 가벼워질 텐데. 그러나 아버지는 꿈쩍도 하지 않는 바위처럼 우리 앞을 가로막고 있었다.

보살피는 사람, 보호자가 나의 중요한 정체성이 되었다. 성인이 된 나의 주변에는 늘 내가 신경 써줘야 할 사람, 정서를 보살피고 문제를 해결해 주어야 하는 사람들이 있었다. 나는 보호받지 않아도, 누가 보살펴주지 않아도 되는 줄 알았다. 그러나 내가 열심히 다른 사람을 보살피고 보호한 이유는 사실 나 자신이 보호받고 싶고 보살핌을 받고 싶어서였다. 그 욕구가 채워질 때는 안정감을 느꼈다. 그러나 아무도 그 욕구를 충족시켜 주지 못할 때, 혹은 내가 보호하고 보살필 존재가 없을 때 나 자신이 아무것도 아니라는 느낌과 공허감, 삶의 무의미에 시달렸다. 너무 어린 나이에 가장의 역할을 감당해야 했던 부작용이었다. 소위 '동반의존(co-dependency)'이 삶의 방식으로 굳어졌다.

내가 집에서 해야 할 가장 중요한 일은 식사 준비였다. 어머니는 요리 솜씨가 뛰어난 분이었다. 어머니가 일찍 돌아가시면서 요리를 배우지 못한 것이 나에게는 큰 손실이었다. 언니들도 내게 음식 만드는 법을 가르쳐 주지 않았다. 한마디로 나는 독학으로 음식을 만들어내야 했다. 김치는 때마다 큰집이나 외삼촌 댁에서 갖다주었고 언니들이 가끔 밑반찬을 해다 주기도 했다. 도시락 반찬은 늘 소시지, 달걀부침 아니면 김치였다. 아침에 일어나 후다닥 나와 동생들 도시락을 싸서 학교에 가는 것이 첫 일과였다.

매일 비슷한 반찬만 하는 것이 고민이었다. 어느 날 고깃국을 끓여봐야겠다는 생각이 들었다. 슈퍼마켓에 가서 고기를 파는 코너로 갔다. 소고기와 돼지고기의 가격 차이가 컸다. 나는 하얀 가운을 입은 아저씨에게 돼지고기를 한 근 달라고 말했다. 아저씨는 나에게 "뭐 하려고?"라고 물었다. "고깃국 끓이려고요"라고 대답하니 아저씨는 한심하다는 표정으로 "무슨 돼지고기로 고깃국을 끓여?"라고 퉁명스럽게 말했다. "그럼요?" "소고기로 끓여야지." 아저씨의 표정이 그 나이에 이런 것도 모르느냐고 말하고 있었다. 순간 내 얼굴이 확 붉어졌다. '아, 돼지고기로는 고깃국을 끓이는 게 아니구나.' 그런 것도 몰랐다는 게 너무 부끄러웠던 나머지 그대로 뒤돌아 슈퍼마켓을 빠져나왔다. 그때 당황했던 열일곱 소녀의 내가 종종 가엾게 느껴진다. "그런 거 몰라도 돼, 괜찮아"라고 말해주고 싶다.

한번은 막냇동생이 소풍을 간다며 김밥을 싸 달라고 했다. 한 번도 싸본 적이 없는 김밥. 달걀, 소시지, 시금치, 당근, 노란 무와 김을 사 왔다. 밥을 짓고 재료들을 하나씩 준비했다. 문제는 밥을 얼마나 깔아야 하는지 잘 모르겠는 거였다. 되는대로 밥을 깔고 재료들을 넣어 김밥을 말았다. 울퉁불퉁 영 보기 싫은 모양이었다. 중간중간 터진 김 사이로 밥알이 비집고 나왔다. 어찌어찌 김밥을 전부 말아 칼로 썰었다. 예쁘게 썰리는 김밥이 거의 없었다. 그래도 준비해 둔 양은 도시락에 김밥을 하나씩 넣었다. 내가 보아도 모양이 형편없었다. 다음날 동생은 하나도 먹지 않은 김밥 도시락을 그대로 가져왔다.

음식 준비 외에 가장 힘든 일은 빨래였다. 네 식구의 빨래는 양이 많았다. 평일에는 공부하느라 시간이 없었기에 토요일에 빨래를 몰아서 했다. 커다랗고 붉은 고무통에 빨랫감을 집어넣고 바지를 걷어 올리고 들어가 밟았다. 겨울에는 따뜻한 물이 모자라서 발과 손이 시렸다. 빨래하면서 '내가 왜 이 나이에 이런 일을 해야 하지'라는 생각에 억울했다. '다른 애들은 지금 공부만 할 텐데….' 몸이 힘든 것보다는 시간이 아까워 저절로 불평이 나오고 나의 처지가 너무 서러웠다. 이른 나이에 살림을 도맡게 된 탓인지 살림이라는 일에 반발심이 생겼다. 주부가 된 후에도 나는 살림이 싫었다. 내 속에 있는 열일곱 살 아이가 여전히 살림을 거부하는 모양이다.

어머니가 돌아가셨을 때 아버지 나이는 44세였다. 사회적으로 왕성한 활동을 해야 할 때였다. 그러나 직장을 그만두고 나서 아버지는 세상에 설 곳이 없었다. 아버지는 우정을 쌓거나 인간관계를 맺는 데도 서툴렀다. 직장을 그만두고 연락하는 동료 교사도 없었다. 그런데도 아버지는 늘 어딘가 돌아다녔다.

어느 날 밖에 나갔던 아버지가 일찍 집으로 돌아왔다. 손에는 웬 종이 꾸러미를 잔뜩 쥐고 있었다. "나 이제 일할 거다." "무슨 일이요?" "책 외판원." 아버지는 방바닥에 종이를 하나씩 펼쳐 보였다. 어린 시절 우리 집에 자주 들르곤 했던 책 외판원들이 보여주던 그런 광고지였다. "내일부터 팔러 다닐 거다." 아버지의 표정은 사뭇 진지하고 의기양양했다. 나는 아버지가 과연 이 일을 할 수 있을까, 책 파는 일이 그리 수월하지는 않을 텐데, 여러 가지 생각이 들었다. 뭐라도 해보겠다고 시도하는 아버지가 짠했다.

다음 날 아버지는 아침 일찍 광고지를 들고 집을 나섰다. 저녁이 되어 집에 돌아온 아버지는 하나도 못 팔았다고 말했다. 하루 종일 여기저기 다니며 생전 안 해본 외판 일을 했다고 생각하니 아버지가 가여웠다. 다음 날도, 그다음 날도 허탕이었다. 아버지는 사흘 만에 그 일을 그만두었다. 아버지가 초라하고 약해 보였다.

그 후에도 아버지는 몇 번의 구직 시도를 했다. 한번은 아파트 경비 일을 한다고 했다. "정말 취직이 됐어요?" "그럼! 내일부터 나오라고 하더라." "아빠, 할 수 있겠어요?" "그럼, 할 수 있지." 아버지는 자신만만했다. 경비 일을 할 수만 있다면 얼마나 좋을까 생각했다. 성실해야 하는 일인데, 사람들을 상대하고 싫은 소리도 들어야 할 텐데 아버지가 감당할 수 있을 것 같지 않았다. 아니나 다를까, 채 일주일이 못 되어 해고되었다. 그 후로는 더 이상 아무 일도 시도하지 않았다. 한 해, 한 해 아버지는 말 그대로 폐인이 되어갔다. 가정에서도, 사회에서도, 인간관계에서도 아무 의미 있는 역할을 하지 못하는 사람. 아무에게도 도움이 되지 못하고 피해만 주는 사람. 그런 아버지가 점점 불쌍해 보이기 시작했다.

아버지에 대한 연민의 감정이 들었지만, 여전히 아버지는 술만 먹으면 무서운 사람으로 돌변했다. 약을 먹고 있어서 술을 마시는 횟수는 현격히 줄어들었다. 그래도 명절에 친척 집을 방문할 때는 꼭 술을 마셨다. 내 고향인 어연리에 할아버지, 할머니, 그리고 어머니 묘소가 있었다. 외가 쪽 친척들도 여럿 살고 있었다. 해마다 추석이 되면 아버지는 우리 남매를 데리고 어연리를 찾아갔다.

수원역에서 서정리까지 버스를 탔다. 아버지는 서정리 시장에서 술을 마시고 친척 집에 선물할 과일을 사곤 했다. 친척 집에 가면 또 한바탕 소동이 나겠구나 싶어 마음이 불안해지기 시작했다. '아버지 혼자 가면 얼마나 좋을까. 꼭 우리를 데리고 가야 하나.' 도망치고 싶은 마음이 굴뚝 같았다. 두려움으로 두근거리는 마음을 진정시키며 버스에 올랐다. 의자가 삐걱거리는 시골 버스를 타고 논길을 달리면 고향 마을에 도착했다.

버스에서 내려 나지막한 산을 오르면 선산이 나왔다. 그 산도 어머니가 알뜰살뜰 아낀 돈으로 사둔 것이었다. 간단히 묘소를 둘러보고 아버지는 오촌 아저씨의 집으로 발걸음을 향했다. 아버지 뒤를 따라가며 곧 퍼부을 폭우를 어떻게 피해야 좋을지 머릿속이 복잡했다. "어이." 아버지는 반겨

줄 이도 없는 곳에 큰소리로 자신이 도착했음을 알렸다.

오촌 아저씨가 사는 집은 전형적인 시골집이었다. 마당에는 소를 키우는 외양간이 있어 소똥 냄새가 났다. 나무로 세운 기둥과 마루, 창호지를 바른 방들이 어린 시절 추억을 떠올리게 했다. 마루에는 이미 친척 아저씨들이 모여 술판을 벌이고 있었다. 가슴이 철렁했다. 그렇지 않아도 술을 내오라고 할 판인데 아예 술판이 벌어지고 있으니 아버지가 고주망태가 될 것은 뻔한 일이었다. 친척 아저씨들이 원망스러웠다. "어, 허 선생. 어서 와. 이리 와 앉아." 아직도 사람들은 아버지를 선생이라고 불렀다. 아버지가 얼마나 심한 술꾼인지 다 알면서도 술잔을 건네는 그들이 야속했다.

마루 구석에 앉아 아버지가 얼마나 술을 마시는지 지켜보았다. 여차하면 도망가려고, 가능하다면 말려보려고. 거나하게 술에 취하면서 아버지는 점점 난폭해지기 시작했다. 큰소리를 치고 누군가를 욕하고 자꾸만 술을 더 내오라고 했다. 사람들은 하나둘 자리를 떴다. 결국 아버지 혼자 남겨졌다.

술에 취하면 그날 집에 돌아가기는 틀린 일이었다. 아버지는 우리를 남겨두고 밖으로 나가, 아는 사람 집을 찾아다니며 추태를 부렸다. 결국 오촌 아저씨가 아버지를 찾아와 달래서 재워야 그날의 소동이 끝났다. 해마다 똑같이 반복되는 명절 풍경이 지긋지긋했다. 명절이 다가오기만 해도 며칠 전부터 우울한 먹구름이 드리웠다. 명절이 즐겁게 기억된 적은 단 한 번도 없었다.

망원동 수해

고등학교 2학년이 되어 냄새나고 축축한 지하 셋방에서 벗어났다. 새집은 어떨지 잔뜩 기대했지만, 간신히 지하를 면한 정도였다. 새로 이사한 곳은 망원동 버스 종점에서 가까웠다. 회색 담벼락을 따라 쭉 걸어가다가 오른쪽으로 틀어 골목으로 들어가면 끝에서 두 번째 집이었다.

2층에는 주인이 살고 아래층에는 세 가구가 함께 살았다. 말이 아래층이지 반지하가 아니었는데도 햇볕이 들지 않아 낮에도 컴컴했다. 거실에 깔린 연한 녹색 장판은 지저분하기 짝이 없어 양말이 새까매졌다. 그렇다고 누구 하나 슬리퍼를 신는 사람도 없었다.

거실 오른쪽 구석에 있는 화장실을 공용으로 사용했다.

화장실은 꽤 컸지만, 늘 소변 냄새가 배어 있었다. 그 옆이 내 방이었다. 어떻게 된 영문인지 바닥 밑에 돌이 깔린 듯 울퉁불퉁했고 한쪽이 약간 기울어 있었다. 그래도 나는 다시 나만의 방을 갖게 된 것이 좋았다. 그 옆에 있는 큰방을 아버지와 동생들이 썼다. 거실 가운데 벽 쪽으로 낸 부엌을 우리 집과 옆집이 함께 사용했다.

세 가족은 2년을 함께 살았지만 서로 통성명조차 하지 않고 지냈다. 각자 들어오고 나가는 시간도 달라서 서로 얼굴 볼 일이 드물었다. 우리 외에 아이들은 없었다. 아버지가 술을 마시고 큰 소리를 내도 그들의 방문은 닫혀 있었다. 같은 공간에 살면서도 완전히 다른 세계에 속한 사람들처럼 서로 무심했다.

그해 9월, 지금도 사람들 기억에 남아있는 망원동 수해가 발생했다. 그날은 일요일이었다. 아침부터 비가 많이 내렸다. 합정동에서 망원동으로 들어가는 도로에서 갑자기 버스가 멈춰 섰다. 사람들이 웅성대기 시작했다. 잠시 후 기사가 "지금 수해가 나서 더 들어가지 못합니다. 내리세요"라고 말했다. '이게 무슨 일이지? 수해라니?' 무슨 일이 일어났는지 아무도 모르는 눈치였다. 일단 버스에서 내렸다. 그리고 무작정 앞으로 걸었는데 길이 통제되어 더 이상 갈 수가 없었다. 사람들 말이 수해가 났고 근처 초등학교에 대피소가 있으니 그리로 가라는 것이었다.

'아버지와 동생들은 어디 있을까. 대피소에 가면 만날 수 있을까.' 생각하며 일러준 초등학교로 향했다. 대피소로 사용된 학교는 높은 지대에 있어서 피해를 면했다. 도착해 보니 교실마다 사람들이 가득했다. 나는 교실을 돌아다니며 아버지와 동생들을 찾았다. 다행히 한 교실 구석에 아버지와 동생들이 있는 것을 발견했다. 교실의 책상과 의자들은 다 치워져 벽 쪽에 쌓아 올려 있었다. 구청에서 나눠준 듯한 모포와 담요가 어지럽게 교실 바닥에 흩어져 있었다. 가족별로 좁은 공간을 차지하고 담요를 깔아 자리를 마련했다. 컵라면과 보름달 빵이 배급되었다. 그곳에 있는 사흘 동안 컵라면과 보름달 빵으로 끼니를 해결했다.

아버지와 동생들은 집에 있다가 대피하라는 말을 듣고 서둘러 이곳으로 왔다며 너무 다급한 나머지 몸만 겨우 빠져나왔다고 했다. 물이 어느 정도 들어왔는지, 피해 상황이 어떤지 아무도 몰랐다. 교실 안에 있기가 무료해진 나는 운동장으로 나갔다. 소강상태였던 비가 다시 내리고 있었다. 칙칙한 하늘은 무심하게도 세찬 비를 뿌려댔다. 운동장에 물웅덩이가 여기저기 생겨 있었다. 하늘을 원망스럽게 쳐다보았다. 그리고 이내 눈물이 흘러내렸다. 다 끝나버린 느낌, 모든 것이 사라진 지금, 다시 시작할 수 있을까 싶은 막막함이 몰려들었다. 절망스러웠다. '앞으로 어떻게 살지?' 모든 게 물에 잠겨 사라졌다면 생활을 다시 시작할 수 없을 것만 같았다. 왜 내게 세상은 이렇게 가혹하기만 한 걸까. '저한테 정말 너무하신 것 아닌가요?' 어머니가 돌아가셨을 때도 원망하지 않았던 하나님을 원망했다.

지겨웠던 사흘이 지났다. 떨리는 마음으로 집을 향해 걸음을 옮겼다. 길마다 물이 들어왔다 나간 흔적으로 엉망이었다. 버려진 가구와 살림살이들이 길에 아무렇게나 나뒹굴었다. 거리에서는 역겨운 냄새가 코를 찔렀다. 동네가 통째로 물속에 잠겼다가 다시 모습을 드러낸 형국이었다. 집으로 들어가 보니 내 키 조금 못되게 물이 찼던 흔적이 남아있었다. '이렇게나 높이 물이 들어찼었다니…' 망연자실했다. 폐허가 된 집에서 건질 건 하나도 없었다.

주인은 세입자들에게 이층 방을 하나씩 내주었다. 소식을 듣고 사촌 언니들이 찾아왔다. 온 동네가 일주일 내내 집에 있는 가재도구들을 다 들어내고 건질만한 옷가지를 찾아서 빨아 너느라 법석이었다. 빨래가 너무 많았다. 큰아버지가 세탁기를 보내왔다. 수도를 연결해 물을 계속 넣어주어야 하는 수동식 세탁기였다. 그래도 손으로 빨래하지 않아도 되는 게 신기했다.

알고 보니 이번 수해는 국가적 재난이었다. 망원동에 있는 유수지를 제대로 관리하지 못해 발생한 인재였는데, 피해 규모가 너무나 컸다. 연일 뉴스에 보도가 되었다. 다행히 비가 그치고 맑은 날씨가 지속되어 거리와 집안의 물기가 말랐다. 시에서 구호품이 배급되었다. 쌀과 이불, 생활용품 등 매일 뭔가가 집에 배달됐다. 재미있었던 건 11월이 되자 북한에서 연탄을 지원했던 일이다. 우리가 북한에서 보내주는 연탄을 때고 살게 될 줄이야 상상이나 해보았겠는가. 그 정도로 수해의 피해가 막심했다.

아래층 거실에는 예전 녹색 장판보다 훨씬 좋은 리놀륨 장판이 깔렸다. 세입자들이 비용을 나누어 부담했다. 이제 양말을 신고 다녀도 더러운 것이 묻어나지 않았다. 방을 새로 도배하고 당장 필요한 최소한의 가구만 다시 샀다. 옷가지와 그릇을 제외한 모든 것을 버렸다. 초등학교 1학년 때부터 줄곧 써온 일기장을 통째로 버려야 했던 게 가장 아깝고 슬펐다. 수십 권의 공책이 물에 잠겨 글씨를 전혀 알아볼 수 없게 되어버렸다. 내 소중한 기록들이 한순간에 날아가 버렸다.

다시 생활을 시작할 수 없을 줄 알았는데 시간이 지나니 일상이 돌아왔다. 그때 알았다. 하늘이 무너져도 솟아날 구멍이 있다는 말이 옳다는 것을. 가난했던 우리 집 살림에 큰 손해랄 것도 없었다. 온 동네가 초토화되어 집마다 복구가 한창인 걸 보니 우리만 당한 일이 아니라는 것을 실감했다. 피해자로서 연대감마저 느꼈다. 잠을 잘 때면 이웃에서 고함치며 싸우는 소리, 여자의 울음소리가 들리곤 했다. 다른 집도 참 힘들구나 싶은 생각에 몸을 뒤척이며 모두가 이전의 생활을 회복하기를 간절히 빌었다.

아버지를 이해하고 싶다

수해로 인한 피해를 복구하는 사이 아버지의 폭음이 다시 시작됐다. 병원에서 퇴원한 뒤 술을 마시지 않고 수개월을 지낸 적도 있었다. 그러나 희한하게도 3년을 주기로 아버지의 중독 증상은 재발했다. 중학교 2학년으로부터 정확히 3년 만인 고등학교 2학년 가을, 매일 술을 마시고 난폭해지는 증상이 다시 나타났다. 또다시 시작된 공포. 지겨운 밤의 술주정. 마치 액셀러레이터만 밟은 채 운전하는 자동차처럼 아버지는 폭주했다. 나는 차라리 아버지의 증세가 빨리 나빠지길 바랐다. 증세가 약하면 입원시키기가 곤란했기 때문이다. 증상이 충분히 나빠져야 병원에서도 입원을 받아줄 것이고 내 마음도 편했다. '더 마셔라, 더 마셔라' 하는 마음이었다. '조금만 더 참으면 돼….'

한 달 정도를 버티다 죽을 만큼 힘들어졌을 때 큰아버지께 전화를 드려 아버지 상태를 설명하고 입원시켜 달라고 말씀드렸다. 큰아버지는 큰집 형부들을 보내 아버지를 입원시켰다. 학교에서 돌아와 보니 아버지가 보이지 않았다. 앞으로 3개월은 숨을 쉴 수 있을 것이다. '우리 삶에서 아버지가 사라져 준다면 얼마나 좋을까. 버릴 수도 없는 무거운 짐인 아버지, 이 짐을 언제까지 짊어지고 살아야 할까.'

아버지가 입원하고 얼마 뒤 처음으로 동생과 함께 아버지를 면회하러 갔다. 뿌연 흙먼지가 날리는 시골길을 달리다 버스에서 내렸다. 용인정신병원. 이런 곳에 와 보게 될 줄이야. 병원 주변에는 논과 밭, 산밖에 없었다.

환자들은 환자복 차림으로 병동 밖에 나와 담배를 피우거나 어슬렁거렸다. 나와 동생은 면회 장소로 마련된 역대합실 같은 분위기의 건물로 들어갔다. 환자들이 여기저기 앉아 가족들이 싸 온 음식을 먹으며 이야기를 나누고 있었다.

잠시 후 아버지가 나타났다. 아버지는 우리가 온 것이 반가웠는지 얼굴 가득 웃음을 띠고 성큼성큼 다가왔다. 바짝 말랐던 몸에 그사이 살이 붙었다. 초췌하던 얼굴빛도 한결 밝아졌다. 무슨 대화를 나눴는지는 잘 기억나지 않는다. 병원이 지낼만한지 물어보았을 것이다. 아버지는 괜찮다고 대답했을 테고, 그러면서도 답답하다며 빨리 퇴원하고 싶다고 말했을 것이다. 우리는 아무 대답도 하지 않았을 것이다. 아버지는 우리가 어떻게 지내는지 물어보지 않았다. 자식들 생각이 과연 아버지의 머리에 떠오르기나 했는지 모르겠다. 아버지는 어린애처럼 과자와 음료수 등 먹고 싶은 것을 사 달라고 했다.

햇살이 밝았던 날로 기억한다. 고등학생과 중학생이 면회를 온 집은 우리뿐이었다. 그 현실이 너무나 기가 막혔다. 우리가 마흔 넘은 아버지의 보호자라니⋯. 상기된 표정으로 혼자 이런저런 말을 하는 아버지를 바라보며 나와 동생은 침묵에 잠겼다. 면회 시간이 다 되자 아버지는 못내 아쉬워했다. "또 와라." 아버지는 손을 흔들며 병동으로 사라졌다.

온 김에 의사를 만나고 가기로 했다. 그즈음 아버지를 이해하고 싶다는 생각이 들기 시작했다. 아버지는 대체 왜 알코올 중독자가 된 것일까. 조울증이란 도대체 어떤 병일까. 이유라도 알 수 있다면 속이 시원할 것 같았다. 의사에게 직접 물어보면 뭔가 답을 해주겠지 싶었다. 진료실 문을 열고 들어가니 젊은 남자 의사가 의자에 앉아 웬 학생들이 들어오지, 싶은 눈으로 우리를 바라봤다.

"허성운 씨 자녀분들이세요?" "네." "그래, 뭐가 궁금하세요?" "저기…. 아버지가 왜 아프신지 알고 싶어서요…." 뭐라고 질문을 해야 할지 몰라 당황스러웠다. 의사는 무관심한 표정으로 병의 원인은 본인도 알 수 없다고 말했다. 그리고 무슨 이야기를 더 했는지 기억이 나지 않는다. 무엇을 더물어봐야 할지 몰라 서둘러 진료실을 빠져나왔다. 의사조차잘 모르는 병이라는 것도, 아버지를 치료하는 의사가 아버지에게 별 관심이 없는 것도 너무나 실망스러웠다. 아버지의 병은 치료할 수 없다는 결론을 스스로 내렸다. 언제 끝날지 알 수 없는 캄캄한 미래가 음흉한 아가리를 벌리고 우리를 삼키려 하고 있었다. 그때 느꼈던 절망감이 너무 컸던 나머지, 이과 성향이었던 동생이 정신과 의사가 되면 얼마나 좋을까 생각했다.

이런 일은 있어서는 안 되는 것이었다. 의사는 부모에게 찾아온 중독이라는 병이 어떤 병인지 청소년 자녀에게 설명해 주어야 했다. 정확한 원인을 알려주지는 못하더라도 지푸라기라도 붙잡고 싶은 심정이었을 중독자 가족을 무신경하게 응대해서는 안 되었다. 현재는 사정이 완전히 달라졌으리라고 믿는다.

나를 지탱해 준 것들

청소년기에 나는 프랑스 소설을 주로 읽었다. 앙드레 지드, 알퐁스 도데, 발자크, 스탕달, 에밀 졸라, 플로베르…. 주황색 표지의 삼중당 문고판이 번역 문학의 왕좌를 차지하던 시절이었다. 독일 문학과 러시아 문학은 범접하기 어려웠다. 아직 사상과 관념의 세계에서 멀찌감치 떨어져 있던 때였다. 문학은, 마냥 아름답지만은 않은 현실 세계를 내 앞에 열어 보였다. 더 이상 문학에서 현실의 도피만을 구하지 않았다. 문학이 묘사하는 추한 현실에 나의 삶을 빗대보았다.

책은 내가 겪는 현실의 어려움을 보편적인 형태로 승화시켰다. 환상과 꿈이 아닌, 문학이 묘사하는 현실의 민낯이 오히려 나를 위로했다.

그런데도 여전히 나는 때때로 어린아이 같은 꿈의 세계로 빠져들었다. 밤이 되어 침침한 가로등 아래를 걸으며 『소공녀』의 주인공 새라에게 일어났던 일이 내게도 일어난다면 얼마나 좋을까' 하는 생각을 수없이 했다. 방문을 열면 새라의 방에는 인도인 이웃이 일으킨 기적이 일어나 있다. 창문에는 부드러운 색감의 커튼이 하늘거리고 방바닥에는 보드라운 매트가 깔렸다. 칙칙했던 벽에 화사한 벽지가 발라져있고 조립식 간이 옷장 대신 아담한 앤틱 옷장이 놓여 있다. 벽에는 꽃이나 들판, 산이나 강을 그린 유화가 걸려있다. 방 한구석에는 커다랗고 푹신한 곰 인형이 앉아서 나를 맞이한다. 경사진 바닥은 요술처럼 평평해져 있고 촉감이 너무 좋아 얼굴이 닿자마자 곯아떨어지는 베개가 머리맡에 놓여 있다. 혼자 달랑 매달려 있는 전구 대신에 오렌지색 갓을 씌운 은은한 등이 내 방을 밝혀준다. 지금 생각하면 소박한 공상이었지만 당시에는 현실로 이루어지기에는 너무 까마득한 꿈이었다.

고등학생인 나를 가장 많이 위로했던 소설 속 인물은 '스우 언니'라는 캐릭터였다. 저자가 누구인지도 기억나지 않는 소설 속 스우 언니는 나와 처지가 비슷했다. '외로워도 슬퍼도 울지 않는' 만화 주인공 캔디처럼, 스우 언니 역시 어떤 상황에서도 긍정적인 마음을 잃지 않았다. 나는 스우 언니를 모델로 삼고 힘들 때마다 '스우 언니라면 어떻게 했을까' 하고 생각했다. 아마 싱긋 웃으며 "괜찮아"라고 말하겠지. 시간이 지나면 언젠가 밝은 날이 온다고 얘기하겠지.

소설 속 캐릭터는 내 현실의 일부가 되었고 주인공과 나를 동일시했다. 내 정신세계 속에서 문학과 현실이 그렇게 섞이지 않았다면, 내가 무엇으로 자신을 지탱할 수 있었을까. 사람들은 나를 긍정적이고 밝다고 말했다. 일부러 꾸며낸 밝음은 아니었다. 나는 책에서 끊임없이 자양분을 끌어올려 영혼이 황폐해지지 않도록 했다. 어쩌면 문학이 인간을 구원할 수 있을지도 모른다고 생각했다. 문학의 힘에 대한 과도한 믿음이 결국 내 삶의 방향을 결정했다.

책 읽기와 더불어 내가 택한 생존전략은 일기 쓰기였다. 어머니 덕분에 습관이 된 일기 쓰기를 이십 대까지 꾸준히 이어 나갔다. 공부하느라 시간이 없어도 잠들기 전에 늘 일기장을 펼쳐 하루에 있었던 일과 나의 감정을 기록했다. 친구들에게도 말할 수 없는 내밀한 감정을 일기장이 고스란히 받아주었다. 일기를 쓰는 동안 나는 가장 친한 친구가 곁에 있는 느낌이 들었다. 현실 속에서 어떤 어려움이 있어도 일기에 기록하고 나면 견딜만한 것으로 변하는 마법을 밤마다 맛보았다. 수해로 청소년기에 쓴 일기장을 다 잃은 것은 슬픈 일이었지만, 돌이켜 보면 나는 그런 방법으로 자신을 돌봤던 것 같다.

내 주위에는 중요한 문제를 상의하거나 감정을 나눌만한 어른이 없었다. 그렇지만 나 혼자의 힘으로 살아냈다고 말할 수 없는 이유는, 때때로 힘이 되어준 어른들이 있었기 때문이었다. 어머니가 돌아가신 후 방학 때마다 우리 삼 남매는 마천동에 사는 외삼촌 집에 가서 지냈다. 아직 강남이 개발되기 전이라 버스를 타고 건물 하나 없는 벌판을 지나 한참 달렸던 기억이 생생하다.

오 남매가 있는 그 집에 우리까지 가세하면 집안은 아이들 소리로 시끄러웠다. 여자아이 다섯, 남자아이 셋이 어울려 날마다 흥미로운 놀이가 끊이지 않았다. 외사촌들은 나이가 제일 많은 나를 잘 따랐다. 외삼촌과 외숙모는 우리에게 아버지, 어머니를 대신한 존재였다. 특히 외숙모가 해주시는 음식 맛은 어머니가 해주시던 것과 놀라울 정도로 비슷했다. 외삼촌은 가끔 "우리가 너희도 키워야 하는데"라고 말씀하셨다. 나는 속으로 '정말 그랬으면 좋겠다'는 생각을 무수히 많이 했다. 방학이 되면 외사촌들을 만나 함께 지낼 수 있다는 생각으로 외로움을 달래곤 했다. 그 시간만큼은 우리도 정상적인 가정에 속해 있는 느낌이 들었다.

고등학교 2학년 2학기가 되자 담임 선생님이 바뀌었다. 새로 온 선생님은 환갑이 다 되신 할머니 수학 선생님이었다. 반 아이들끼리 있을 때는 선생님을 그냥 '할머니'라고 불렀다. 물결 모양의 흰머리에 늘 갈색 투피스 차림이었던 선생님은 교무실이 아닌 별도의 사무실을 사용했다. 추운 겨울, 선생님이 나를 불러 사무실로 가면 불이 지펴진 난로 위 주전자에 물이 끓고 있었다. 차를 타 주시고 비스킷을 주시며 이런저런 이야기를 해주셨다. 내용은 다 잊었지만 진짜 할머니가 생긴 양 마음이 따뜻해지는 느낌을 받았다. 어머니가 없는 내 처지를 아시고 그렇게 돌봐주셨던 것 같다.

코아에게는 부모를 대신할 어른의 존재가 절대적으로 필요하다. 중독자, 그리고 그 중독자의 배우자는 자녀를 살뜰히 챙길 여유가 없다. 더구나 나처럼 어머니를 잃은 코아는 더 말할 것이 없다. 아이들을 정서적으로 돌봐주거나 중요한 일을 상의할 대상이 되어준다면 좋겠지만 그 정도가 아니더라도, 존재 자체만으로 힘이 되어줄 어른이 주변에 있어야 한다. "한 아이를 키우려면 온 마을이 필요하다"는 말도 있지 않은가. 코아를 부모의 손에만 맡겨두는 건 너무나 위태롭다. 코아에 대한 주변 어른들의 관심, 사회의 관심이 절실하다.

학창 시절의 영광

고등학교 시절은 내 인생에서 가장 성공적인 시기였다. 고생하는 어머니를 기쁘게 하는 자랑스러운 딸이 되고자 시작되었던 학업 성취 동기가 철저히 내면화되었다. 이제 나는 스스로 만족하기 위해 가혹할 정도로 자신을 몰아붙였다. 쉬는 시간이고 점심시간이고 책과 노트를 붙들고 있는 나를 친구들은 괴물이라고 불렀다. 공부는 현실의 고통으로부터 도망칠 수 있는 도피처였다. 가정에서 주어지는 안정과 행복의 결핍을 보상받을 수 있는 칭찬과 인정이 주어졌기 때문이었다. 친척들과 선생님들, 친구들은 내가 대단한 사람이 될 것이라 기대했다. 사회에서 큰 성공을 거두어 유명한 사람이 되든지, 큰 업적을 이룰 것이라 기대하는 듯했다.

나는 주위 사람들의 칭찬과 기대에 아랑곳하지 않는 척했다. 그러나 사실은 그 기대가 내 안에 자리 잡아 그들의 기대를 충족시킬 대단한 인물이 되어야 한다는 강박으로 변했음을 나중에 알았다. 학년이 올라갈수록 기대는 더 커졌다. 전교 1등을 넘어 전국 모의고사에서 서울에서 10위 안에 드는 성적을 올린 적이 있었다. 선생님들은 서울대학교 정도가 아니라 전국 문과 수석까지 기대하는 분위기였다. 나는 그 정도까지 높은 목표를 세우지는 않았다. 학력고사를 망칠 수도 있었기에 무조건 서울대학교에 갈 수 있다는 확고한 자신은 없었다. 그러나 학력고사가 다가올수록 꿈이 현실이 될 날이 곧 도래한다는 설렘과 낙관적인 느낌이 찾아왔다.

문과에서 나와 1, 2등을 다투던 경쟁자가 있었다. 나는 성적이 늘 고른 편이었고 그 아이는 다소 들쑥날쑥했다. 그런데 여름방학이 끝나고 나서 치른 첫 모의고사에서 그 아이가 총점 300점을 넘겼다. 체력장 점수를 합치면 320점을 돌파하는 점수였다. 나는 아무리 노력해도 300점을 넘지 못했다. 1등을 빼앗겼다는 사실보다 내가 넘을 수 없는 점수를 그 아이가 넘었다는 사실이 충격적이었다. 그 아이가 방학 동안 몰래 과외수업을 받았다는 소문이 돌았다. 당시는 전두환 정권이 철저히 과외를 금지하던 시절이었다. 그래도 암암리에 과외수업을 받는 아이들이 있었다.

사실을 확인할 수는 없었지만, 그 소문이 신빙성이 있다고 생각했다. 나도 과외수업을 받았더라면 더 높은 점수를 받을 수 있었을 텐데. 억울하고 속이 상했다. 집안 형편의 차이가 점수로 나타나는 것을 보고 부모의 지원을 받지 못하는 처지를 한탄했다. 이화여고에 다니던 중학교 친구 기순이에게 엽서를 써서 속상한 마음을 표현했다. 기순이도 서울대학교를 목표로 공부하고 있었다. 나에게 용기를 주며 해낼 수 있다고 격려하고 위로했다. 기순이의 위로와 격려로 나는 다시 마음을 다잡고, 다음 모의고사에서는 그 아이를 이겼다. 결국 학력고사에서는 내가 훨씬 높은 점수를 받았다.

주위의 주목과 칭찬을 한 몸에 받는 영광의 시절이었다. 그러나 대학에 들어간 이후 더 이상 나는 주목의 대상이 되지 못했다. 시간이 지나갈수록 점점 더 남들이 보기에 평범한 사람이 되어갔다. 오랫동안 학업 성취가 곧 나인 줄 알았다. 그래서 어른이 되어서도 학창 시절의 영광을 그리워했다. 평범해진 나를 받아들이기가 힘들어서인지 지금도 동창들을 만나기가 불편하다. 그들은 과거의 내 모습만 알고 있기 때문이다.

학창 시절의 나와 현재의 내가 같은 사람이라는 느낌이 들지 않는다. 지금의 내가 있는 그대로의 나와 가깝고 그 시절의 나는 주위 사람들의 기대가 빚어낸 거짓된 나였다는 생각이 든다. 그러나 아직도 그 거짓된 나로부터 완전히 자유로워지지 못했다. 여전히 인정과 갈채를 갈구하는 내 안의 열일곱, 열여덟 소녀를 본다. 그 소녀와 함께 지내는 것이 불편해진 지 오래다. 이제는 그때의 나에게도 작별을 고하고 싶다.

고등학교 3학년 때 담임 선생님은 정건영이라는 분이었다. 국어 담당이었고 등단한 소설가였다. 「골패」라는 단편소설이 유명해져서 당시 TV문학관에서 그 소설을 드라마로 제작하기도 했다. 학력고사를 목전에 둔 어느 날 선생님이 나를 교무실로 불렀다. "선화야, 무슨 과를 쓸 생각이니?"

"아직 모르겠어요. 영문과를 생각하고 있어요." "영문과에 가려고 하는 이유는 뭐야?" "나중에 소설을 쓰는 데 문학을 공부하면 좋을 것 같아서요." 소설가인 선생님은 내 마음을 충분히 이해하리라고 생각했다. 그런데 선생님이 한 말은 뜻밖이었다. "선화야, 법대에 가라. 넌 충분히 갈 수 있어. 법대에 가도 잘할 수 있을 거야."

못내 아쉬워하면서 나를 설득하려는 선생님의 이야기를 한 귀로 듣고 한 귀로 흘려버렸다. 구체적으로 내게 진로에 대해 조언을 한 사람은 중학교 때 내게 의대에 가라고 권한 한 선생님과 고등학교 3학년 때 담임 선생님이 전부였다. 공부를 잘하면 의대나 법대를 꼭 가야 하는 것일까. 법을 공부하는 건 지겹고 따분하다고 생각했다. 나는 내가 흥미를 갖고 할 수 있는 공부를 원했다.

마침내 학력고사가 다가왔다. 시험 전날, 학력고사를 치르게 될 학교에 미리 가 보고 일찍 집으로 돌아왔다. 그동안 공부했던 교과서를 책상 위에 쌓아보니 무려 열여섯 권이었다. 3년 동안의 땀이 고스란히 배어 있는 책들. 내 손때가 묻은 페이지들. 이제 내일이면 그 결과가 드러나게 될 터였다. 그날 나는 책을 펼쳐보지도 않았다. 모든 준비는 끝났다. 그날은 일찍 잠자리에 들기로 했다.

　그런데 저녁 시간이 되자 은근히 심통이 나기 시작했다. 내일이 그 중요한 학력고사 날인데 신경을 써주는 사람이 아무도 없었다. 고3 일 년 동안 나보다 두 살 어린 남동생이 내 도시락을 싸줬다. 그것에 익숙해졌던 걸까. 그날 동생은 일찍 집에 들어오지 않았다. 서운한 마음이 들었다. 컴컴한 방에서 불도 켜지 않고 드러누워 속상한 마음을 달랬다. 저녁을 먹긴 먹어야 하는데 그날만큼은 내 손으로 밥을 차려 먹고 싶지 않았다. 서럽고 슬픈 마음이 복받쳤다. 고작 고1에 불과한 남동생이 나에게 마음을 써 주길 바라고 있다는 게 서글펐다.

　그렇게 시간이 흐르고 있는데, 누군가 거실로 들어오는 소리가 들렸다. 방문을 연 사람은 사촌 언니였다. "뭐 하니, 내일 시험인데? 불도 다 꺼놓고." "언니!" 언니가 그렇게 반가울 수가 없었다. 학력고사를 치르는 나를 챙겨주러 왔다는 게 너무나 고마웠다. 소고기를 사 온 언니는 저녁 준비를 시작했다. 기분이 금방이라도 날아갈 듯 가벼워졌다. 벌떡 일어나 책가방을 챙기고 언니가 차려준 저녁밥을 맛있게 먹었다. 무슨 일이 있을 때마다 달려와 주었던 언니들과 형부들…. 오랜 시간이 지나서야 나는 그 고마움을 깨달았다. 나 혼자 힘으로만 살아온 줄 알았는데 돌이켜 보니 그게 아니었다.

다음 날 아침 일찍 고사장에 도착했다. 후배들이 학교 입구에서 "선배님들, 파이팅!"하며 응원을 보냈다. 준비해 간 우황청심환을 먹고 교실로 들어갔다. 내 자리는 중간 창가 쪽이었다. 바로 옆에 라디에이터가 있었다. 12월 학력고사 날에는 이상하게도 매년 맹추위가 기승을 부렸다. 그해도 꽤 추웠다. 라디에이터가 교실을 훈훈하게 덥히고 있었다. 시험 전에는 항상 긴장했지만, 막상 시험이 시작되면 신기할 정도로 마음이 차분해졌다. 그날도 마찬가지였다. 시간이 어떻게 흘렀는지 모르게 지나가고 있었다. 가장 걱정했던 수학 시험은 예상외로 쉬웠다. 좋은 징조였다. 수학 점수에 따라 전체 점수가 오락가락했기 때문이다. 점심을 먹고 3교시 시험이 시작되자 라디에이터 열기에 살짝 졸음이 왔다. 그래도 이제 절반이 끝났고 수학을 잘 치렀다는 생각에 편안한 마음으로 나머지 시험을 모두 치렀다.

마지막 시험지를 제출했다. 느낌이 좋았다. 300점은 충분히 넘길 수 있을 거라는 자신감이 들었다. 이제 나는 서울대학교에 간다. 모든 게 끝났다는 믿기 어려운 후련함과 가벼운 마음으로 교문을 나섰다. 교문 앞에 진을 치고 있는 학부모들이 보였다. 누군가가 나를 기다리고 있으리라는 기대는 하지 않았다. 빨리 집에 가서 점수를 맞춰보고 잠이나 실컷 잘 생각이었다. 정문 바로 앞에 담임 선생님이 계셨다. 선생님은 반은 웃고, 반은 긴장한 표정으로 내게 물었다. "시험은 어땠니?" "선생님, 수석은 어려울 것 같아요⋯." 내가 전국 문과 수석을 차지하길 기대하실 거라는 생각에 엉뚱한 대답을 했다. 기대하지 마시라고 확실히 말해야 할 것 같았다. 선생님은 약간 실망하는 기색을 보였지만 신경 쓰지 않았다. 어차피 그건 내 목표가 아니었으니까. 내 목표를 이루었다는 뿌듯함이 훨씬 강했다.

선생님에게 인사를 꾸벅하고 가는데 어디선가 "선화야" 하면서 나를 부르는 목소리가 들렸다. 외삼촌이 환하게 웃으며 걸어오고 있었다. 어제는 언니, 오늘은 외삼촌. 이렇게 나를 챙겨주는 친척들이 있다는 사실이 든든했다. "저녁 먹으러 가자." 삼촌은 근처 고깃집으로 나를 데려갔다. 집에 가서 일찍 잠이나 자려던 나는 신이 났다. 차가운 겨울 저녁 공기가 살을 에어왔지만, 마음은 훈훈했다.

삼촌은 맘껏 먹으라며 숯불갈비를 시켜주었다. 세상에 그렇게 맛있는 고기가 있는 줄 몰랐다. 저녁 여섯 시가 되자 식당에서 켜 놓은 TV에서 학력고사 문제 풀이가 시작되었다. 나는 가방에서 시험지를 꺼냈다. 정확하게 답을 표시한 시험지였다. 밥을 먹다 말고 한 과목, 한 과목 정답을 확인했다. 틀린 문제는 예상했던 대로였다. 제일 떨렸던 수학은 두 개밖에 틀리지 않았다.

"314점이에요, 삼촌." "잘한 거냐?" "네, 저 서울대학교 갈 수 있어요." "잘했다." 삼촌의 얼굴에 자랑스러운 미소가 번졌다. 삼촌은 내가 공부 잘하는 것을 자랑스러워했지만, 평소에 나에게 뭐가 되라거나 하는 기대를 표현한 적은 없었다. 그래서 삼촌을 대할 때는 별로 부담이 없었다.

외삼촌은 몇 년 전 암으로 돌아가셨다. 우연이었는지 모르겠지만 외삼촌이 돌아가시던 날 병문안을 갔다. 통증을 못 이겨 모르핀을 맞고 잠들어 계셨다. 외숙모와 대화를 나누는 사이 아무 기척도 없이 외삼촌은 홀연히 떠났다. 사람이 그렇게 죽을 수도 있다는 걸 몰랐다. 외삼촌이 나에게 베풀었던 은혜를 조카인 내가 임종을 지켰다는 것으로 갚을 수 있을까.

꿈의 좌절

다음 날이 되자 벌써 내 점수에 대한 소문이 학교에 돌고 있었다. 내가 서울대학교에 가리라는 건 정해진 사실이었다. 나는 어느 과에 지원해야 할지 고민하면서 설레는 시간을 보냈다. 그런데 서울대학교 가기에 충분히 여유 있는 점수를 받아서일까. 그렇게 염원하던 서울대학교도 왠지 부족한 느낌이 들었다. 갑자기 모든 게 시시해지고 허탈해졌다. 더 높은 목표가 필요했다는 생각마저 들었다. 살면서 내 콧대가 높았던 때가 있다면 아마 그때였을 것이다. 그래서 삶이 내게 철퇴를 내린 것일까. 삶은 내가 높은 콧대를 가지고 살아가는 게 노여웠던 모양이다.

어느 날 담임 선생님이 나를 부르더니 교장실로 데리고 갔다. 선생님의 표정은 무슨 이유에선지 딱딱하게 굳어있었다. 영문도 모르고 교장실에 들어간 나는 푹신한 소파에 앉아 고개를 숙인 채 교장 선생님의 설명을 들었다. 그때 내 표정이 어땠는지, 마음속에 무슨 감정이 일었는지는 기억에서 지워졌다. 기억나는 건 교장 선생님과 함께 홍익대학교로 향하는 계단을 올라갔다는 것이다. 내가 다니던 고등학교는 홍익대학교 부속 여고였고, 학교 건물이 홍익대학교 캠퍼스

안에 자리하고 있었다. 캠퍼스에서 가장 높은 건물의 엘리베이터를 타고 교장 선생님과 총장실로 들어갔다.

얼떨떨했다. 총장의 얼굴 절반을 차지한 이마는 반들반들 광이 났다. 그는 선량한 눈웃음을 짓고 있었다. 그는 어려운 가정 형편에도 불구하고 뛰어난 성적을 냈다며 훌륭한 학생이라고 나를 치켜세웠다. 그리고 나긋나긋한 목소리로 나를 대학에 스카우트하고 싶다고 말했다. 학비 면제는 물론 4년 동안 매달 수십만 원의 장학금을 지급하겠다고 했다. 졸업 후에는 유학을 보내줄 것이며 돌아오면 본교의 교수로 채용하겠다고 했다. 조금 전 교장실에서도 똑같은 말을 들었다. 총장이 직접 건네는 그 말들이 꿈결에서 들려오는 비현실적인 소리로만 들렸다. '아니, 나는 이 대학에 가려고 그렇게 죽도록 공부한 게 아니야' 속에서 이런 소리가 들려왔다. '도대체 무슨 상황일까. 왜 갑자기 내가 이런 선택을 해야 하는 거지?' 머릿속이 하애졌다. 총장은 집에 가서 부모님과 잘 상의해 보라고 했다.

총장실을 나오니 이번에는 이사장실로 안내되었다. 주름이 많고 비쩍 마른 얼굴에 짙은 화장을 한 할머니가 환한 웃음을 지으며 나를 반겼다. "아, 이 학생이로군요." 이사장 할머니는 호들갑스러울 정도로 나를 칭찬하고는 총장님이 다 알아서 하실 것이라고 했다. 나는 꾸벅 인사를 하고 그 불편한 자리를 빠져나왔다. 그제야 머리가 지끈거리기 시작했다.

집에 돌아와 아버지에게 오늘 있었던 일을 이야기했다. 아버지는 잠시의 고민도 없이 바로 홍익대학교에 가라고 말했다. 돈 때문이라는 걸 알기에 화가 났다. 옥스퍼드 대학에 보내주겠다던 아버지에게는 서울대학교보다 돈이 더 중요했다. 동생들은 "누나가 왜 그 학교에 가?"라며 말렸다. 그날 밤 악몽에 시달렸다. 갑자기 내 앞에 툭 떨어진 중요한 선택 앞에서 판단 의지가 마비되었다. 다음 날이 홍익대학교 원서 마감일이었기 때문에 하룻밤 사이에 결정을 내려야 했다. 서울대학교 원서 마감일은 며칠 더 남아있었다. 며칠만 시간이 있었더라면 분명 내 인생의 항로는 달라졌을 것이다.

나는 왜 그 제안을 뿌리치지 못하고 망설였을까. 나름의 이유가 있었다. 어릴 때부터 막연히 꿈꿨던 옥스퍼드 대학으로 유학을 갈 수 있을지도 모른다는 생각이 든 것이다. 서울대학교보다 더 높은 목표가 필요해진 나에게 그 유혹은 저항할 수 없을 만큼 강렬했다. 그러나 온 학창 시절을 오직 서울대학교 입학만 바라보고 달려온 나였기에 그 유혹을 붙잡기 위해 서울대를 포기해야만 하는 상황은, 벌어진 상처에 소금을 뿌리듯 쓰라렸다. 내 앞에 이런 선택지를 가져다

놓은 운명이 원망스러웠다.

　아침에 눈을 뜨자마자 대문에서 누가 들어오는 소리가 들렸다. "선화야, 가자." 큰아버지 목소리였다. 전날 큰아버지께 전화로 상의를 드렸는데 새벽에 달려오신 것이다. 어머니가 부재했고 아버지의 의견은 무시했던 나에게 큰아버지는 가장 믿을만한 어른이었다. 큰아버지는 주섬주섬 옷을 챙겨 입은 내 손을 붙잡고 홍익대학교로 향하셨다. 번개같이 빠른 속도로 교장 선생님, 총장과의 만남이 이어졌고 눈 깜짝할 사이에 나는 입학 원서를 작성하고 있었다. 그러는 사이 나는 큰아버지에게 단 한마디도 할 수 없었다.

　"저는 서울대학교에 가고 싶어요." 그 말 한마디를 왜 하지 못했을까. 큰아버지도 내가 무엇을 원하는지 묻지 않으셨다. 이게 하늘의 뜻인가 보다 싶었다. 내가 결정을 내리지 못하니 큰아버지가 대신 결정을 하나 보다. 그런데 원서를 써서 접수처에 제출하고 돌아서는 순간, 누군가 뒤통수를 세게 치는 느낌이 들었다. '내가 도대체 무슨 짓을 한 거지' 하는 생각이 번개처럼 스쳤다. 돌이킬 수 없는 큰 실수를 했다는 것을 직감적으로 알았다. 몇 걸음만 돌아가서 원서를 되돌려달라고 했으면 되었을 것이다. 분명히 잘못된 결정이라는 걸 알았으니까. 그러나 전날부터 만났던 교장 선생님과 대학 총장, 이사장, 그리고 상기된 모습으로 달려온 큰아버지의 얼굴이 한꺼번에 눈앞을 스쳐 지나갔다. 그들의 얼굴이 나를 압박했다. 도저히 그들을 향해 "싫어요!"라고 말할 수 없었다. 당시 내 성격이 그랬으니 누굴 탓하겠는가. 고작 스무 살, 경험 없고 분별없는 어린 나이를 탓해야 할까.

큰아버지는 내가 홍익대학교에 가면 최소한 4년 동안은 조카들의 생활에 대해 안심할 수 있다고 생각하셨을 것이다. 맡아둔 돈도 거의 떨어져 가고 있었다. 홍익대학교에 가면 나에게 걸었던 기대도 다 버려야 한다는 사실을 모르지 않으셨겠지만 당장 생계 문제가 더 급했을 것이다.

다음 날 홍익대학교에 취재를 나왔던 MBC 기자가 나에 대해 듣고 취재를 요청했다. 어머니도 없는 가난한 가정의 학생이 홍익대학교 수석 입학을 차지한 것은 뉴스거리가 되기에 충분했다. 나는 기자가 시키는 대로 부엌에서 밥상을 차려 방으로 들어가는 장면을 연기했다. 그 부끄러운 장면은 아침 뉴스에 방영되었다. 신문사, 잡지, 그리고 〈샘터〉 기자도 나를 찾아와 인터뷰했다. 『군함도』라는 소설로 유명한 소설가 한수산 씨의 라디오 프로그램에 나가 한 시간 정도 방송을 하기도 했다. 내 꿈을 물은 한수산 씨는 웃으며 나처럼 공부를 잘했던 작가는 없다고 말했다. 온 세상이 내게 관심을 보이는 것 같았다.

허영심이 강했던 나는 언젠가 내 이름이 세상에 알려지기를 꿈꿨다. 그러나 사람들의 주목을 받고 매스컴이 나에 대해 떠들어도 전혀 기쁘지 않았다. 오히려 창피하고 비참했다. 서울대학교에 가서 화제가 되었더라면 전혀 달랐을 것이다. 목표를 이뤄낸 나 자신을 자랑스러워했을 것이다. 그해 겨울 나는 쓰라린 후회와 분노로 음울한 나날을 보냈다. 서울대학교라는 말만 들어도 심장이 바늘에 찔리는 듯해 일부러 뉴스와 신문에 귀를 닫고 눈을 감았다.

홍익대학교는 나를 입학시킨 홍보 효과를 톡톡히 보았다. 덕분에 몇 년 동안 비슷한 조건으로 장학생들이 줄줄이 입학했다. 그들 중에는 나보다 더 높은 학력고사 점수를 받은 학생도 있었다.

어머니의 죽음 이후 홍익대학교 입학은 또 한 번 나의 삶을 송두리째 바꿔버렸다. 나는 이 사건의 의미를 수십 년 동안 반추했다. 그러나 그 수수께끼는 속 시원하게 풀리지 않았다. 잘못된 결정임에는 분명했지만 누가, 혹은 무엇이 내 삶의 방향을 틀어버렸는지 꼭 집어 말할 수 없었다. 나의 과대자기적 특성이 또 한 번 출현한 사건이기도 했고, 당당하게 내 의견을 주장할 줄 몰랐던 성격의 결과이기도 했다. 나는 지금까지도 그 일을 재해석하고 또 재해석한다. 대학 선택에 실패한 인생이 어디 나뿐이겠는가. 호들갑을 떨며 그 사건에 과도한 의미를 부여한 것은 코아인 내가 슬픈 어린 시절을 견뎌내기 위해 쓴 미래의 각본 때문이었다.

코아는 흔히 말하는 '회복탄력성'이 약하다. 좌절을 툭툭 털고 일어서기가 힘들다. 어렸을 때부터 작은 좌절이라도 '괜찮다'고 말해주고 격려해주는 사람이 곁에 없어서 모든 좌절을 혼자 감내했기 때문일 것이다. 겉으로는 강해 보이지만 남들은 빠르게 딛고 일어서는 어려움을 오랫동안 극복하지 못하고 얽매여 살기 일쑤다.

내가 서울대학교 이야기를 하면 사람들은 "뭘 그런 걸 가지고 아직도 힘들어하나"라는 식의 반응을 보인다. 그럴 때마다 부끄럽기도 하고 상처도 받는다. '당신이 내 삶을 아는가?'라는 생각이 들면서 억울함이 몰려온다. 더 큰 좌절을 겪고도 잘 극복해서 밝고 행복하게 살아가는 사람들을 보면 내 자신이 못나게 느껴진다. 코아는 회복탄력성을 기르기 위해 '지나간 것은 지나간 대로' 흘려보내는 노력을 남들보다 몇 배는 더 해야만 한다.

3부

성장과 용서

코아였던 나는 아코아(성인이 된 알코올 중독자 자녀)가 되었다.

일찍이 어른이 되어 버린 나는 내면에 늘 어린아이와 함께 살았다.

그러나 아직 그 사실은 의식의 표면으로 올라오지 않았다.

각성과 추락

어쩌면 문제의 본질은 내가 서울대학교에 부여했던 어마어마한 의미에 있었는지도 모른다. 서울대학교는 내 불우한 어린 시절에 대한 보상이자, 왜 그런 삶을 살아야 했는지에 대해 스스로 부여한 답이었다. 서울대학교 진학이 좌절되면서 나는 보상과 답을 상실했다. 노력의 가치를 불신하게 되었고 그 후에는 어떤 성취를 이뤄도 만족하지 못할 정도로 내게 깊은 트라우마를 남겼다. 그러나 생애 최초의 큰 실패 덕분에 나는 정신적으로 대변동을 겪게 되었다. 여전히 성취와 인정에 목말라했지만 그것 말고도 삶에는 훨씬 중요한 의미와 가치들이 존재함을 깨달은 것이다. 나는 진정한 의미에서 성장하기 시작했다.

대학 입학 후 첫 학기는 미련한 선택에 대한 후회와 자책, 원망으로 지나갔다. 표면적으로는 신입생 환영회, 엠티, 미팅 등 대학 생활이 주는 즐거움에도 빠져 보았다. 하지만 내적으로는 인생의 목표를 상실한 채 삶이 정지해 버렸다. 그런 상태로 여름방학을 맞았다. 우연히 고등학교 때 읽었던 헤세의『데미안』을 다시 집어 들었다. 고등학생일 때는 내용을 전혀 이해하지 못했던 책이었다. 그저 데미안의 신비로운 매력에 빠져서 흉내를 내보고 싶었다. 그런데 다시 집어 든 그 책을 통해 나는 정신적 재탄생이라고 불러야 할 신비한 체험을 했다. "새는 알에서 깨어나려고 한다. 알은 자아를 가두고 있는 껍질이다. 그 껍질을 부수고 밖으로 나올 때 새는 진정한 자아로 태어난다…." 책을 읽어나가던 어느 순간 나는 내가 알을 깨고 나온 새라고 느꼈다. 최초의 명료한 자기 인식, 자아의 각성이 시작되는 순간이었다.

이전의 삶은 나 자신이 누구인지도 모르고 살았던 환영이었음을 깨달았다. 세상의 기준, 사람들의 기대, 그것에 철저히 맞춰졌던 나의 야망. 그건 진정한 내가 아니었다. 나는 모든 것을 스스로 결정하여 독립적으로 살아왔다고 생각했지만, 삶의 주체였던 적은 한 번도 없었다. 이제야 나는 내 삶의 주인이 되었다고 느꼈다. 서울대학교나 홍익대학교 같은 건 아무래도 상관없었다. 사람들의 기준과 잣대에 불과할 뿐 인생에서 진짜 가치 있는 건 진정한 나를 알고 그 정체성으로 살아가는 것이었다. 나는 비로소 날 준비가 된 새가 되었다.

그저 감성적인 문학소녀였던 나는『데미안』을 읽은 후 사색적인 사람으로 변했다. 전에는 어렵기만 했던 철학적인 문제에 관심이 생겼다. 책은 또 다른 책을 불러들였다. 크리슈나무르티의『자유인이 되기 위하여』는 나의 정신적 변화를 가속했다. 그 책을 통해 자유라는 어마어마한 보물을 발견했다. 내가 자유롭다는 것을 알지 못하고 살았던 과거 전체를 부정했다. 양팔에 자유의 날개가 돋아난 듯 모든 속박에서 벗어났다는 엄청난 해방감을 느꼈다. 거의 무제한이라고도 할 수 있는 자유의 감각은 나의 의식을 아찔할 정도로 높이 끌어올렸다. 이런 기분을 아는 사람이 있을까. 주위를 둘러보았다. 사람들은 오늘 하루 일상적인 삶에 구속돼 이런 감각이 존재한다는 것, 자아라는 귀한 보물이 그들에게 있다는 걸 모르고 살고 있었다. 나는 소수에게만 허용된 신비로운 체험을 한 특별한 사람으로 느껴졌다.

크리슈나무르티로부터 자유와 해방감의 의미를 배우고 나서 내가 곧 신이라는 인식으로 넘어가는 데는 얼마 걸리지 않았다. 때마침 읽은『차라투스트라는 이렇게 말했다』에서 니체는 '나 자신이 곧 신'이라고 가르쳐주었다. 그때까지 나는 교회에 다니며 신이 있다는 것을 의심해 본 적이 없었다. 신은 세상을 초월하여 어디나 존재했고 항상 나를 지켜보며 내 생각을 꿰뚫고 있었다. 그러나 나는 단지 신의 존재를 믿고 있을 뿐 신을 접촉해 본 적이 없었다. 헤세와 크리슈

나무르티, 니체가 말하는 신은 그런 신이 아니었다. 니체는 기독교적 의미의 신은 죽었다고 선언했고 헤세와 크리슈나무르티가 말하는 신은, 초인이나 신의 경지에 오른 인간을 의미했다. 대학교 1학년생인 나는 그들의 사상을 이렇게 이해했다.

나는 일종의 범신론자가 되었다. 모든 것이 신이고, 내가 곧 신이었다. 그 진리를 인식한 나는 전혀 다른 존재의 차원으로 들어섰다. 지금부터 해야 할 일은 무엇에도 속박되지 않은 채 내가 신이라는 의식을 잃지 않는 것이었다. 그리고 차라투스트라처럼 사람들에게 그 사실을 일깨워주는 것이었다. 나에게는 순수한 정신의 세계가 열렸다. 그러나 곧 나는 그 세계 속에 갇힌 수인(囚人)이 되어버렸다.

황홀한 여름방학이 지나고 가을이 되었을 때 외적으로는 눈에 띄는 변화가 없었지만, 내면의 풍경은 크게 달라졌다. 나는 태양에 타 버린 이카로스처럼, 산꼭대기에서 굴러떨어진 시시포스처럼 아찔할 정도로 고양된 상태에서 바닥으로 추락해 버렸다. 사람들과의 소통이 완전히 단절됐다. 나는 우월감 속에서 자신을 고립시켰다. 그리고 누구도 침범할 수 없는 높은 벽을 내 주위에 쌓아 올렸다. 사르트르의 말대로 나는 섬이 되었고 타인은 내게 지옥이 되었다. 누구와도 소통이 전혀 되지 않는 고통을 느꼈다. 완전한 이방인이 되어 사람들과 대화할 수 있는 언어를 잃어버렸다. 나는 완전히 고독한 개인주의자가 되었다. 오로지 책 속에서만 이해받을 수 있었다. 그때 데카르트와 베이컨, 루소, 파스칼과 키에르케고르를 읽었다.

지독한 절대고독의 시간이 찾아왔다. 처음 느낀 고독의 달콤함은 이내 무시무시한 공허함으로 변했다. 매일 혼자 수업을 듣고 밥을 먹었다. 저녁 무렵이 되면 고독이 메뚜기 떼처럼 내 영혼을 뒤덮었다. 클래식 감상실에 가서 음악을 들으며 마음을 진정시키고 도서관에서 몇 시간 동안 책을 읽었다. 도서관은 거의 항상 꽉 차 있었다. 학생들은 전공과목이나 토플 등 영어 공부에 열을 올렸다. 나처럼 한가롭게 책을 읽는 학생들은 거의 없었다. 늘 앉던 곳에 자리를 잡으면, 순간 내가 까마득하게 높은 절벽 위에 서 있는 광경이 떠올랐다. 오른쪽 아래를 내려다보면 끝을 알 수 없는 깜깜한 심연이 입을 벌리고 있었다. 무시무시했다. 까딱 발을 잘못 디디기라도 하면 그 심연 속으로 떨어질 것 같았다. 매일 찾아오는 그 느낌에 몸서리를 치며 서둘러 책을 펼쳤다. 책을 읽는 시간만큼은 황홀하기도 하고 다시금 자유로운 느낌이 되살아나기도 했다. 저자들과의 교감을 느끼며 잠시 고독과 두려움을 잊었다. 그런 나날이 계속되었다.

왜 그런 변화가 찾아왔는지 이해할 수 없었다. 지금까지도 나는 그 체험의 실체가 무엇인지 정확히 모른다. 깨달음을 얻었다고 생각했으나 그것이 준 해방감은 너무 빠르게 사라져 버렸다. 그 뒤에 찾아온 것은 절망과 소외, 어두움이었다. 악마가 나를 속여 대단한 착각을 하게 만들었는지 모른다. 어쩌면 처음으로 우울증을 겪은 것일 수도 있다. 처음으로 느껴본 정신적인 충만감은 조증이 발현한 것일지도 모르겠다. 서울대학교에 가지 못한 충격으로 짓밟힌 자존감이 그런 식으로 방어기제를 작동시켰을지도 모른다. 그 체험이 정확히 무엇이었는지 누군가에게 분석을 받아 본 적이 없고 비슷한 이야기를 들어본 적도 없다. 당시에는 대단한 체험이라고 생각했던 것이 그저 또 한 번의 과대자기의 출현은 아니었을까.

나는 자주 도서관 꿈을 꾼다. 내가 도서관에 있다. 아는 사람이 있나 찾아 헤맨다. 없다. 아는 사람이 있어도 나는 그에게 투명 인간이다. 결국 혼자 자리를 찾아 앉는다. 그런데 북극해에 고립이라도 된 듯 사무치도록 외롭다. 그 느낌이 너무 강렬하고 생생해서 종종 꿈속에서 서럽게 운다. 대학 시절부터 도서관은 내게 고독과 외로움을 상징하는 공간이었다. 그곳에서 나는 혼자만의 왕국을 세웠고 외로움을 아무에게도 털어놓지 않았다. 캄캄했던 1년 반. 내 생애 최초의 터널이었다. 그 이후로도 터널은 내 인생에 여러 번 다른 형태로 나타났다.

1987년 6월 10일

1987년 1월 서울대학생 박종철이 '탁' 하고 치니 '억' 하고 죽었다. 큰일이 일어날 듯 긴장된 열기가 온 나라를 뒤덮었다. 6월, 학기가 끝나고 방학이 되었는데도 학생들은 캠퍼스에 남았다. 이웃한 연세대학교에서 이한열이라는 학생이 최루탄에 맞아 피를 흘리고 죽어가는 모습이 신문에 대서특필되었다. 용암이 들끓는 분화구처럼 온 나라가 분노와 침통한 분위기에 휩싸였다.

집회와 시위가 이어졌다. 어느 날 격렬한 시위가 벌어져 온 캠퍼스가 최루탄 연기로 가득 찼다. 나는 매캐한 냄새를 피해 도서관 4층으로 올라갔다. 기말고사가 끝난 뒤 어수선한 분위기 탓인지 도서관은 한산했다. 그때 나는 빅토르 위고의 『레미제라블』을 읽고 있었다. 4층 도서관의 한쪽 면은 전체가 유리창으로 되어 있어 바깥이 다 내다보였다. 그곳에는 나무 한 그루 심기지 않은 흙 언덕이 있었다. 책을 읽고 있는데 남학생 몇 명이 그 언덕을 기어오르는 모습이 보였다. 머리에 띠를 두르고 있는 것으로 보아 운동권 학생들이 분명했다. 그런데 놀랍게도 전투 경찰 몇 명이 곤봉을 들고 그들의 뒤를 쫓는 게 아닌가. 전투 경찰이 교내로 진입하여 학생들을 잡아가는 일은 한 번도 본 적이 없었다. 나는 책을 읽다 말고 그들의 추격전이 어떻게 끝나는지 지켜보았다. 불과 수십 미터 바깥에서 도망치고 있는 학생들과 경찰들이 그들을 잡으러 쫓아가는 광경이 마치 영화의 한 장면 같았다. 조마조마한 마음으로 그 비현실적인 광경을 수십 분 지켜보았다. 다행히 몸이 날랜 학생들이 무장한 경찰들보다 빨랐다. 마침내 학생들이 언덕 위로 사라지고 경찰들은 언덕을 내려와 물러났다. 나는 다시 책을 집어 들었지만 더 이상 글씨가 눈에 들어오지 않았다. 싱숭생숭해진 마음을 진정시키지 못하고 일찌감치 짐을 챙겨 집으로 돌아왔다.

그리고 잊을 수 없는 그해 6월 10일. 평소에 한 번도 시위에 가담한 적이 없던 학생들도 학생회관 앞 광장에 자리를 잡고 앉았다. 나도 드디어 시위대에 합류했다. 좁은 광장은 발을 디딜 틈이 없을 정도로 꽉 찼다. 싱그러운 봄날에 잎을 피우고 하늘을 향해 힘차게 자라나던 두 젊음이 고문치사로 세상에서 허망하게 사라졌다. 가슴에 들어차 빠져나갈 줄 모르는 분노를 어떻게든 표출해야만 했다. 야만적인 정권을 향해, 국민을 우습게 아는 권력을 향해.

정문 앞에는 엄청난 수의 병력이 배치되었다. 엉덩이가 아플 정도로 오랜 시간을 콘크리트 바닥에 앉아 연설을 듣고 운동 가요를 목청껏 불렀다. 자리를 이탈하는 학생은 없었다. 시시각각 긴장감이 고조되었다. 선두에 선 운동권 학생들은 오늘이야말로 이 정권을 끝장내겠다는 결의에 차 있었다. 그날 전국에서, 서울 한복판에서 무슨 일이 일어나고 있는지 캠퍼스에 있던 우리는 모르고 있었다. 전국 대학교에서 총시위가 일어난다는 사실만 알고 있었다.

마침내 학생들이 자리에서 일어났다. '이제 나가는구나.' 나는 묘한 흥분과 더불어 두려움을 느꼈다. 이제 먼발치에서가 아니라 내 앞에서 최루탄이 터지겠구나. 빨리 달릴 수 있을까. '쓰러지거나 혹시라도 잡혀가면 어떡하지.' 대오를 이루어 조금씩 앞으로 걸음을 옮기니 겁이 덜컥 났다. 그렇다고 대오를 이탈할 수는 없었다. '어떻게든 되겠지. 이 많은 학생이 다 잡혀가지는 않을 거야.' 다른 학생들이 움직이는 대로 나도 움직이면 될 거라고 떨리는 마음을 다독였다. 엄청난 숫자의 학생들이 움직이는 모습은 그야말로 장관이었다. "독재정권 타도하자! 전두환은 물러나라!" 귀가 먹먹해질 정도로 큰 학생들의 외침이 공기를 뒤흔들었다.

맨 앞 몇 줄은 노련한 운동권 학생들이 점유하고 있었다. 그들이 화염병을 투척하고 경찰이 최루탄을 쏘면서 달려오면 뒤따라가던 학생들은 흩어지게 될 것이었다. 학생들의 위세에 놀란 탓인지, 사태의 심각성을 깨달은 것인지 정문 앞에 있던 전투 경찰 무리가 전철역이 있는 대로로 물러났다. 학생들은 정문을 통과하여 대로를 향해 나아갔다. 이른 저녁이었는데도 인근 상점들은 문을 닫았다. 학생들은 도로에 멈춰 지나가는 시민들을 향해 구호를 외쳤다. 이상하게도 그날은 시위대가 빨리 움직이지 않았다. 밤늦게까지 시위가 이어지리라는 느낌이 들었다. 가능한 한 마지막까지 사태를 지켜보리라. 프랑스 혁명 때 바스티유로 향하던 군중의 심리가 이런 것이었을까. 4·19 때 거리로 뛰쳐나간 학생들의 마음이 이랬을까. 광주에서는? 이런 생각을 하

면서 나는 우리가 역사를 바꾸고 있다는 사실을 자각하지
못했다.

마침내 길고 긴 시위대가 전철역이 있는 대로까지 진출했
다. 그곳에서 전투 경찰들이 대기하고 있었다. 소위 닭장차
라고 불리던 버스들이 길가에 늘어서 있었다. 학생들은 대
로에 자리 잡고 앉아 구호를 외치고 운동 가요를 불렀다. 맞
은편에 늘어서 있는 전투 경찰들은 나무처럼 미동도 하지
않았다. 긴 여름 해가 지고 서늘한 바람이 불었다. 노란 가
로등이 켜졌다. 그 시간까지 학생들은 식사도 하지 않은 채
자리를 지켰다. 허기조차 인식되지 않았다.

때가 되었다. 지도부의 지시에 따라 거대한 무리가 자리
에서 일어섰다. 숨 막힌 긴장감이 흘렀다. "독재정권 물러
가라! 이한열을 살려내라!" 구호가 퍼지고 화염병이 날아갔
다. 대낮에 보던 화염병과 밤에 보는 화염병이 주는 인상은
사뭇 달랐다. 포물선을 그리고 불꽃을 퍼뜨리며 날아가는
화염병은 무시무시한 무기였다. 곧바로 고막이 터질 듯 소
리가 진동했다. 전투 경찰이 최루탄을 발사한 것이다. 대형
이 무너졌다. 학생들이 할 수 있는 건 여기까지였다. 모두
있는 힘을 다해 달리기 시작했다. 나도 덩달아 학교 쪽으로

올라가는 도로를 향해 달렸다. 순간 코와 눈으로 확 들어오는 최루 가스에 정신이 아찔해졌다. 눈물이 줄줄 흐르기 시작했고 코에서 콧물이 흘렀다. 그 따가움과 매움을 뭐라 표현할 수 없었다. 손수건을 꺼내 얼굴을 막았지만 역부족이었다. 도로 위로 한참을 올라간 후 바닥에 쓰러져서 한동안 눈물을 쏟고 나서야 가스가 빠져나간 느낌이었다.

주위에 아는 사람이 아무도 없었다. 그 많던 학생들이 이렇게 빨리 흩어질 수 있다는 게 놀라웠다. 여전히 운동권 학생들이 대로에서 구호를 외치는 소리, 최루탄이 터지는 소리가 멀리서 들렸다. 그들이 마무리할 것이다. 이미 잡힌 학생들도 많을 것이고, 남아있는 저들도 어떻게 될지 모른다. 시간은 어느덧 열 시가 넘어서 있었다. 길고 긴 하루였다. 집으로 돌아가야 했다. 옷에 묻은 최루 가스를 한참 털어냈다. 최루탄이라는 게 이런 거였구나. 운동권 학생들은 날마다 이런 최루 가스를 마셨겠구나. 그들이 대단해 보였고 저 대로에 남은 학생들이 영웅같이 느껴졌다.

버스를 타고 돌아오는 길은 아무 일도 없었던 것처럼 평온했다. 누구에게라도 그날 있었던 무용담을 이야기하고 싶었다. 버스에서 내려 집으로 가는 길에 공중전화 부스에 들어갔다. 서울대학교에 가서 열혈 운동권이 된 기순이에게 전화를 걸었다. 분명 기순이도 오늘 시위에 참여했을 텐데 무슨 일이 생기지는 않았는지 걱정이 되었다. 다행히 기순이가 전화를 받았다. 별일 없었는지 물었다. 기순이는 총학생회 여학생 지도부에서 소위 '브레인'이었다. 그날은 일찌감치 위험한 시위 현장에서 빠져나왔다고 했다. 나는 열에 들떠 내가 본 광경을 이야기해 주었다. 기순이는 잠자코 내 이야기를 듣더니 "고생했는데 어서 들어가"라고 말했다. 나는 무수한 전장을 누빈 장수 앞에서 첫 전투 경험을 늘어놓는 풋내기 병사 같은 기분이 들었다. "너 정말 대단해, 기순아. 앞으로도 조심해." 기순이의 조용한 웃음소리가 들렸다.

전화를 끊고 집으로 향하는데 여전히 흥분이 가라앉지 않았다. '동생들에게 이 이야기를 들려주어야지. 내가 시위에 참여했다는 걸 알면 무척 놀라겠지' 생각했다. 그러나 집에는 동생들을 놀래주기는커녕 오히려 내가 까무러칠 일이 기다리고 있었다. 날짜까지도 정확하게 기억나는 건, 그날이 바로 6월 10일 항쟁이 일어난 날이었기 때문이다.

다시 암담한 현실로

당시 우리는 드디어 지하에서 빠져나와 햇볕이 잘 드는 빌라에 세 들어 살고 있었다. 주인아주머니는 내가 부엌에서 음식을 만들고 있을 때 살갑게 다가와 말을 걸곤 했고 주인아저씨는 늘 민소매 런닝에 긴 속바지 차림이었다.

기순이와 통화를 마치고 빌라 정문을 통과하여 집 쪽으로 향하는데 어둠 속에서 "누나!"하고 부르는 소리가 들렸다. 동생이 밖에서 기다리고 있었다. "왜 여기 있어? 무슨 일 있어?" 그 시각에 동생이 밖에서 나를 기다린다는 건 집에 뭔가 일이 생겼다는 뜻이었다.

"큰일났어. 집에 불났어." "뭐?" 나는 귀를 의심했다. "불이라니? 언제? 어떻게? 누구 다쳤어?" "아니, 다친 사람은 없어. 아까 저녁에 불나서 소방서에서 왔다 갔어. 안방이 다 탔어." "아버지는?" "괜찮아." "어떻게 된 거야?" "아버지 말로는 안방에 불이 나서 바로 밖으로 도망쳤다는데, 소방서에서는 전기가 누전된 것 같대."

일단 내 눈으로 상황을 확인해야 했다. 밖에서 보기에는 집에 아무 일도 없어 보였다. 다른 집까지 불이 번지지 않은 것만으로도 천만다행이었다. 현관문을 여니 탄내가 진동했다. 이게 무슨 일이야. 최루 가스를 실컷 마시고 왔더니 집에서는 불이 났다. 거실 벽과 천장에 검은 그을음이 음울하게 들러붙어 있었다. 거실 등이 꺼져 촛불을 켜 놓았다. 안방은 완전히 다 타버렸다. 다행히 주인집 방과 내 방은 무사했다. 아무것도 남지 않은 안방의 시커먼 어둠을 들여다보고 있자니 기가 막혔다.

주인집 아주머니가 나에게 무슨 말을 하는데 하나도 귀에 들어오지 않았다. 주인이 방 하나를 내주었다. 아버지와 동생들이 당분간 그 방에서 생활하기로 했다. 내 방에 들어가 보니 책꽂이에 꽂아둔 책과 노트들의 표지가 전부 검게 그을어 있었다. 펼쳐보니 안은 멀쩡했다. 고등학교 때 수해가 나서 책과 노트를 다 버렸던 기억이 났다. 특히 아까웠던 일기들. 대학생이 되어 다시 일기를 쓰기 시작했는데, 벌써 두툼한 노트로 몇 권이 되었다. 나의 보물 1호였던 일기가 살아남아 그나마 위로가 되었다.

아버지에게 어떻게 된 거냐고 물으니 횡설수설하기만 했다. 불이 날 당시 집에는 아버지 혼자 있었다고 했다. 화재의 진원지는 우리 집 안방이었으니 원인을 짐작할 만했다. 아버지가 방 안에서 담배를 피우다 실수로 이불에 불똥이 튀었을 가능성이 컸다. 내 방에 누워 천장을 바라보고 있으니 그제야 눈물이 주르르 흘렀다.

낮에 있었던 시위 현장은 꿈결같이 느껴졌다. 우리 집에 일어난 이 사건을 어떻게 수습해야 할지 아무 생각이 떠오르지 않았다. 이럴 때면 나는 잠을 도피처로 삼았다. 도저히 무엇을 어찌해야 할지 모를 때면 아무 생각 없이 잠을 잤다. '어떻게든 되겠지, 더한 일도 겪었는데 뭐.' 오히려 속에서 알 수 없는 오기가 발동했다. 자꾸만 나에게 시비를 걸고 못 살게 구는 불운에 대고 '해볼 테면 해봐라 내가 무너지는지' 그런 말을 퍼붓고 싶었다.

다음날 주인집 아주머니는 거실과 부엌을 수리해야 하니 수리비를 물어내라고 했다. "얼마나 들까요?" 물으니 수백만 원이라고 말했다. 아주머니의 표정은 자신이 피해자니까 보상을 받는 게 당연하다고 말하고 있었다. 평소에는 살갑게 잘 웃던 아주머니가 너무나 쌀쌀해져서 서운하다 못해 서러웠다. 눈앞이 캄캄했다. 그런 돈을 어디서 마련한단 말인가. 학교에서 다달이 받는 장학금 절반은 생활비로 쓰고 절반은 꼬박꼬박 적금으로 들어가고 있었다. 그걸 깨야 하나. 속이 쓰라려 왔다. 그게 어떤 돈인데…. 알겠다고 대답하고 일단 집수리를 시작하시라고 말했다. 대대적인 집수리가 시작되었다. 주인집은 잘 되었다는 듯 이참에 부엌 가구를 교체하고 거실 벽지와 바닥재까지 싹 갈아버렸다. 우리 방은 벽지와 장판을 간 게 전부였다. 비용 대부분이 주인집 수리에 들어갔다. 그래도 불을 낸 책임이 우리에게 있으니 할 말이 없었다.

우리 집에 불이 났다는 소문이 빠르게 퍼졌다. 엄마가 없고 아버지는 실직 상태에 아이가 셋이라는 소문까지 함께. 알지도 못하는 사람들이 찾아오기 시작했다. 어떤 사람들은 옷을 가져오고, 어떤 사람들은 이불을 사주었다. 며칠 뒤에는 장롱이 들어왔다. 이웃들이 돈을 모아서 샀다고 했다. 텅 비어있던 안방이 빠르게 채워졌다. 남에게 물질적인 도움받는 걸 내켜 하지 않던 나였지만 그때만큼은 눈물 나도록 고마웠다. 사람들은 용기 내라는 말도 잊지 않았다.

어느 날 동생이 "학교에서 누나보고 오라는데"라고 말했다. "왜?" "학교에서 우리 집 돕는다고 성금을 걷었대. 그래서 누나보고 받으러 오래." 큰동생은 전교 1, 2등을 할 정도로 공부를 잘했다. 그래서 우리 집 사정이 주목받은 걸까. 전교생이 성금에 참여했다고 했다.

몹시 거북하고 쑥스러웠지만 거절할 처지가 아니었다. 동생이 다니는 고등학교 교무실에 찾아갔다. 동생의 담임 선생님이 나를 위로하면서 두툼한 봉투를 건넸다. 크게 인사를 하고 학교를 나와 봉투를 열어보았다. 수백만 원이 들어 있었다. 적금을 깰 필요가 없어졌다.

나는 가끔 우스갯소리로 이런 말을 한다. 살면서 물난리, 불난리를 다 겪어 보았다고. 그런데 둘 중에 사람이 다치거나 죽지만 않으면 불난리가 차라리 낫더라고. 불은 모든 것을 태워 버려 정리할 것이 없지만 물난리가 나면 버리고 정리하는 데 시간이 너무 많이 걸린다고 말이다.

수해가 났을 때처럼 아버지의 폭음이 다시 시작됐다. 정확히 3년이 지난 후였다. 주기가 들어맞아서인지, 화재 사건이 아버지에게 감당할 수 없는 스트레스를 주었는지 이유는 알 수 없었다. 나는 어서 아버지의 증상이 악화해서 다시 병원에 입원하기를 바랐다. 이번에는 기다리는 시간이 짧았다.

어느 날 아버지는 무슨 이유 때문인지 불같이 화를 내면서 큰 집에 다녀오겠다며 집을 나섰다. 부아가 치밀어 오를 때마다 늘 큰아버지에게 가곤 했던 걸 보면, 아버지에게는 큰아버지가 자신을 받아줄 수 있는 유일한 대상이었던 모양이었다. 저녁이 되자 큰집에서 주인집으로 전화가 걸려 왔다.

아주머니가 나에게 수화기를 건네주었다. 큰아버지는 전화기 너머로 아버지를 입원시켰으니 걱정하지 말라고 말했다. 안도감이 밀려왔다. 네 번째 입원이었다.

  대학생이 되어 나는 처음으로 아버지 이야기를 친구 진숙이에게 할 수 있었다. 진숙이의 아버지도 알코올 중독자였다. 스무 살이 넘어서야 나는 이 세상에 알코올 중독자들이 차고 넘친다는 사실을 알게 되었다. 진숙이가 들려준 이야기가 나의 이야기와 어쩌면 그리도 겹치는 것이 많던지. 비로소 우리 집 이야기를 숨기지 않고 이야기할 수 있게 되어 후련했다. 아버지가 입원한 날 저녁, 나는 학교 도서관으로 진숙이를 만나러 갔다. 도서관에 있던 진숙이는 기꺼이 나와 시간을 보내주었다. 내 이야기를 말없이 들어주고 위로해 주었다. 처음으로 나의 아픔을 이해하고 공감하는 사람을 찾은 기분이었다.

  두 달쯤 지나 아버지가 돌아왔다. 이제 오십이 넘은 아버지. 아버지는 점점 집에 있는 시간이 많아졌다. 활동이 적어지고 몇 시간씩 방에 누워 지냈다. 그러다 보니 올챙이처럼 배만 나왔다. 아버지는 누운 자세로 다리를 꼬고 발끝을 까딱까딱하면서 흘러간 옛 가요를 메들리로 흥얼거렸다. 아버지가 가장 좋아하는 노래는 '섬마을 선생님'과 '울고 넘는 박달재'였다. 하도 많이 들어서 섬마을 선생님의 가사가 저절로 외워졌다. 노래를 부르고 있는 아버지에게 "아빠, 기분이 좋아요?"라고 물으면 아버지는 "기분 좋지"라고 답했다. "뭐가 그리 기분이 좋아요?" "뭐, 그냥 좋지."

약의 부작용 탓인지 아버지와 정상적인 대화가 점점 불가능해졌다. 아버지가 도대체 무슨 생각을 하는지, 생각이란 걸 하기는 하는지 알 수 없었다. 지능이 나빠지고 있거나 인지능력이 퇴화하는 듯했다. 아버지가 술을 마시지 않아도 비정상적인 모습을 보이자 나는 전에 없던 슬픔을 느끼기 시작했다. 아버지의 병은 정말 고칠 수 없는 것일까. 저런 모습으로 평생을 살아가야 하나. 아버지의 인생이 가여웠다.

그 당시 나는 깊은 신앙적인 고민에 빠져있었다. 혹시 신앙의 힘으로 아버지를 고칠 수는 없을까 하는 생각이 들었다. 마침 아버지 얘기를 들은 한 선배가 아버지를 모시고 기도원에 가보라고 충고를 해줬다. 정말 그렇게라도 해봐야겠다고 생각했다. 11월이었다. 날씨가 청명했다. 여전히 순복음 교회를 다니고 있던 나는 오산리 금식 기도원에 가기로 했다. 아버지에게 같이 가겠느냐고 물으니 가겠다고 했다. 단둘이 어딘가를 함께 가는 건 어릴 때 이후 처음이었다.

얇은 이불을 보자기에 싸 들고 서대문 근처에서 기도원으로 가는 버스를 탔다. 도착해서는 광장처럼 넓은 본 예배당 한쪽 구석에 자리를 잡았다. 전국 각지에서 온 사람들이 여기저기 흩어져 잠을 자기도 하고, 소리를 높여 기도하고 찬송가를 부르기도 했다. 아버지는 설교 시간에도 자리에 앉아 있지 못하고 수시로 밖을 드나들었다. 담배를 피우기 위해서였다. 자꾸 왔다 갔다 하는 아버지가 신경 쓰였다. 괜히 왔다는 생각에 낙담했다.

"아빠, 나랑 같이 기도해요." 내가 아버지 손을 잡고 기도하면 아버지는 알 수 없는 소리를 웅얼거렸다. 아버지의 집중력이 곧 흩어졌기 때문에 오래 기도할 수가 없었다. 기도원에 온 게 후회되었지만, 이불까지 싸 왔으니 하루는 지내고 가야 했다. 저녁 식사를 하고 난 뒤 일찌감치 웅크리고 잠이 들었다. 넓은 예배당의 한기가 몸속을 파고들었다.

다음날 그냥 돌아가기가 서운했다. 기도원에는 담당 목사가 기도해 주는 사무실이 있었다. 아버지를 데리고 그 사무실 문을 조심스레 열었다. 머리가 약간 벗겨진 젊은 목사가 자리에서 일어났다. "무슨 기도를 받고 싶으신가요?" "저희

아버지가 알코올 중독이세요. 기도로 고쳐 주셨으면…" "기
도합시다."

목사는 아버지의 머리에 손을 얹고 기도하기 시작했다.
내용은 기억나지 않지만, 나는 고등학생 때 용인 정신병원
에서 의사를 만났을 때와 비슷한 느낌을 받았다. 목사는 그
저 형식적으로 아버지를 상대하고 있었다. 그의 기도에는
아무런 간절함도, 중독으로 고통받는 사람과 그의 가족에
대한 긍휼한 마음도 없었다.

짧고 기계적으로 기도를 마친 그는 이제 나가도 된다는 듯
이 우리를 쳐다봤다. 깊은 실망감으로 가슴이 허전했다. "아
빠, 이제 집에 가요." 아버지는 순순히 나를 따랐다. 딸이 가
자고 하니까 기도원까지 따라오고, 가자니까 가는 아버지가
마치 나의 보호에 맡겨진 어린아이처럼 보였다. 아버지를
도와주고 싶었지만 방법을 찾을 수가 없었다. 병원에서도,
교회에서도 아버지를 도울 수 있는 사람은 없었다. 아버지
는 이렇게 아무런 도움을 받지 못하고 인생을 헛되이 살아
가야 하는 것일까. '하나님, 우리 아버지를 고쳐 주실 수 없
으신가요.' 나는 하늘을 올려다보며 서글픔과 막막함에 눈
물을 지었다. '다시는 아빠를 이런 곳에 모시고 오지 말아야
지.' 아버지에게 미안함을 느끼며 집까지 꽤 먼 길을 돌아왔

다. 그래도 아버지는 집을 떠나 딸과 하루를 지내고 온 게 좋았었나 보다. 쌀쌀한 날씨에 손과 얼굴이 빨개졌지만, 기분이 좋아 보였다.

회심

1학년 여름 방학의 신비한 체험 이후 나는 마치 돌다리를 건너듯 하나의 철학에서 다른 철학으로 신속하게 옮겨갔다. 범신론은 곧 불가지론으로 변했고 2학년이 되어서는 실존주의에 이끌렸다. 그리고 아버지가 입원한 후 한 달간 철저한 허무주의자로 변했다. 그러나 허무주의로는 도저히 살아갈 수 없다는 것을 금세 깨달았다. 이렇게 사상의 편력을 거치는 동안에도 나는 여전히 교회를 떠나지 못했다. 이전의 순진한 신앙을 이미 버렸지만, 교회를 떠날 용기는 없었다.

  때마침 나는 C. S. 루이스의 『단순한 기독교』를 읽게 되었다. 그는 예수에 대한 세 가지 가설을 내세웠다. 예수는 사기꾼이거나, 정신이 나간 사람이거나, 이도 저도 아니라면 진짜 하나님의 아들이라는 것이었다. 루이스처럼 예수를 사기꾼이나 정신병자로는 볼 수 없었다. 그렇다면 예수는 정말 하나님의 아들인 걸까. 앞의 두 가정이 사실이 아니라고 해서 저절로 예수가 하나님의 아들이 되는 건 아니었다. 예수가 정말 하나님의 아들이라면 그를 믿는 것이 당연했다. 그러나 어떻게 그 사실을 알 수 있단 말인가. 그저 성경에 쓰여 있어서? 그렇다면 성경이란 무엇인가? 성경이 하나님의 말씀이라는 것은 또 어떻게 알 수 있단 말인가? 무조건 믿으라는 말은 조소를 일으킬 뿐이었다. 하지만 오랫동안 교회를 다닌 내가 예수를 무시하는 것은 불가능했다.

그때 도스토옙스키의 『카라마조프 형제들』을 읽었다. 소설이 말하고자 하는 바를 이해하지 못했지만, 나는 주인공인 알료샤와 그의 스승 조시마에 매료되었다. 내가 모르는 기독교의 깊은 차원이 그들에게서 느껴졌다. 기독교를 내 잣대로 섣불리 판단하지 말아야 한다. 내가 아직 모르는 그 무엇을 발견해야 한다는 생각이 들었다. 그런데 어디서 어떻게 발견할 수 있을 것인가? 어쩌면 영원히 진리를 발견하지 못한 채, 아무것도 확신하지 못하고 살다 죽을지도 모른다는 생각에 캄캄한 절망이 나를 덮쳐왔다. 내 표정은 늘 심각했고 양 눈썹 사이에는 깊은 주름이 파였다.

같은 과에 한 선배가 있었다. 그 선배는 작은 눈에 검은 테 안경을 끼고 늘 혼자 다녔다. 종종 그 선배를 도서관에서 만났다. "커피 한잔 마실까?" 선배는 가끔 나에게 다가와 대화를 청했다. 커피 자판기가 있던 도서관 휴게실은 공부하다 잠시 나와 쉬면서 대화하는 학생들로 늘 북적였다. 커피 냄새와 담배 연기, 학생들의 대화로 그 공간은 늘 활기찼다.

가볍고 재미있는 대화가 어울릴만한 공간에서 우리는 왜 사는가, 존재의 목적이 무엇인가 같은 주제로 대화를 나눴다. 선배는 성경에 대해 자주 이야기해 주었다. 나는 성경을 우습게 생각했다. 복잡한 철학 서적들에 비해 성경은 시시하고 믿음을 강요하는 따분한 책으로만 여겼다.

그런데 선배가 이야기해 주는 성경 내용은 처음 들어보는 것이 많았다. "성경에 그런 내용이 있어요?" 물으면 선배는 직접 성경을 펴서 보여주었다. 선배의 이야기는 지루하거나 늘 듣던 내용이 아니었다. '성경에는 정말 내가 모르는 뭔가가 있구나'라는 생각이 들었다. 내게 믿음이 없는 것은 성경을 제대로 모르기 때문일 수도 있었다. 그런 식으로 선배와 간간이 대화를 나눴지만, 나의 깊은 의심들을 솔직히 드러내지는 못했다. 1987년이 저물어가고 있었다. 아무것도 해결하지 못한 채 새로운 해를 맞이하는 것이 끔찍했다.

12월 24일이 되었다. 나는 교회에 가기 싫었다. 동생들만 교회에 가고 나는 집에 남았다. 해마다 크리스마스이브에는 TV에서 예수의 생애나 성경 이야기를 주제로 한 외화를 방영하곤 했다. 그해에는 「성 프란치스코의 생애」라는 영화를 보여주었다. 우연히 영화를 보기 시작한 나는 홀린 듯 영화에 빠져들었다.

영화는 나에게 엄청난 충격을 주었다. 프란치스코는 한순간에 자신이 소유한 모든 것을 버리고 오직 하나님만을 의지하면서 단순하고 청빈하게 살았다. 교황 앞에서도 주눅들지 않고 성경 말씀을 문자 그대로 믿고 체화한 그의 삶이 너무나 숭고하고 아름다웠다. 저런 삶이 정말로 가능하단 말인가. 내가 원하는 것도 저런 삶이 아닐까. 그러나 나는 결코 프란치스코 같은 사람이 될 수 없었다. 프란치스코는 너무나 높은 곳에 있는 범접할 수 없는 존재였다. 나는 그 사실이 슬프고 절망스러워 한참을 통곡했다.

나는 결코 내가 원하는 숭고하고 이상적인 삶을 살 수 없으리라는 자각, 나의 삶은 시시하고 보잘것없이 끝나버리고 말 거라는 쓰라린 인식이 가슴을 찢어놓았다. 그러다가 문득 '나와 프란치스코의 거리가 이 정도라면 나와 하나님은?' 이라는 질문이 번쩍하며 머릿속을 관통했다. 그때 비로소

'죄'라는 단어의 의미를 이해했다. 무엇으로도 좁힐 수 없는 신과 나 사이의 무한한 거리. 나는 신에게서 분리되었고 무엇을 하더라도 그 분리를 극복할 수 없었다. 내가 그에게서 까마득히 멀리 떨어져 있다면 나에게는 아무 희망이 없었다. 두려움이 덮쳐왔다. '하나님. 나를 구원해 주세요.' 내 영혼 깊은 곳에서 이런 탄식이 터져 나왔다. 돌이켜 보니 그때가 회심의 순간이었다.

그날 이후 내 삶에 결정적인 변화가 일어날 거라 기대했다. 그러나 아무 일도 일어나지 않은 채 1988년이 왔다. 나는 여전히 절망에서 빠져나오지 못하고 있었다. 차라리 죽기를 갈망했다. 내 영혼은 이미 전 생애를 살아버린 노인과 같았다.

그날 나는 도서관에 가자마자 가방에서 성경을 꺼냈다. 다시 한번 깊은 곳에서 탄식이 터져 나왔다. '하나님, 저에게 죽으라고 하시면 죽겠습니다. 이대로는 더 이상 살 수 없어요.' 성경을 펼쳤다. 사도행전이었다. 성경에서 내가 유독 싫어하는 부분이었다. 사도들의 행적이 너무나 낯설고 이질적으로 느껴졌기 때문이었다. 그러나 그날은 그냥 펼쳐진 곳을 읽어가기 시작했다. 부활한 예수가 감람산에서 승천하는 모습을 본 제자들이 마가의 다락방에서 성령을 기다리며 기도했다. 갑자기 급하고 강한 바람이 불고 모인 사람들이 방언으로 기도하기 시작했다. 베드로가 일어나 사람들에게 설교하니 하루에 삼천 명이 회개했다.

그런데 갑자기 이상한 일이 일어났다. 어느 순간 내가 사도행전의 한 장면 안으로 들어간 듯 느껴졌다. 베드로가 설교하던 그 자리에 내가 있었다. 그곳에서 나는 이천 년의 시간을 가로질러 예수가 십자가에서 죽었다가 부활해서 승천했다는 소식을 듣고 있었다. 그리고 놀랍게도 그 말이 다 믿어졌다. 영혼 깊은 곳에서 이제껏 느껴보지 못했던 뭔가가 형성되고 있었다. '이것이 무엇일까? 이렇게 평화로울 수가 있다니.' 내가 얼마나 원했던 평화였는가. 그런데 그 평화가 내 영혼 속에서 생겨나 점점 커지고 있었다. 그리고 무엇으로도 형언할 수 없는 기쁨이 차오르기 시작하더니 가슴이 터질 듯했다. '이게 무슨 일이지? 나에게 무슨 일이 일어나고 있는 거야?'

드디어 내가 기다리던 순간이 왔음을 알았다. 이 느낌이 무엇인지는 몰랐지만 내가 원하던 게 바로 이것이었음을 알았다. 주위는 고요했다. 학생들은 각자 공부에 몰두하고 있었다. 나는 그 시간, 그 공간에 있었지만 동시에 이천 년 전

예루살렘에 있었다. 누구에게서도 이런 일에 대해 들어본 적이 없었다. 내가 미쳤거나 비정상적인 경험을 한 거라기엔 마음 상태가 너무나 평온하고 기쁘고 고요했다. 가슴이 터질 것 같은 기쁨을 느꼈지만, 전혀 흥분되지도 들뜨지도 않았다. 2년 전의 신비로운 체험과는 분명 달랐다. 그때는 내가 신과 같은 존재가 되었다는 고양된 느낌, 어떤 것도 나를 제약할 수 없다는 자유로움에서 기쁨과 해방감을 느꼈다면 이번에는 나에 대한 인식이 달라진 것이 아니었다. 그렇게 알고 싶었던 예수를 드디어 보고 듣고 알았다고 고백할 수 있었다. 어떤 설명도 필요하지 않았다. 더 이상 의심은 남아있지 않았다.

그날 함박눈이 내렸다. 버스에서 내려 집으로 가는 길에 꽤 넓은 골목길을 걸어가야 했다. 그 길 전체가 융단처럼 흰 눈으로 덮여 있었다. 누구도 밟지 않은 새하얀 눈길이 마치 나를 위해 준비된 선물 같았다. 눈을 밟고 걸어가면서 기쁨을 주체하지 못해 혼자 춤을 추었다. 골목 안에서 혼자 춘 그 춤은 과분한 은총을 내려준 하나님에 대한 감사의 예배였다.

3개월 정도 나는 천국에 있는 것 같은 시간을 보냈다. 내가 겪은 일이 '거듭남'이라는 것도 알게 되었다. 나는 비로소 영적으로 새롭게 태어났다. 그동안의 모든 불운한 과거가 전부 보상되는 듯한 느낌이 들었다. 삶에서 이보다 더 좋은 일이 일어날 수 있을까.

그러나 그때 나는 알지 못했다. 내 앞에는 긴 순례의 여정이 남아있다는 것을. 나는 이제 막 출발선에 섰을 뿐이며, 거듭남의 기쁨이 아무리 경이롭고 황홀한 것이었다 해도 결국 사그라들 것이고, 신앙의 여정은 너무나 혹독하고 험난하다는 것을. 인생의 해답을 찾았다고 생각했지만 삶은 계속 어려운 시험을 보낼 것이며 그 답을 찾는 과정은 여전히 어려울 것이라는 사실을 말이다.

홍익대학교에 간 사건은 나의 구원을 위한 것이었다고 해석했다. 내가 서울대학교에 가서 어릴 적 꿈을 이뤘다면 얼마나 오만해졌을까. 아마 오랫동안 하나님을 모르고 내 잘난 맛에 살았을 테니 나를 겸손하게 낮추기 위해 하나님이 그런 일을 허락하셨다고 생각해 오히려 감사했다. 시간이 흘러 그 해석은 폐기되었지만, 당시에는 큰 위로를 얻었다.

하나님을 만나고 나니 '우리 아버지도 구원받을 수 있을까'라는 생각이 들었다. 나는 아버지가 변화되어 사람들 앞에서 간증하는 모습을 그려보았다. 생각만 해도 벅차고 가습이 뛰었다. '그러면 많은 사람이 아버지를 보고 하나님에게 돌아올 거야.' 나는 기도하기 시작했다. 그리고 아버지에게 예수님에 대해 자주 이야기했다. 아버지는 내 말을 거부하지는 않았지만, 마음에 두꺼운 시멘트가 발라져 있는 것 같았다. 어떤 말로도 그것을 뚫지 못했다. 아버지는 자꾸 엉뚱한 소리를 하고 주의를 흩뜨렸다.

그해 어느 봄날, 아침부터 술을 먹고 일찍 집에 들어온 아버지가 나를 붙들고 울기 시작했다. 전에 없던 일이었다. 아버지는 자신의 삶을 비관하고 신세 한탄을 했다. 좀처럼 진정하지 못하고 어린아이처럼 엉엉 울었다. "아빠, 제가 기도해 드릴까요?" 아버지는 저항하지 않았다. 나는 아버지의 크고 거무스름한 손을 꼭 잡았다. 아버지도 내 손을 꽉 쥐었다. 내 눈에서도 눈물이 하염없이 흘렀다. 가슴 깊은 곳에서 타는 듯한 통증이 느껴졌다. "우리 아버지 어떡해요? 저를 만나 주셨듯 아버지도 만나 주세요."

기도가 끝나도 아버지의 울음은 그치지 않았다. 아버지는 나를 놓아줄 생각이 없어 보였다. 나 역시 차마 아버지를 두고 집을 나올 수가 없었다. 아버지의 등을 토닥여 주고 손을 잡고 어루만져 주었다. 갑자기 터져 나온 아버지의 슬픔을 어떻게 위로할 수 있을까. "아빠, 좀 누우세요. 제가 책 읽어

드릴게요." 나는 그때 읽고 있던 토마스 아 켐피스의『그리스도를 본받아』라는 책을 가져왔다. 그 책 내용이 아버지의 슬픔을 진정시켜 줄지도 몰랐다.

아버지는 지쳤는지 자리에 누워 멍한 눈으로 허공을 응시했다. 그렇게 낙담하고 슬퍼하는 아버지의 모습에 가슴이 갈기갈기 찢어졌다. 어쩌면 그때 나는 엄마의 마음으로 아버지를 바라보았는지도 모르겠다. 책 이곳저곳을 펼쳐 위로될 만한 구절들을 읽어 내려갔다. 아버지는 훌쩍이면서 눈을 감았다. 토닥토닥. 아버지의 어깨를 두드리면서 계속 책을 읽었다. 시간이 더디 갔다. 진정되는 듯하다가도 다시 터져 나오는 울음. 그러기를 몇 차례 반복하다가 시간이 지나 아버지가 서서히 잠이 들었다. 나는 진이 다 빠져버렸다. 잠든 아버지 모습이 하도 불쌍해서 참았던 눈물을 왈칵 쏟았다.

그날 내 행동은 이전의 나로서는 도저히 상상할 수 없었던 것이었다. 아버지에 대한 그 지독한 미움이 다 사라져 버리고 이제는 불쌍히 여기는 마음만 남았다. 힘겹고 마음 아픈 하루였지만 '이제는 이렇게 아버지를 사랑해 드려야지, 더 이상 아버지를 미워하지 말아야지' 하는 마음이 생겨났다. 그 이후로 나는 아버지를 미워하지 않았다. 그러나 아버

지를 완전히 용서하고 무서워하지 않기까지는 시간이 좀 더
필요했다.

또 한 번의 좌절

내 인생에서 최상의 1년을 보내고 3학년 겨울방학이 되자
졸업 후 진로를 고민하게 되었다. 잊고 있던 빚이 생각난 사
람처럼 유학을 보내주겠다던 총장의 약속이 떠올랐다. 나
는 하나님을 만나기 전에 중요하게 생각했던 모든 것을 포
기하고 있었다. 유학을 가지 못해도 하나님을 만난 것만으
로도 이 대학에 온 충분한 이유가 있다고 생각했다. 그런 좌
절이 없었더라면 결코 하나님 앞에 무릎을 꿇지 않았을 것
이다.

그런데 막상 졸업을 앞두자 손바닥 뒤집듯 마음이 달라졌
다. 포기했던 욕심이 다시 강하게 나를 유혹했다. 마음이 둘
로 갈라졌다. 세상을 탐하는 것 같은 죄책감과 당연히 찾아
야 할 권리라는 생각. 기도했지만 혼란만 커졌다.

1학년 때부터 꾸준히 영어 작문 지도를 도와주신 교수님

께 상의를 드렸다. "총장님을 뵈었는데…." 교수님은 약간 난처하다는 듯, "미국에 있는 상위 10개 대학 중에 입학허가를 받으면 지원하겠다고 하네. 왕복 항공료와 석사과정 등록금을 지원하겠다고." 나는 입학 때처럼 이게 꿈인가 싶었다. 분명 입학 때 약속한 내용과 달랐다. 이런 조건은 전혀 없었는데….

"상황이 좀 어렵게 되었지만, 그래도 선화라면 입학허가를 받을 수 있을 거야. 생활비는 학교 다니면서 해결할 방법이 있을 거고." 미국 유학 경험이 있는 교수님은 정말 그렇게 믿으시는 모양이었다. "일단 토플 시험 준비부터 해 봐." 나는 또 아무런 항변을 하지 못했다. 홍익대학교 졸업생인 내가 어떻게 미국 상위 10개 대학에 갈 수 있냐고, 대학 측은 왜 지금 딴소리를 하느냐고, 내가 직접 총장을 만나겠노라고. 그러나 3년 전 스무 살 때와 지금의 나는 달라진 게 없었다. 정신적 변화나 거듭남은 당당하지 못한 내 성격을 조금도 바꿔놓질 못했다.

망연자실했다. 이미 대학에서 많은 장학금을 받았던 터라 지금 일어난 부당함에 항의한다는 것이 배은망덕하게 여겨졌다. 입학할 때 계약서라도 받아둘 걸 하는 후회가 되었지만 지금 와서 무슨 소용이란 말인가. 너무 억울했다. 계란으로 바위 치기라는 것을 알면서도 유학 준비를 시작했다. 토플 시험을 보고 GRE, 작문, 회화 시험까지 치렀다. 1년을 준비하여 미국 대학 측에 입학 원서를 보내달라 요청했으나 어느 대학에서도 원서를 보내주지 않았다.

졸업 후 다시 1년을 준비했다. 그 1년은 내 인생에 나타난 두 번째 터널이었다. 양쪽 발목에 족쇄를 채우고 질질 끌려가는 죄수의 심정이었다. 당시 세운상가 뒤 편에 있던 고합 빌딩에는 YBM, 종로유학원 등이 입주해 있었다. 3층인가 4층에서 토플, GRE 같은 미국 유학 관련 시험을 접수했다. 늘 미국 유학 준비생들로 북적였던 그곳을, 나는 제집 드나들듯 했다. 한번은 평택 국민학교 시절 내가 이겨본 적이 없는 그 아이를 만났다. 서울대학교 물리학과에 갔다는 소문은 들었는데 그도 유학을 준비하는 모양이었다. 아는 체하고 싶지 않아 외면했다. 비참했고 절망스러웠다.

내가 졸업한 해는 1990년이었다. 갑자기 전세난이 닥쳤다. 신문에는 집을 구하지 못해 가장들이 자살한다는 기사가 계속 실렸다. 나와 동생은 전세를 구하러 서울 곳곳을 돌아다녔다. 결국 우리는 서울을 벗어나 역곡까지 가서야 전세를 구했다. 4년 동안 꼬박꼬박 적금을 들어두었기에 집을 구할 수 있었다. 그렇게 생각하면 유학을 가지 못했어도 장학금을 주었던 대학에 고마워했어야 하는지도 몰랐다. 그 돈이 없었다면 우리가 어디에 가서 살 수 있었을까.

역곡에서 드디어 우리는 주인집과 분리되어 살게 되었다. 작지만 거실다운 공간과 넓은 안방이 있었다. 안방보다 더 넓은 방이 내 차지가 되었다. 내 방은 예전에 상가로 사용한 적이 있어서 두 면이 통째로 유리창이었다. 밖이 훤히 내다보이는 데다 방이 너무 넓어서, 이사한 첫날에는 어디에서 잠을 자야 할지 모를 지경이었다. 집에 전화도 설치했다. 집다운 집에서 사는 맛에 몇 달 동안 집 꾸미기에 열을 올렸다. 가야 할 곳도 없었기에 마치 주부가 된 것처럼 살림하는 데에 신경을 썼다.

내게는 언제나 공부가 먼저라 가족은 늘 뒷전이었다. 동생들은 나이가 들면서 집에 들어오는 횟수가 적어졌다. 우리는 각자 자기 삶을 살았다. 나는 늘 내가 형편없는 누나라고 생각했다. 이제 대학도 졸업했으니 미안한 마음을 덜어 보고자 집도 꾸미고 김치도 담그면서 집안일을 열심히 해보려고 애를 썼다. 그러나 그런 마음도 얼마 가지 못했다. 사다 놓은 화분의 식물은 아무리 물을 줘도 다 죽어버렸다. 역시 난 주부 스타일이 아니라며 살림에 대한 흥미가 다시 시들해졌다.

몇 군데서 과외 제의가 들어왔다. 그때부터 당산, 목동, 강남, 양재 등에서 영어, 수학 과외를 하면서 생활비를 벌었다. 그 후 6년간 과외를 하면서 서울 곳곳을 돌아다녔다. 아파트를 처음 가보았고 잘 사는 사람들의 생활을 살짝 들여다보았다. 낮에는 집 근처에 있는 성심 여자 대학교(현재는 가톨릭대학교로 통합되었다) 도서관에 가서 유학 준비를 했다. 태어나서 처음으로 나는 소속감을 잃었다. 항상 학생이었던 나는 더 이상 다닐 학교가 없었다. 그렇다고 직장이 있는 것도 아니었다. 사회에서 아무 쓸모가 없는 잉여 인간이라고 느껴졌다. 은행에 갈 때마다 창구에 앉아 있는 직원들이 부러웠다. 그들은 이 사회에서 견고히 자기 자리를 차지하고 있었다. 나는 장롱 밑바닥 어두운 구석에 떨어져 보이지도 않는 동전 신세였다.

미국 상위 10개 대학 중 일곱 개 대학에 원서를 보냈다. 이름만 들어도 가슴이 뛰는 대학들. 특히 옥스퍼드 대학과 비슷한 느낌이 드는 버클리 대학에 끌렸다. 가을에 접어들어 매일 입학 원서를 썼다. 당시에는 컴퓨터가 없어서 타자기로 원서를 쓰고, 틀리면 지우고 다시 쓰기를 반복했다.

원서를 쓰는 일은 엄청난 스트레스였다. 무모한 일을 하고 있다는 생각, 일 퍼센트의 가능성도 없는데 끝까지 포기하면 안 된다는 생각으로 나를 몰아붙였다. 삶과 정면으로 투쟁하는 기분이었다. 누가 이길까. 나를 꺾으려는 삶일까, 나일까. 삶은 수수께끼로 변해 버렸다. 내 인생이 이렇게 꼬여버린 이유가 대체 무엇인지, 그 결말은 어떨지 드라마 주인공을 보듯 나를 바라봤다.

역곡역에서 집까지 걸어오는 길은 꽤 멀었다. 좌절과 절망, 배신감, 세상과 자신에 대한 혐오감에 쓰디쓴 눈물이 날마다 쏟아졌다. 원서를 마무리하는 12월에는 거의 정신을 잃었다. 넓은 내 방이 온통 원서로 가득 찼다. 초인적인 힘으로 타자기 앞에 앉아 원서를 작성했다. 해를 넘기기 전에 겨우 마지막 원서를 보내고 한동안 정신이 멍했다. 할 일은 다 했으니 결과는 하늘에 맡긴다는 생각은 들지 않았다. 유학을 가지 못한다면 내 인생은 끝났다는 생각이 나를 사로잡았다.

겨울이 끝나갈 무렵부터 영어로 쓰인 편지가 배달되기 시작했다. "이런 소식을 전해드리게 되어 매우 유감이지만…"으로 시작되는 입학 거부 편지였다. 하나, 둘, 셋…. 계속해서 편지가 도착했다. 똑같은 문구로 시작되는 정중하고도 불쾌한 편지들. 그런데 신기하게도 편지가 도착할 때마다 마음이 조금씩 가벼워졌다.

마지막 편지는 4월 어느 따뜻한 날에 도착했다. 내가 제일 원했던 버클리 대학에서 온 편지였다. 가슴이 두근거렸다. 뜯어보니 역시 정중하게 입학을 거부하는 내용이었다. 시원한 봄바람이 내 몸 구석구석을 훑고 지나갔다. 나는 두 발을 칭칭 동여매고 있던 쇠사슬이 풀려나가는 느낌을 받았다. 실망감과 패배감 대신 '끝났구나'라는 해방감이 밀려들었다. 이렇게 홀가분할 수가! 좌절감과 실패했다는 생각 대신 고통스러웠던 터널이 끝났다는 안도감이 찾아왔다.

그러나 그 후 무려 30년 동안이나 대학 입학과 유학 실패의 사건을 곱씹고 또 곱씹었다. 더 이상 삶에서 성공을 맛보지 못하는 이유를 늘 그 탓으로 돌렸다. 삶이 나를 배반했고 어른들이 나를 기만했다는 생각, 세상이 내게 호의적이지 않다는 생각, 돌이킬 수 없이 실패했다는 생각에서 완전히 벗어나지 못했다. 그 실패에 왜 그리 엄청난 숙명적인 의미를 부여해 왔는지 나 자신을 이해할 수 없었다. 돌이켜보면 대학에 입학하면서부터 긍정적이었던 정신 구조가 완전히 바뀌어버렸던 것 같다. 염세적이고 부정적인 사고의 틀이 주조되었고 신앙조차도 그 틀을 바꾸지 못했다. 내가 코아로 자랐던 과거에서 그 원인을 찾게 된 건 한참 시간이 지나서였다. 이제 나는 그때의 나를 위로하고 다독여주고 싶다.

"괜찮아. 누구나 잘못된 선택을 할 수 있어. 너는 그때 그럴 수밖에 없었어. 너무 어렸고 세상 물정을 몰랐잖아. 그건 네 통제 밖의 일이었어. 너를 도와준 어른이 없었던 건 아쉬운 일이지만 그것도 너로선 어쩔 수 없는 일이었어. 이제는 자책과 원망에서 벗어나렴. 살면서 누구나 억울한 일을 당하게 마련이야. 너라고 그런 일을 피해 가라는 법은 없어. 그저 이 세상에 살기 때문에 어쩔 수 없이 생긴 일이야. 억울하지? 이해해. 이제 어른이 된 내가 네 편이 되어줄게. 지나간 일을 돌이킬 수 없지만 더 이상 너를 탓하지 말고 누구도 원망하지 말렴. 그 일이 있었음에도 너는 잘 살아왔고 앞으로도 가야 할 길이 있잖니. 과거에서 벗어나 이제는 미래를 향해서만 나아가지 않으련? 내가 도와줄게."

동생의 서울대학교 입학

청소년이 되고부터 우리 삼 남매는 소통이 단절됐다. 어릴 때는 밤마다 베개 싸움을 하고 숨바꼭질도 곧잘 했었다. 나는 장녀라는 이유로 어머니의 권한을 대행해 가끔 동생들의 손바닥을 때리기도 했다. 중학생이 된 후로 동생들은 친구 집에 가서 저녁을 먹고 오거나 아예 친구 집에서 자고 오는 일이 흔해졌다. 우리는 각자도생의 길로 접어들었다. 그래도 나보다 두 살 어린 바로 아래 동생은 장남으로서 집안 대표 역할을 맡았다. 집안의 중요한 일을 동생과 상의하며 해결해 나갔다. 동생이지만 함께 짐을 감당한 동지 같은 존재였다.

동생은 공부를 잘했다. 내가 실패한 서울대학교 입학을 동생은 거뜬히 해내리라 믿었다. 절대 나 같은 실수를 하지 않게 하리라 다짐했다. 고등학교 3학년이 되어 동생은 동네에 있는 독서실에서 밤늦게까지 공부했다. 나는 가끔 막냇동생과 함께 그 독서실 아래를 서성거리며 마음으로 동생을 응원했다.

동생이 학력고사를 보던 날, 시험을 마친 동생이 영어 테이프 세트를 가지고 집으로 돌아왔다. "이게 뭐야?" "누나, 시험을 망쳤어. 재수해야 할 것 같아. 시험 끝나고 나오니까 이걸 팔더라고. 그래서 할부로 샀어. 미안해, 누나…." 상의도 없이 덜컥 비싼 테이프 세트를 사 온 동생의 마음이 읽혔다. 가슴이 먹먹해졌다. "그래, 점수 안 나오면 재수해. 근데 이 테이프는 다시 돌려줘." 할부를 감당할 수 없었고 영어 공부에 굳이 그 테이프가 필요하지 않았다. 동생도 곧 후회했기에 바로 되돌려주었다.

동생은 서울 시내에 있는 유명 학원에 장학생으로 들어가 재수를 시작했다. 그렇게 1년이 흘러 다시 학력고사 날이 되었다. 동생과 함께 택시를 타고 시험 장소인 서울대학교로 향했다. 그런데 서울대학교 근처에서부터 차들이 빽빽하게 몰려 도저히 앞으로 나아갈 수가 없었다. 이러다가는 시험 시간에 늦을 게 뻔했다. "누나, 나 내려서 걸어갈게." 시험장까지 꽤 거리가 있었지만, 차라리 그게 나았다. 동생은 택시에서 내려 달리기 시작했다. 멀어지는 동생을 보며 제발 오늘은 망치지 않기를 빌었다.

기순이가 나를 만나러 왔다. 우리는 근처 찻집에서 시험이 끝날 때까지 동생을 기다렸다. 마치 내가 시험을 치르는 듯 긴장된 시간이 흘렀다. 길고 긴 하루였다. 저녁이 되어 약속한 대로 동생이 찻집으로 찾아왔다. 축 처진 어깨에 표정이 어두웠다. "누나, 이번에도 잘 못 본 것 같아." 수고했다고 말하고 결과를 기다려 보자고 했다. 낙담한 동생이 안쓰러웠지만 이번에는 잘될 것 같다는 느낌이 들었다. 최선을 다했으니 된 거다. 이번에는 점수가 나오는 대로 다른 대학에 가도 괜찮지 않을까 하는 생각이 들었다. 그런데 동생은 서울대학교 산업공학과에 지원했다. 합격을 보장할 수 없는 아슬아슬한 점수였다. 떨어지면 삼수를 해야 할 판이었다. 꼭 붙어야 했다.

그해 겨울방학에 나는 대학에서 토플 강좌를 들었다. 대형 강의실 문을 여닫고 칠판을 지우는 일을 돕고 강좌를 무료로 들을 수 있었다. 시험 합격자 발표일에도 토플을 들으러 갔다. 동생은 학교로 결과를 확인하러 갔다. 강의를 듣는 동안 무슨 내용인지 하나도 귀에 들어오지 않았다. '어떻게 되었을까…. 제발….'

강의가 끝나고 칠판을 지운 후 강의실 문을 닫고 자물쇠를 채우고 있었다. 빨리 집에 가서 결과를 확인하고 싶어 마음이 바빴다. 그런데 뒤에서 "누나!"하는 소리가 들렸다. 돌아보니 막냇동생이었다. "형 붙었어!" "정말?" "응. 누나한테 알려주려고 왔어." "아, 잘됐다!"

이렇게 좋을 수가 있을까. 뿌듯하게 차오르는 벅찬 가슴에 눈물이 그렁그렁해졌다. 내가 이루지 못한 것을 동생이 이루었으니 그걸로 족하다는 생각이 들었다. 물론 그런 생각은 오래가지 않았지만. 동생은 그렇게 집안의 자랑거리가 되었다. 동생은 나와 함께 또 한 명의 코아 영웅이 되었다.

아버지를 용서하다

내가 대학생이 된 후부터 아버지는 나에게 용돈을 타 갔다. 한꺼번에 주면 술을 마시는데 전부 써버리기 때문에 매일 필요한 만큼만 드렸다. 아버지는 나에게 담배 살 돈만 요구했다. 술을 마시겠다고 돈을 달라는 법은 없었다. 그러다 보니 동네 가게에 술값이 외상으로 쌓여갔다.

역곡 우리 집은 고가도로 바로 밑에 있는 3층 건물의 꼭대기 층이었다. 1층에는 그리 크지 않은 마트가 있었다. 같은 건물에 있다 보니 마트 주인은 아버지와 우리 삼 남매의 얼굴을 알았다. 그는 아버지의 외상이 어느 정도 쌓이면 나에게 외상 장부를 보여주었다. 장부에는 날짜와 무슨 술을 몇 병을 마셨는지 빼곡하게 적혀 있었다. 외상이라면 지긋지긋했다.

네 번째 입원 후 3년이 지나 내가 졸업 후 유학을 준비하고 있던 해였다. 가을이 되면서 아버지의 폭음이 심해졌다. 외상은 점점 불어나고 만취해 돌아오는 날이 늘어났다. 유학 준비에 몰두해 있던 터라 아버지 상태에 관심을 가질 여력이 없었다. 그러던 어느 날 한 아주머니가 우리 집을 찾아왔다. "여기가 허 씨 아저씨네 집 맞아요?" "네, 맞는데요." "아니, 사람을 그렇게 패면 어떡해요? 우리 남편이 지금 아파서 집에 누워 있어요. 와서 좀 봐요." 아주머니는 화가 잔뜩 나 있었다. 주소를 가르쳐주면서 빨리 와 보라며 돌아갔다.

혼자 찾아갈 용기가 나지 않아 동생이 돌아오기를 기다렸다. 동생과 함께 알려준 주소로 가보니 가난한 살림이 역력히 보였다. 아버지는 어쩌자고 이렇게 힘없는 사람을 때렸을까. "저…, 많이 다치셨어요?" 방 안에 누워 있던 아저씨가 "끙"하는 소리를 내며 일어나 앉았다. 맞은 얼굴이 부어올라 있었다. 아저씨는 아무 말도 없이 몸을 옆으로 돌려 앉았다. "정말 죄송해요. 아버지가 술을 많이 드시면 제정신이 아니세요." "그래도 그렇지, 사람을 이렇게 패는 게 어딨나…."

아저씨는 어린 자식들이 와서 그런지 강하게 항의하지 못하는 눈치였다. "저 병원에 가보셔야 하는 것 아니에요? 병원 다녀오시면 저희가 치료비 물어드릴게요." "됐어요, 됐어. 와서 사과했으면 된 거예요. 괜찮으니 그만 가 봐요." 다행히 아저씨는 크게 다친 건 아니었다. 사과만 받고 우리를 돌려보냈다. 아버지가 사람들과 다툰 적은 많아도 다치게 한 적은 없었기 때문에 적잖이 충격을 받았다. 아버지가 점점 더 난폭해지는 건가. 이런 일이 계속 생기면 어떻게 하지. 어머니 대신 우리가 아버지 뒤치다꺼리를 하게 생겼다 싶어 한숨이 절로 나왔다.

3년의 공식이 맞아떨어졌다. 가을에서 겨울로 갈수록 아버지의 증세가 더 심해졌다. 네 번째로 아버지를 입원시킨 후 큰아버지에게 뇌졸중이 발병했다. 아버지로 인한 스트레스가 누적되었다가 터져버린 것일까. 큰아버지의 뇌졸중 원인이 아버지 때문이라는 생각에 죄스러웠다. 더 이상 큰아버지는 우리가 의지할 대상이 아니었다.

점점 난폭해지는 아버지를 두고 볼 수 없던 동생은 아버지를 입원시켜야겠다고 했다. 이미 대학생이 된 동생은 더 이상 아버지를 두려워하지 않았다. 병원에 전화를 걸더니 아버지를 데리러 오라고 했다고 말했다. 나는 우리 손으로 아버지를 입원시킨다는 생각은 해본 적이 없었다. "아버지가 말을 듣겠어?" 아버지의 거센 저항을 예상하고 입원시키는 게 불가능하다고 생각했다. 강제 입원이 아니고서야 아버지를 입원시킬 방법이 없을 거라고. 그런데 동생이 입원해야 한다고 말하자 신기하게도 아버지는 동생의 말을 순순히 따랐다. 장성한 아들에게 저항해도 소용없다고 느낀 것일까. 나는 서둘러 아버지의 짐을 챙겨 동생 손에 들려주었다.

"다녀오마." 묵묵히 집을 나서는 아버지, 아버지 손을 잡고 입원시키러 가는 동생. 그 모습이 기가 막혔다. 차마 그 길에 동행할 수 없었다. 아버지와 동생이 떠난 후 텅 빈 방에 주저앉아 한참을 울었다. 우리가 아버지를 입원시키는 날도 오는구나. 입원시키러 가는 동생의 심정은 어떨까. 마음이 무너져 내렸다. 제발 이런 일이 다시는 일어나지 않기를. 지금이야 정신병동에 가족을 입원시키는 게 큰 흠이 되지 않지만, 그 당시로서는 도저히 자식이 할 수 없는 행동이었다. 나는 그 일이 비극이라고 생각했고, 아버지와 동생에게 한없이 미안했다.

혹시 가다가 뭔가 잘못되거나 아버지 마음이 바뀌어 되돌아오면 어쩌나 했다. 한밤중이 되어 동생이 돌아왔다. 다행히 아버지가 순순히 병실로 들어가더라고 했다. 수고했다, 고맙다는 말이 나오지 않았다. 우리는 또 한 번의 고비를 넘긴 것에 안도하며, 앞으로 얼마나 더 이런 일을 더 겪어야 할지 진저리를 쳤다. 그날은 크리스마스이브였다. 1987년 프란치스코 영화를 보고 회심이 일어났던 날과 아버지를 입원시켰던 날. 내 인생에서 잊을 수 없는 두 번의 크리스마스이브였다.

미국 유학의 좌절은 오히려 뭐든지 새로 시작할 수 있다는 가능성을 열어줬다. 하지만 학력고사를 다시 준비해 서울대학교에 가자니 수학 공부를 할 자신이 없었다. 이대로 사회에 나가기는 죽을 만큼 싫었다. 대학 졸업장을 바꾸고 싶었다. 그리고 내 안에는 아직 공부에 대한 목마름이 있었다.

그러던 중 편입이라는 게 있다는 걸 알게 되었다. 고려대학교 노어노문학과를 목표로 정했다. 노어노문학과를 선택한 데는 대학 시절 접했던 도스토옙스키 영향이 컸다. 그의 작품을 접하기 전까지만 해도 헤르만 헤세와 앙드레 지드, 로렌스, 제임스 조이스, 빅토르 위고 등 유럽권 작가들을 좋아했다. 그러나 도스토옙스키를 읽고 나서는 모든 작가가 그의 등 뒤로 물러났다. 인간의 심리를 도스토옙스키처럼 치밀하고 깊게 파고드는 작가는 없었다. 무엇보다 그가 창조한 인물들에 매료되었다. 라스콜리니코프, 소냐, 알료샤, 이반, 조시마 같은 인물들을 다른 소설에서는 만나본 적이 없었다. 그의 작품 속 인물들의 말은 곧 내 생각의 언어화였다. 특히 그 인물들이 표현하는 사상의 대담성에 경탄했다. 문학이 이런 것까지도 표현할 수 있구나. 도스토옙스키는 문학이 도달할 수 있는 최고의 경지에 선 작가였다. 나는 러시아어를 배워서 도스토옙스키의 작품을 원어로 읽어보고 싶었다. 생각만 해도 흥분되는 일이었다.

작가가 되고 싶다는 나의 꿈은 어떻게 되었을까. 대학생이 된 나는 작가의 꿈을 접었다. 작가가 되기에는 재능이 너무나 부족하다는 뼈저린 자각 때문이었다. 내가 아는 탁월한 작가들은 이미 20대에 작가로서 재능을 드러냈다. 나는 그들에 비해 언어적 표현력이나 창의성, 삶과 세상을 보는 눈이 턱없이 부족했다. 작가가 되는 꿈을 먼 미래에나 다시 꿀 수 있을지 모르겠다는 생각으로 밀쳐냈다.

대신 문학 연구로 방향을 틀었다. 문학 연구를 통해 나중에 작품을 쓰는 데 도움을 받을 수 있을지도 몰랐다. 그게 아니더라도 훌륭한 연구자가 될 수 있다면 그 또한 가치 있는 일이었다. 무엇보다 읽어보고 싶은 문학 작품이 너무나 많았다.

러시아어 학원에 등록하고 알파벳부터 배우기 시작했다. 러시아어는 배우기 만만치 않은 언어였지만 영어 외에 새로운 외국어를 배운다는 것이 도전적이고 흥미로웠다. 목표가 분명해지니 삶에 활력이 생겼다.

그해 겨울, 편입 시험에 합격했다. 26세에 다시 대학생이 된 것이다. 고려대학교의 고풍스러운 석조 건물들은 마치 유럽 대학에서 공부하는 듯한 착각을 불러일으켰다. 고려대 학생이 된 나는 자랑스러움에 호랑이 마크가 찍힌 파일을 일부러 들고 다녔다. 편입한 첫 학기는 다소 힘들었지만, 러시아어와 러시아 문학에 대한 새로운 지식을 알아가느라 오랜만에 즐거움과 흥분으로 가득한 나날을 보냈다. 그때부터 대학원까지 4년여의 기간 동안 나는 젊은이다운 패기가 넘쳤다. 신앙심도 회복했다. 가정에서 경험하지 못했던 안정감과 친밀함을 교회에서 맛보았다. 내 인생에서 가장 행복했던 시절이었다.

내가 편입하면서 우리 가족은 다시 서울로 돌아왔다. 낙성대에서 1년을 살다가 다시 신림동으로 이사했다. 망원동에서처럼 신림동에서도 거의 10년의 세월을 보냈다. 달동네라고까지는 할 수 없었지만, 버스에서 내려 오르막길을 계속 올라가야 하는 동네였다. 반지하는 아니었지만, 도로보다 조금 낮은 지대에 지은 집에 살았다. 여름에 폭우가 쏟아지면 좁은 거실로 빗물이 들이쳤다.

아버지는 점점 염치라는 것을 잃어갔다. 길에서 아무한테나 담배를 얻어 피웠고 돈을 달라고 했다. 학교에 가려고 언덕길을 내려가다 보면 저만치 아버지가 보였다. 나는 아버지와 마주치는 게 창피해서 아버지가 사라지길 기다렸다. 아버지는 도로에서 가까운 시계방에 출근하듯이 매일 들렀다. 거기서 바둑을 두고 시간을 보내다가 저녁에 집에 들어오곤 했다. 그 시계방 옆을 지날 때면 아버지 눈에 띄지 않으려고 멀리 돌아갔다. 밉지는 않아도 여전히 부끄러운 아버지였다.

수치심. 그때는 내 안에 수치심이 깊게 자리하고 있는지 몰랐다. 그게 코아의 큰 특징인 줄 아직은 자각하지 못할 때였다. 아주 오랫동안 꿈에서 저만치 서 있는 아버지를 보았다. 꿈속에서도 수치심에 어쩔 줄 몰라 하며 아버지를 피했다.

아버지의 폭음이 재발할 때가 되었다. 그런데 약을 꾸준히 먹어서인지 전처럼 심하게 술을 마시지는 않았다. 가끔 술을 먹어도 푹 쓰러져 자곤 했다. 그 정도만 돼도 괜찮았다. 아버지가 염치가 없어지고 말이 통하지 않는 게 약 부작용이라고 생각했다. 그래서 약을 끊게 했다. 무지한 짓이었다. 얼마 지나지 않아 약을 끊은 효과가 나타났고 아버지는 다시 고주망태가 되어 돌아오기 시작했다. 후회했지만 이미 늦었다. 자책하고 가슴을 쳤다.

서른을 바라보고 있는 나이에도 여전히 아버지가 무서웠다. 그런 내가 한심했다. 술에 취해 분노에 찬 아버지는 집에 들어오면 칼부터 찾았다. 취한 아버지 목소리가 들리면 부리나케 칼부터 숨겼다. 어릴 때부터 너무나 익숙했던 행동이었다.

그러던 어느 날 동생이 집에 있을 때 아버지가 들어와 칼을 찾아냈다. 아버지는 칼을 들고 우리를 위협했다. 그럴 때마다 나는 아버지를 살살 달래서 칼을 내려놓게 하곤 했는데, 그날은 동생이 무섭게 아버지에게 대들었다. 아버지는 동생에게 욕을 해댔다. 그러자 동생이 아버지의 손목을 붙잡더니 칼을 빼앗는 게 아닌가. 이제 칼은 동생 손에 들려 있었다. 나는 정신이 아득해졌다. 부엌 바닥에 털썩 주저앉아서 동생 얼굴을 바라보며 무언의 호소를 했다. 이러다가 우리 집에서 뉴스에 나오는 일이 일어나는 건 아닐까. 공포가 엄습했다. 아버지는 동생에게 칼을 빼앗기자 당황하는 눈치였다. 동생은 칼을 제 자리에 돌려놓으며 "다시는 이러지 마세요!"라고 말했다. 그날 이후 아버지는 칼을 찾지 않았다. 다 큰 남동생들에게 아버지는 더 이상 두려움의 대상이 아니었다. 나만 아버지를 무서워하고 있었다.

아버지를 다시 입원시키는 건 너무 슬펐다. 밤마다 오르막길을 올라가면서 기도했다. '제발 이제 그만요. 이번이 마지막이게 해주세요. 더는 싫어요. 이제 못하겠어요. 여기서 끝내주세요.' 이제는 아버지를 두려워하지 않겠다고 결심하고 빌고 또 빌었다. 신기하게도 아버지의 증상이 가라앉기 시작했다. 나는 아버지를 개인 병원에 데리고 가서 다시 약을 처방받았다. 두 번 다시는 약을 끊게 하지 않겠다고 다짐했다. 멍청이가 되고 말이 통하지 않아도 술을 마시는 것보다는 나았다.

그리고 아버지를 용서했다. 8년 동안 여러 번 용서를 시도했다. 용서한 줄 알았는데 시간이 지나 보면 분노와 원망이 남아있었다. 또 용서했다. 그러기를 수십 번 반복했다. 그런데 어느 순간 아버지가 내 아버지이기를 넘어 한 사람의 인간으로 보이기 시작했다. 이유는 모르지만 큰 상처를 받아

아프게 된 사람. 왜 아픈지도 몰라 자기 문제를 스스로 해결할 수 없는 사람. 도움이 필요한데 도움받지 못하는 사람. 그도 가해자이기 전에 피해자라는 생각이 들었다. 이후 나는 아버지를 인간으로 대하기 시작했다. 비록 폐인이지만 존중받을 가치가 있는 인간. 인생을 제대로 살지 못했다고 비웃음을 당해도 괜찮은 건 아니었다. 그렇게 아버지를 인간으로 받아들이고 나서야 비로소 용서할 수 있게 되었다. 아버지에 대한 두려움도 함께 사라졌다. 오로지 연민과 동정으로만 아버지를 바라보게 됐다.

코아가 중독자인 부모를 용서하기란 결코 쉬운 일이 아니다. 부모를 용서해야 한다는 사실조차 인식하지 못할 수도 있다. 용서해야 한다는 건 알아도 그 방법을 모를 수도 있다. 무수히 용서를 시도해도 여전히 부모를 증오하는 자신을 발견할 때면 절망감에 휩싸이기도 한다. 코아에게 용서는 처절한 싸움이다. 그러나 나는 용서가 가능하다는 사실을 경험으로 확인했다. 신앙과 아버지에 대한 인간적인 연민이 그것을 가능하게 했다.

날아가자

편입학한 고려대학교를 졸업한 후 곧바로 대학원에 진학했다. 인생에서 가장 행복한 시절이었던 20대 후반에도 과대자기가 나를 괴롭혔다. 이번에는 세계적인 문학 연구가가 되고 싶다는 야망이 불타올랐다. 유리 로트만, 미하일 바흐친 같은 러시아 문학 이론가들을 알게 되면서 그들을 선망했다. 그러나 내게는 이론가로서의 재능은 아예 없었다. 대신 도스토옙스키 연구로 학자로서의 업적을 세우겠다는 새로운 목표를 세웠다. 계절이 바뀌면 옷을 갈아입듯 목표를 바꾸어가면서 성취에 대한 목마름에서 벗어나지 못했다.

석사 논문을 쓸 작품으로 도스토옙스키의『카라마조프형제들』을 선택했다. 작품을 완전히 이해하고 싶어서 논문을 쓰기로 했는데, 분량이 워낙 방대한 작품이었다. 러시아어 원문으로 작품을 읽는 데만도 몇 달이 걸렸다. 자료를 찾아 읽다 보니 한 학기가 지나버렸다. 같은 학기에 대학원에 들어온 후배들은 벌써 논문을 완성하여 논문심사를 받았다. 작품 분량으로 인해 어쩔 수 없었는데도 나는 뒤처졌다는 열등감에 시달렸다. 고질적인 비교 의식, 경쟁심이 고개를 들고 뱀처럼 나를 갉아 먹었다. 3일 정도를 집 밖으로 나가지 않았다. 씻지도 먹지도 않고 누워만 있었다. 거울 속에 비친 내 눈에는 초점이 없었다. 실의에 빠진 패배자의 모습이었다. 깊은 상처를 입은 자존심은 나를 밑으로, 밑으로 끌어 내렸다.

새해가 되어 정신을 수습하고 논문을 쓰기 시작했다. 하루 한 장. 꼬박꼬박 논문이 채워지면서 마음이 안정되었다. 그 사이 석사과정을 마친 동료들은 하나둘씩 유학길에 오르거나 박사 과정에 진학했다. 나도 앞으로의 진로를 결정해야 했다. 도스토옙스키를 더 깊이 연구하고 싶었다. 논문을 쓰면서 도스토옙스키를 제대로 이해하기 위해서는 러시아로 가야 한다는 것을 깨달았다. 러시아 정교 신자였던 그는 정교 사상을 작품에 많이 반영했는데, 개신교인인 나로서는 이해할 수 없는 부분들이 너무 많았다. 러시아로 가서 직접 배워서 그것이 무엇인지 알고 싶었다.

당시 러시아는 소련 해체 직후라 학비나 생활비가 매우 저렴했다. 수도 모스크바 또는 러시아 제국의 수도였던 상트페테르부르크가 유학생들이 선호하는 도시였다. 먼저 유학 간 선배들을 통해 알아보니 모스크바의 학비가 상트페테르부르크보다 비쌌기 때문에 상트페테르부르크로 결정했다. 유학 경비는 마련할 방도를 생각하다 어머니가 옛날에 사두

신 시골 논이 생각났다. 그 논을 팔면 되겠다는 생각이 들어 논을 관리하시던 오촌 아저씨에게 처분을 부탁했다. 논을 판 돈으로 유학자금을 충당할 정도의 돈이 마련되었고 그중 일부는 결혼을 앞둔 큰동생의 결혼자금으로 쓰기로 했다. 아직 대학생인 막내에게는 돌아갈 몫이 없었다. 나중에 귀국하면 공평하게 막내의 몫 삼분의 일을 내가 갚겠다고 말했다. 외삼촌께서는 나를 부르시더니 유학자금에 보태라고 선뜻 200만 원을 내어주셨다.

당시 나는 가족을 위해 자신을 많이 희생했다고 생각했다. 언제쯤이면 가족을 벗어나 날개를 달고 날아갈 수 있을까 꿈꿨다. 유학을 떠나는 건 동생들에게 아버지를 떠넘기고 간다는 것을 의미했다. 그동안 할 만큼 했으니 이제 동생들이 몇 년간 그 짐을 맡아도 될 거라고 자신을 설득했다. 동생들은 내가 떠나는 것이 부담스러운 듯했지만 차마 반대하지는 못했다. 나는 딱 3년만 열심히 해서 빨리 돌아올 생각이었다. 3년은 그리 길지 않은 시간이라고 여겼다.

러시아로 떠나는 날, 교회 형제와 자매들이 공항으로 배웅을 나왔다. 아버지와는 집에서 작별 인사를 했고 두 동생만 나를 배웅했다. 아버지는 내가 유학 가는 것이 큰 성공인 양 자랑스러워했다. 막상 공항에서 러시아로 떠날 시간이 다가오자 주체할 수 없이 눈물이 쏟아졌다. 두고 가는 가족, 가족 같은 형제, 자매들과의 이별. 혼자 먼 타국으로 떠나 3년이나 되는 시간 동안 헤어져 있어야 한다는 게 실감 났다. 퉁퉁 부은 얼굴로 탑승구로 향했다. "잘 갔다 와, 누나." 곧 결혼할 큰동생이 이 말을 남기고 뒤돌아 에스컬레이터를 탔다. 동생의 어깨가 천근만근 무거워 보였다. 며칠 전 동생은 "누나, 걱정하지 마. 아버지 잘 보살필게"라고 했다. 그러나 공항에서 본 동생의 얼굴에는 웃음기가 하나도 없고 착잡한 표정만이 뒤얽혀 있었다.

비행기 안에서도 눈물이 멈추지 않았다. 홀가분함과 미래에 대한 기대, 설렘보다는 슬픔과 미안함, 그리고 이미 시작된 그리움이 내 마음을 가득 채웠다. 그렇게 나의 20대는 막을 내렸다.

4부

트라우마의 습격

낯선 땅에서 어린 시절의 트라우마가 나를 습격했다.

유학 시절은 내가 얼마나 치명적인 상처를 받았는지,

그 증상이 구체적으로 발현된 시기였다.

가장의 짐을 벗어 던진 대가로 더 혹독한 죄책감이 나를 짓눌렀다.

지도 교수님과의 만남

상트페테르부르크에 도착한 건 1996년 8월 말이었다. 그 도
시는 북방의 도도한 미인 같이 쉽게 곁을 내주지 않을 것 같
은 이미지를 갖고 있었다. 그러나 이곳은 나에게 적합한 도
시였다. 도스토옙스키가 상트페테르부르크의 작가였기 때
문이다. 그는 모스크바에서 태어났지만 10대 청소년기에 상
트페테르부르크에 와서 그곳에서 작가로 출발했다. 시베리
아 유형 10년, 유럽에서 4년을 제외하고 생애 대부분을 상트
페테르부르크에서 지냈고 그곳에서 죽었다. 그가 살고 죽었
던 곳, 데뷔작『가난한 사람들』을 비롯한 초기 작품들,『죄와
벌』과『백치』,『미성년』까지 세 편의 후기 장편소설의 무대가
되었던 그 도시에 유학하는 것은 전공자의 특권이면서 당연
한 일이었다.

　석사 시절 읽었던 책을 쓴 선생님에게 지도 교수를 청할
생각이었다. 발렌티나 베틀롭스카야 선생님. 그분은 박사
논문으로 쓴『카라마조프 형제들의 시학』을 책으로 출간했
고, 영어로도 번역되었다. 책을 읽으며 이분의 제자가 되겠
다고 결심했다. 그분은 상트페테르부르크에 있는 국립 아카
데미 산하 러시아 문학 연구소에 계셨다. 일명 '푸시킨의 집'

이라고 불리는 저명한 러시아 문학 연구소였다.

상트페테르부르크 국립대학에서 입학허가를 받은 나는 도착하자마자 두 달 정도는 이런저런 서류 작업에 정신이 없었다. 대학은 내게 다른 지도 교수를 정해줬다. 키가 크고 우람한 체격에 큰 뿔테 안경을 낀 교수였다. 그 교수의 수업을 들어보고 나서 학과 사무실로 그를 찾아갔다. "무슨 일인가?" "저, 지도 교수님을 변경하고 싶습니다." 약간 얽은 그의 얼굴에 불쾌한 표정이 스치고 지나갔다. '기분이 좋을 리는 없지. 그러나 나는 당신의 제자가 되려고 이 먼 곳까지 온 게 아니야.' "이유가 뭔가?" "한국에서 올 때부터 지도 교수님으로 청하고 싶었던 분이 있습니다." "그게 누구지?" "러시아 문학 연구소에 계신 베틀롭스카야 선생님입니다." "음…." 그가 베틀롭스카야 선생님을 모를 리가 없었다. 도스토옙스키 연구자로 권위가 있는 분이었으니. 러시아 박사 과정은 학생이 자신이 원하는 지도 교수를 선택할 수 있는 시스템이었기 때문에 그는 내 요구를 거절할 권리가 없었다.

대학의 허락을 받고 러시아 문학 연구소를 찾아갔다. 연구소는 상트페테르부르크를 남북으로 나누고 있는 네바강에 인접해 있었다. 대학에서 강변을 따라 걷다 궁전 다리를 건너면 은빛의 둥근 지붕이 보였다. 노란색으로 칠해놓은 건물 앞에는 연구소 이름에 걸맞게 청동으로 만든 푸시킨 흉상이 서 있었다. 육중한 나무 현관을 열고 안으로 들어서면 석고로 만든 유명한 문학 이론가의 흉상이 바닥을 응시하고 있었다. 바닥이며 벽 여기저기 부서지고 파인 곳이 많았다. 당시 대부분의 건물이 그랬듯 보수가 시급한 상황이었지만 재정적인 여건이 허락되지 않았다. 그 유명한 연구소의 내부는 너무나 초라했다. 커다란 홀은 그나마 웅장한 맛이 있었지만, 나중에 좁은 계단을 타고 올라가 본 선생님의 연구실 안에는 책상 몇 개가 전부였다.

선생님과 나는 연구소 1층 로비에서 만나기로 했다. 먼저 도착해 로비에 있는 나무 의자에 앉아 선생님을 기다렸다. 얼마 후 작은 키에 남학생처럼 짧은 머리를 한 마른 체형의 여자분이 빠른 걸음으로 다가왔다. "당신이 소냐인가요?" 소냐는 내 러시아 이름이었다. 선생님은 바지 차림에 수수한 스카프를 매고 있었다. 회색 눈동자가 호기심과 반가움으로 빛나고 있었다. 나이는 50대 후반 정도 되어 보였다. 이 선생님을 이렇게 쉽게 만나다니. "네." "반가워요. 당신 논문 제목이 무엇인가요?" 선생님은 곧바로 본론으로 들어갔다. "도스토옙스키 소설들에서 정교 미학의 측면들을 연구하고 싶습니다." 선생님의 얼굴이 환해졌다. "좋아요. 당신을 제자로 받겠어요."

선생님은 내 논문 주제에 무척 만족했다. 선생님은 그 자리에서 내가 읽어야 할 책 목록을 적어주었다. 그중 한 권은 러시아 정교 신학자인 플로롭스키의 『러시아 신학의 여정』이었다. 훗날 나는 그 책을 우리말로 번역했다. 내 인생에서 유일하게 스승이라고 부를 수 있는 선생님을 그렇게 상트페테르부르크에서 만났다.

천벌 같은 외로움

어느 순간 퍼뜩 정신이 들어 생각해 보니 나는 고국을 떠나 뿌리가 뽑힌 이방인이었다. 혁명 후 소련 체제를 받아들이지 못해 베를린과 파리, 프라하로 뿔뿔이 흩어졌던 망명자들의 마음이 이랬을까? 전에는 이해할 수 없었던 러시아의 '우수(憂愁)'라는 감정이 혈관을 타고 흘렀다. 턱 끝까지 차오르는 외로움에 정처 없는 눈길로 주위를 둘러보면 온통 잿빛이었다.

아버지와 동생들이 이렇게까지 보고 싶을 줄 몰랐다. 얼마 전까지 나의 진정한 집이었던 교회가 사무치도록 그리웠다. 러시아 하숙집 주인아주머니가 내 방에 빨간색 천으로된 소파 겸 침대를 놔 주었다. 가운데가 움푹 꺼져서 침대의기능을 하기에는 무리였지만 그런대로 사용할 만했다. 나는그 침대에 누워서 제일 잘 보이는 위치에 동생들과 교회 형제, 자매들의 사진을 붙였다. 밤이 되면 침대에 누워 사진들을 보며 울다가 잠이 들었다. 달력 날짜를 하루하루 지우기시작했다. 그렇게라도 해야 시간이 흐르고 있음을 확인할수 있었다. 내가 계획한 3년이라는 시간은 결코 끝이 오지않을 영원같이 느껴졌다.

하루하루가 거의 똑같았다. 아침에 일어나 빵과 우유로간단히 식사했다. 주인아주머니가 가끔 러시아식 수프나 죽을 끓여 주곤 했다. 나는 특히 귀리죽을 좋아했다. 거친 귀리껍질과 부드러운 알갱이가 어우러진 식감이 러시아 건강식의 맛을 느끼게 했다.

내가 살던 집은 일명 '닭다리 아파트'라고 알려진 건물이었다. 20층이 넘는 네 개의 똑같은 아파트가 일정한 간격을두고 지어져 있었다. 닭다리라는 별명은 아파트 하단이 마치 닭 다리같이 생긴 구조물 위에 세워져 있었기 때문이었다. 누가 설계했는지 독특한 외양을 한 아파트였다. 아파트

옆으로는 도로가 이어져 있었고, 그 도로 옆으로는 인근 핀란드만으로 물이 빠져나가도록 운하가 파여 있었다. 건물과 건물 사이는 공터였기 때문에 유난히 매서운 바람이 불었다. 운하 맞은편에는 긴 아케이드 형태의 아파트 건물이 유령처럼 늘어서 있었다. 황량하기 그지없는 풍경이었다.

집에서 지하철역인 프리모르스카야 역까지 가려면 10분 정도 걸어야 했다. 지하철역 근처에서 대학으로 가는 트롤리 버스나 트램을 탔다. 트롤리 버스는 지하철처럼 전선이 매달린 버스였고, 트램은 레일 위를 천천히 주행하는 전차였다. 소련 시절의 낡은 교통수단이었다. 언제 칠했는지도 알 수 없는 어두운 황토색과 칙칙한 자주색, 찌그러지고 군데군데 뜯어진 딱딱하고 볼품없는 의자들과 창밖으로 펼쳐지는 음울한 겨울 풍경. 누가 상트페테르부르크를 아름답다고 했던가. 북방의 베네치아니, 암스테르담이니 하는 별칭을 가진 여행 명소지만 도시의 이면은 이곳에 꽤 오래 머물러야 하는 내 눈에 금세 포착되었다. 도스토옙스키는 이곳을 '세상에서 가장 음울한 도시'라고 불렀다. 그가 왜 그런 말을 했는지 몇 달 살아보니 이해가 되었다.

버스에서 내릴 때는 이미 마음에 구멍이 뻥 뚫린 상태였다. 상트페테르부르크 국립 대학교는 네바강에 바로 맞닿아 있었다. 미국 유학을 준비하면서 나는 넓은 캠퍼스에 잔디밭, 곳곳에 젊은 학생들이 오가는 활기찬 모습을 늘 상상했다. 러시아는 유학에 대한 나의 로망을 산산 조각냈다. 캠퍼스라고 할 만한 공간이 없어서 학생들이 모여 있는 모습은 볼 수 없었다.

인문대학은 세월의 흔적을 담은 엷은 녹색으로 칠해진 건물이었다. 쪽문이라고 할 만큼 작은 나무 문을 열고 들어서면 1층에는 책을 파는 가판대가 있었다. 그곳에서 살만한 책이 있는지 살펴보는 것이 유학생들의 일과였다. 지금 보이는 책을 사지 않으면 다시는 살 수 없을지도 몰랐다. 언제나 책을 사기 위해 여분의 돈을 갖고 있어야 했다. 어떤 날은 책가방 가득 책을 사기도 했다. 내게 꼭 필요한 책을 발견할 때의 반가움을 가끔 맛보았다.

계단을 올라가면 미로 같은 복도와 강의실이 나타났다. 러시아 박사 과정은 따로 전공 수업이 없었다. 러시아어와 철학 수업을 1년 듣고 시험을 치르면 그것으로 끝이었다. 수업도 없고 강의실에서 만나는 학우들이 없다 보니 아무 데도 소속되지 않은 자연인 그대로의 나를 마주해야 했다. 나는 고국 땅을 떠나 뿌리 뽑혀 부유하는 해초 같았다.

러시아 문학 학부 수업을 청강했다. 강의실을 가득 메운 학생들은 두 시간 반 동안 이어지는 수업 시간 내내 미동도 없이, 옆 학생과 대화도 하지 않고 노트에 필기만 했다. 단조로운 교수의 목소리와 필기하는 소리만이 강의실에 맴돌았다. 강의 내용을 알아듣기 힘들 때는 뇌에 과부하가 걸려 졸음이 몰려왔다. 푸시킨 연구자로 유명한 노년의 마르코비치 교수는 건강이 좋지 않은지 늘 목소리가 갈라지고 떨렸다. 설명을 하려고 손을 뻗으면 그 손이 덜덜거렸다. 대학자답게 그가 구사하는 러시아어는 어려웠다. 때때로 학생들이 노교수의 말에 웃음으로 반응하면 그들만의 교감에 끼어들지 못하는 게 아쉬웠다.

나처럼 수업을 청강하는 유학생은 거의 없었다. 나는 정처 없이 인문대학 안을 떠돌았다. 작은 카페에서 샌드위치나 얼큰한 맛이 나는 솔랸카로 혼자 식사했다. 가끔 한국인 유학생을 만나기라도 하면 그렇게 반가울 수가 없었다. 잠깐의 만남을 뒤로 하고 헤어졌다. 서로의 시간을 빼앗지 않기 위해 철저히 생활의 경계를 지켜 주었다.

수업을 듣는 시간 외에는 대학 건물 끝에 있는 아카데미 도서관에 갔다. 회색의 육중한 석조 건물로 제법 큰 도서관이었다. 1층에 들어서면 짐 보관소에 겉옷과 가방을 맡기고 노트와 필기도구만 들고 도서관 안으로 들어갔다. 도서관 중앙 계단은 넓고 천장도 높았다. 시대를 거슬러 학문의 전당으로 들어가는 입구였다. 중앙 열람실은 책상을 두 개씩 붙여 4열로 배치해 놓았다. 열람실 한쪽 벽은 바닥부터 천장까지 고서들로 빼곡하게 채워져 있었다. 덕분에 열람실 안에는 늘 오래된 책 특유의 냄새가 배어 있었다. 책상마다 초록색 램프가 놓여 있었다. 낮에도 줄을 잡아당겨 램프의 불을 켜야 할 정도로 어두웠다. 열람실이 가득 차는 경우는 거의 없었다. 드문드문 사람들이 앉아 책을 읽고 있었다. 젊은 학생들보다는 머리가 희끗희끗한 노인들이 많았다. 일흔, 여든이 넘어 보이는 등이 구부정한 노학자들이 공책에 얼굴을 바짝 대고 책의 내용을 옮겨 적고 있었다. 그렇게 1년 내내 열람실을 지키는 분들이 있었다.

아직 노트북이 없던 시절이라 책을 읽으며 공책에 필기했다. 책을 집으로 가져갈 수 없었기 때문에 자료는 도서관 안에서만 볼 수 있었다. 정적이 흐르는 고요한 도서관. 두어 시간 책을 읽다 보면 다시금 우수가 가슴에 찾아들었다. 여기서 지금 무얼 하는 것일까. 무슨 보람을 바라고 여기에 온 것일까. 이 외로움과 참을 수 없는 존재의 가벼움을 감수할 만한 가치가 있는 것일까. 날카로운 비현실 감각이 폐부를 찔렀다. 멍하니 창밖을 바라보면 네바강 맞은편 이삭 대 성당의 육중한 몸체 위로 노을이 깔리고 있었다. 하염없이 출렁이는 강물을 바라보다 다시 책 보기를 반복했다. 그러다 바깥이 캄캄해지면 도서관을 나섰다.

유학생들은 가끔 서로를 초대해서 저녁을 대접했다. 누군가의 생일이면 러시아식으로 파티를 즐겼다. 샴페인과 케이크, 러시아식 축하 인사. 그러다가 한국 이야기와 소소한 일상 이야기로 꽃을 피웠다. 유일하게 즐거운 시간이었다. 그런 날만큼은 혼자라는 외로움을 잊을 수 있었다. 이렇게 비슷한 처지의 유학생들이 많은데 왜 나는 누구와도 소통하지 못하고 괴로워하고 있을까. 나처럼 유난스럽게 외로워하는 사람은 없었다. 오늘은 누가 불러주지 않을까 하는 기대로 버티는 내 모습이 초라했다.

아무 데도 갈 곳이 없으면 지하철역 근처에서 장을 봐서 나를 위한 간단한 저녁 식사를 차렸다. 양손에 장 본 꾸러미를 들고 아파트 사이로 부는 칼바람을 맞으며 걸어가는 동안 눈이 따끔거렸다. 펑펑 울 수는 없었다. 집에 도착해서 다른 일을 하기 전에 컴퓨터를 켜서 한국에서 온 이메일이 있는지 확인했다. 혹시라도 이메일이 온 게 있으면 읽고 또 읽었다. 단 몇 줄의 이메일이 주는 위안이 얼마나 큰지. 메일함이 비어있으면 바탕 화면에 깔린 카드 맞추기 놀이를 한 시간도 넘게 했다. 그러다 보면 쓸쓸한 마음이 조금 진정되었다.

러시아 음식만으로 지낼 수가 없어서 된장, 고추장, 간장, 라면, 김, 미역 등 러시아에 없는 음식을 보내달라고 막내에게 편지를 썼다. 동생은 석 달에 한 번꼴로 꼬박꼬박 소포를 부쳐주었다. 러시아에서는 집으로 편지나 소포를 배달해 주지 않았다. 편지나 소포가 우체국에 도착했다는 통지서만 우체통에 들어있었다. 처음에는 통지서를 가지고 역 근처에 있는 우체국에서 소포를 찾을 수 있어 수월했다. 그러다가 담당 우체국이 핀란드만 바로 앞 바닷가에 있는 곳으로 바뀌었다. 추운 날씨에 그곳까지 걸어가는 건 어렵지 않았다. 편지를 받으면 돌아오는 길이 아무리 추워도, 손이 꽁꽁 얼어도 마음이 훈훈했다. 집에 갈 때까지 기다리지 못하고 걸어가면서 편지를 읽었다. 한국에서 오는 소식은 러시아라는 사막에서 이따금 만나는 오아시스였다.

소포가 있을 때는 도저히 집까지 들고 갈 수가 없었다. 우체국이 외진 곳에 있던 탓에 차가 많이 다니지 않아, 소포를 길에 놓아두고 택시가 오기를 한참 기다려야 했다. 칼날 같은 바람이 옷 속으로 파고들었다. 하지만 한국에서 보내온 물건들과 함께 온 편지를 읽을 생각에 발을 동동 구르면서도 마음은 따뜻했다.

교회에서 가장 친하게 지내던 재희 언니는 친언니 이상으로 나를 아껴주고 내가 전적으로 의지하던 언니였다. 나는 언니에게 자주 편지를 썼고 언니도 바로 답장을 보냈다. 아파트 사이의 넓은 공터를 가로질러 걸으며 언니의 편지를 읽을 때마다 눈물이 뺨을 타고 흘렀다. 언니의 편지에서 전해지는 마음은 이렇게 포근하고 가깝게 느껴지는데 우리 사이의 거리는 너무나 멀었다.

나는 왜 유독 외로움에 취약할까. 정들고 익숙한 장소와 사람들을 떠나면 왜 물 밖으로 나온 물고기처럼 죽은 듯이 지내는 걸까. 누구나 나와 똑같을까. 나는 좀 유별난 것 같았다. 안정적인 가정에서 자라지 못한 어린 시절이 영향을 주는 것일까. 내가 상실에 유독 약한 사람이라는 것을 뼈저리게 자각하게 되었다. 그 이전에도, 그 이후에도 상실의 문제는 나를 따라다니는 어두운 그림자였다.

어머니를 일찍 잃은 것이 원인인 듯했다. 안정감의 근원이었던 어머니를 잃고 나는 어머니를 대신할 대상을 찾았을 때만 안정된 상태를 유지할 수 있었다. 대상은 친구들이나 교회의 친한 언니들이었다. 포근하고 든든한 안정감을 제공한 대상은 늘 여성이었다. 그런 대상을 잃을 때마다 나는 마음의 갈피를 잡지 못했고 러시아에 와서야 그런 나의 문제를 직면하게 되었다.

러시아에서 외로움을 극복하게 된 것은 친구 은정이를 만나고부터였다. 우리는 신앙을 주제로 대화를 나누다가 급격히 친해졌다. 은정이와 나는 어린 시절 가슴 아팠던 사연을 나누기도 하고 일상의 소소한 이야기들을 공유했다. 은정이는 의존성이 강한 편이어서 처음에는 내가 은정이의 의지 대상이 되었다. 내가 관계를 맺는 패턴은 줄곧 그랬다. 어릴 때부터 학습된 독립적이고 남들을 돌보는 성향 때문인지 내가 의지할 사람보다는 나를 의지하는 사람이 늘 곁에 있었다. 은정이와 친밀한 관계를 맺으면서 외로움이 조금씩 사라졌다. 지금까지도 은정이는 나의 모든 것을 이야기할 수 있는 유일한 친구다. 서른이 넘어 그런 우정을 쌓을 수 있다는 건 큰 복이었다. 러시아에서 나는 점차 안정을 찾았다.

코아는 외로움에 극도로 취약하다. 때로는 나처럼 다른 사람의 의존 대상이 되어 외로움을 극복하기도 한다. 남을 돌봄으로써 자신의 외로움을 극복하는 성향을 '동반 의존'이라고 한다. 코아는 나약하지 않고 강해 보여서 타인에게 의지 대상이 되지만, 실상 내면에는 충족되지 않은 의존 욕구가 자리하고 있다. 동반 의존은 코아가 해결해야 할 부정적인 관계 패턴이다. 건강한 상호 의존을 가로막기 때문이다. 코아가 그런 자신의 관계 패턴을 인식하고 노력하면 동반의존을 줄여나갈 수 있다. 나 역시 지금까지도 노력 중이다.

동생의 결혼

가족에 대한 책임과 부담에서 벗어나 혼자만의 자유를 찾아 러시아로 왔건만 오히려 그것이 내게 고통이 되었다. 아버지와 동생들을 그리워하며 미안함과 후회로 번민했다. 빨리 학업을 마치고 돌아가는 것 외에 달리 방법이 없었다. 마음이 급했다. 그동안 희생해 왔으니 이 정도는 괜찮다고 스스로 합리화하기도 했다. 집에 전화하면 동생들은 별일 없다고 아버지도 잘 지낸다며 나를 안심시켰다.

　1997년 2월, 동생의 결혼식이 예정되어 있었다. 러시아에 간 지 6개월 만에 나는 동생 결혼식에 참석하기 위해 한국으로 잠시 돌아왔다. 그날을 얼마나 손꼽아 기다렸는지. 재희 언니가 공항에 마중 나왔다. 언니를 보자마자 나는 언니를 얼싸안고 펑펑 울었다. 언니도 함께 울었다.

그새 운전면허를 딴 막냇동생이 차로 나를 데리러 왔다. 대학에서 성악을 전공한 동생은 성악 레슨으로 돈을 번다고 했다. 우리 집에 차가 생기다니. 비쌀 텐데 할부를 제대로 갚을 순 있나 싶으면서도 날렵한 차의 외관과 동생의 능숙한 운전 솜씨에 마음이 뿌듯해졌다. 막내도 이제 다 컸다는 게 실감 났다.

신림동 언덕에 있는 우리 집에 들어선 순간 주체할 수 없이 오열이 터지고 말았다. 나의 부재를 고스란히 드러낸 모습. 이런데도 나 없이 괜찮을 거라고 애써 자신을 다독였던가. "선화 왔냐?" 안방에서 나오는 아버지의 모습에 울음을 삼켰다. "잘 지내셨어요, 아버지?"라는 말 대신 "이게 꼴이 뭐야, 아버지"라고 말했다. 나는 짐을 풀기도 전에 집안을 치우기 시작했다. 마음을 진정시키지 못하고 눈물을 그칠 줄 모르는 내 모습에 재희 언니는 내 등을 두드리며 말없이 정리를 거들었다. 막내는 그런 내 모습을 보고 "이따 들어올 게"라며 밖으로 나갔다. "언니, 나 다시 돌아올 거야. 이건 정말 아니야." 나는 울먹이며 언니에게 말했다.

그날 저녁, 결혼을 앞둔 동생에게 말했다. "나 다시 돌아와야겠어. 집 꼴이 이 모양인데 어떻게 러시아에 계속 있어?" 동생은 굳은 표정으로 대답했다. "누나, 유학이 장난이야? 이러고 살면 좀 어때? 누나 공부나 신경 써. 돌아온다고 해도 내가 안 받아줄 거야." 동생의 말은 단호하고 강경했다. 그러나 동생도 사실 "그래, 누나가 돌아와 줬으면 좋겠어"라고 말하고 싶었을지도 모른다. 그 모든 말을 삼키고 동생은 나를 앞으로 떠밀었다. 그 말이 준 힘이었을까. 막상 돌아온다고 생각하니 공부를 포기하는 게 너무나 아쉬웠다. 이런 마음으로 포기한다면 후회할 게 분명했다. 빨리 공부를 마치는 게 가장 좋은 길이었다. 누나를 자랑스러워하며 기꺼이 짐을 지고 있는 두 동생에게 실망을 안겨주고 싶지 않았다.

한국에 머무는 한 달 동안 그리움과 외로움으로 굶주렸던 마음이 다시 채워졌다. 나는 여전히 사람들의 관심과 사랑을 받고 있었다. 따뜻했고 행복했다. 이제는 전보다 잘 지낼 수 있으리라. 그래야 한다는 마음으로 다시 러시아로 향했다. 이번에는 결혼한 동생과 올케가 함께 나를 배웅했다. "아버님 저희가 잘 보살필게요. 너무 걱정하지 마세요." 올케가 말했다. 혼자가 아니라 둘이 된 동생 부부를 보며 마음이 한결 가벼워졌다. 동생의 표정도 내가 처음 러시아에 갈 때와는 달랐다. 동생은 아버지와 가까운 곳에 신혼집을 얻었고 막냇동생이 아버지와 지내기로 했다. 이제는 동생들이 안정된 상태로 아버지와 지낼 수 있으리라 기대했다. 그러나 그 기대가 어떤 이의 희생을 전제로 한 것인지 미처 생각지도 못하고 또다시 순진한 기대로 나 자신을 안심시켰다. 몇 년 후 그 기대는 엄청난 부메랑이 되어 내게 돌아왔다.

라도가

1998년에 나는 서른두 살이었다. 왜 하필 그해에 시작됐는지 모르겠지만 각종 신경증 증상이 연이은 파도처럼 2년 동안 나를 덮쳤다. 그해 여름, 지인들과 함께 상트페테르부르크에서 차로 세 시간 거리에 있는 라도가 호수로 여행을 갔다. 러시아에는 큰 호수가 몇 개 있는데 바이칼, 라도가, 오네가 호수 등은 바다로 착각할 만큼 엄청난 크기를 자랑한다. 배를 타고 1박 2일 여정으로 라도가 호수 안에 있는 섬에 가는 여행이었다. 배 타기를 좋아했던 나는 설레고 흥분했다.

호숫가에 20인승 크기의 고깃배가 우리를 기다리고 있었다. 한국인은 잘 알고 지내던 선배 부부와 나, 선배의 지인인 남성분과 또 다른 여자 유학생이 전부였다. 그 외에는 모두 러시아인이었다. 배가 출발하기 전, 라도가 호수는 평온하고 잔잔해 보였다. 서늘한 전형적인 러시아 여름 날씨였다. 배에 오른 나는 신이 나서 2층 갑판 앞쪽으로 갔다. 바람을 맞으며 배가 전진하는 모습을 지켜보고 싶었다. 섬까지 가는 데는 세 시간 정도가 소요된다고 했다. 그런데 배가 출발한 지 십여 분쯤 지났을까, 갑자기 배가 위로 높이 솟구치더니 다시 푹 가라앉는 느낌이 들었다. 이게 뭐지, 하고 주위를 둘러보는 순간 거친 파도가 눈에 들어왔다. 배는 양옆으로 사정없이 요동쳤고 갑판으로 물이 들어오고 나가기를 반복했다. 나는 공포에 사로잡혔다.

"배를 돌려야 하지 않을까요?" 여행을 주선한 선배에게 다급하게 물었다. 선배도 긴장한 표정으로 선장에게 가서 의견을 물었다. 러시아 선장은 손을 내저으며 대수롭지 않다는 듯 항해를 계속했다. 노련한 선장의 판단에 믿음이 갔는지 다른 사람들은 이내 안정을 되찾았다. 10대 남자아이들은 심지어 소리까지 지르며 배 앞머리에서 넘실대는 파도를 즐겼다. 나이 든 사람들은 어지러움을 느껴 선실 안으로 들어갔다. 나 혼자만 극도의 공황 상태에 빠졌다. 몸을 가눌 수 없어 간신히 기어서 선실로 들어왔다. 조그만 창밖을 살펴보니 주변에 다른 배들은 보이지 않았고 온통 검푸른 물뿐이었다. 시선을 아무리 멀찍이 두어도 육지는 전혀 보이지 않았다. 배를 삼킬 듯이 하얀 이빨을 드러내는 파도를 보며 동생들 얼굴이 떠올랐다. '여기서 물에 빠져 죽는 건 아닐까. 동생들을 다시는 못 보게 되는 건 아닐까. 타국에 와서 호수 한가운데서 이렇게 죽기는 싫어. 하나님, 살려주세요.' 기도를 반복했다. 다른 사람들이 나를 이상하다고 생각할 것 같아 공포심을 숨기고 가는 내내 두려움에 떨었다.

다행히 섬에 무사히 도착했지만 내 얼굴은 완전 사색이 되어 있었다. '내일 돌아갈 때는 어떻게 하지?' 하는 걱정에 여행을 즐길 수가 없었다. 그래도 시간이 지나면서 마음이 차츰 진정되었다. 작은 섬 주변은 언제 파도가 쳤냐는 듯 잔잔하기 그지없었다.

러시아 사람들을 따라 숲에서 버섯을 땄다. 자연에서 건강하고 싱싱한 먹거리를 직접 채취했다. 몇 시간 동안 서늘한 숲을 거닐며 버섯을 따다 보니 조금씩 즐거운 기분이 들기 시작했다. 그 사이 몇몇 남자들은 호숫가에서 물고기를 낚았다. 저녁에는 러시아식 꼬치구이 샤슬릭을 숯불에 구워 먹으며 이야기꽃을 피웠다. 백야였다. 상트페테르부르크보다 더 북쪽에 있는 지역이라 그런지 한밤중에도 하늘에 파란색 물감이 엷게 칠해져 있었다. 이야기와 노래가 이어지며 러시아의 여름밤이 깊어 갔다.

다음날 직접 딴 버섯과 잡은 생선으로 수프를 끓여 먹었다. 식사하는 도중 한 여자가 선장에게 "어제 긴장되지 않았나요?"라고 물었다. 선장은 솔직히 긴장했다며 출발 전에 출항을 자제하라는 연락을 받았다고 털어놓았다. 아찔한 기분이 들었다. 정말 위험할 수도 있는 상황이었다. "오늘은 괜찮나요?"라고 내가 물었다. 선장은 미소를 띠며 걱정하지 말라고 했다. 떠날 시간이 다가올수록 가슴이 방망이질했다. 호수의 먼 곳에 파도가 보이긴 했지만, 배들이 다니는 걸로 봐서 어제보다는 파도가 덜한 모양이었다. 나는 돌아가는 내내 배 앞쪽에 앉아 있었다. 앞쪽에 앉으면 배의 흔들림이 덜 느껴지기 때문이었다.

그 후로 지금까지도 나는 배를 타지 않는다. 강에서 잠시 유람선을 탈 때조차 긴장한다. 먼바다로 배를 타고 나가는 건 상상할 수조차 없다. 그때 나는 내가 비정상인가 하는 생각을 했다. 배에 있던 사람 중에서 왜 나만 그렇게 극심한 공포를 느꼈을까. 그 이유가 뭔지 알 수 없었다. 그 이후로도 나는 공포증이라는 정체 모를 괴물과 계속 마주쳐야만 했다.

결혼

1998년 여름, 고려대학교 시절 알고 지내던 남편이 상트페테르부르크로 유학을 왔다. 반가운 마음에 자주 전화 통화를 하고 서로의 집을 방문하며 가깝게 지내던 어느 날, 남편이 데이트 신청을 했다. 그렇게 시작된 연애 4개월 만에 우리는 결혼을 약속했다. 그와 사귀는 넉 달 동안 가슴 속에 난로가 지펴진 듯 상트페테르부르크의 추위가 느껴지지 않았다. 우리는 결혼식을 하기 위해 1999년 1월에 한국으로 돌아왔다. 내가 러시아에 가 있는 동안 막냇동생은 아버지와 함께 신림동 다른 집으로 이사했다. 동생 차를 타고 내가 모르는 우리 집으로 가려니 기분이 묘했다. 이제 60이 넘은 아버지는 머리가 희끗희끗했다. 내가 결혼한다는 말에 아버지는 "우리 선화가 결혼하는구나"라며 기뻐했다.

남편은 연한 갈색이 도는 양복을 차려입고 신림역으로 왔다. 남편은 우리 집을 어떻게 생각할까. 충격을 받지나 않을까 싶었지만, 아무렇지도 않은 듯 그는 작은 안방에 들어섰다. "아빠, 사위 될 사람이에요. 절 받으세요." 우리는 나란히 아버지에게 절을 했다. 아버지는 남편이 몸을 일으키기도 전에 "합격!"이라고 소리쳤다. "아니, 아무 말도 안 해보고 벌써 합격이에요?" 나는 핀잔을 주듯 말했지만 늠름한 모습의 사윗감을 보고 만족하는 아버지 모습에 웃음이 났다. "너무 쉽게 합격해서 좋겠다." 웃으며 남편에게 말하니 나름 긴장을 했었다고 했다. 술을 많이 드신다는 얘기에 아버지가 좀 무서울지도 모른다고 생각했다고 했다. 아버지는 나이를 드셔서인지 험악한 인상이 전보다 옅어졌다. 몇 년 전까지 그렇게 무서워했던 아버지였다는 게 실감이 안 날 정도였다.

결혼에 대한 설렘과 기쁨도 잠시, 그동안 몰랐던 아버지 얘기를 동생들에게 듣게 됐다. 동생들은 늘 편지에 아버지가 잘 계신다고 썼다. 몇 년 후면 내가 돌아오니까 그때까지만 참으면 된다고 생각해서였다. 그런데 내가 결혼하고 러시아에 머무는 기간이 길어지자 동생들은 당황스러워했다. 막냇동생은 아버지와 지내는 생활이 힘들어 지친 상태였다. 아버지가 술을 먹고 고주망태가 되어 쓰러져 있으면 사람들이 파출소에 신고했다. 그러면 동생이 파출소로 아버지를 데리러 간 것이 여러 차례라고 했다. 게다가 아버지는 결혼한 동생 부부에게 시도 때도 없이 전화해서 돈을 달라, 반찬을 해오라 보챘다. 느닷없이 동생 집에 들이닥쳐 올케에게 욕을 하고 추태를 부린 것이 한두 번이 아니었다. 동생은 자세한 이야기를 피했지만 조금만 들어도 어땠을지 짐작이 갔다.

나는 이런 상황에서 결혼할 수는 없다고 생각했다. 내가 없었기 때문에, 동생들이 감당해야 했던 희생이 너무 컸다. 결혼한 동생 부부가 넉넉히 감당하리라 기대했던 게 얼마나 순진하고 이기적인 생각이었나. 나 자신이 밉고 후회스러웠다. 앞으로 또 몇 년을 그렇게 지내야 할지 몰랐다.

한 카페에서 남편을 만나 결혼을 할 수 없다고 통보했다. 나는 펑펑 울다가 의자 위에 쓰러져 한동안 일어나지 못했다. 남편은 내가 진정되기를 조용히 기다렸다. 남편은 울음을 그치고 멍한 얼굴로 고개를 숙인 나를 달래며 그런 이유로 결혼을 안 하는 건 아닌 것 같다고 말했다. 결혼하고 해결책을 찾아보자고 했다. "해결책이 어디 있어? 내가 와야 하는데…."

내가 돌아오는 것 외에 다른 어떤 해결책이 있을까. 그 생각이 머릿속에 못처럼 박혀 몇 년 동안 빠져나가질 않았다. 결국 나는 예정대로 결혼식을 치르고 러시아로 돌아왔다.

하지만 어서 돌아가 동생들과 아버지를 도와야 한다는 생각이 단 하루도 머리에서 떠나지 않았다. 나는 엄청난 채무를 지고 도망친 사람이 되어 버렸다.

정신장애의 시작

우리는 돌아가는 길에 프랑크푸르트를 경유했다. 제주도로 신혼여행을 다녀왔지만 돌아오는 길에 들른 뮌헨과 퓌센, 로텐부르크가 우리의 진짜 신혼여행지였다. 여행을 마치고 상트페테르부르크행 비행기에 올랐다. 세 시간 비행 중 도착까지 한 시간 정도 남은 때였을까. 저녁 식사를 마치고 승무원이 가져다준 커피잔을 드는 순간 갑자기 비행기가 요동을 치기 시작하더니 커피가 내 옷에 쏟아졌다. 승무원도 당황하여 흘린 커피를 치우고 자리에 가 앉았다. 모두 벨트를 매라는 안내방송이 나왔다. "쿵"하는 충격 후에 한동안 심하게 흔들리는 상태로 비행했다. 라도가 여행 때처럼 다른 사람들은 별 반응이 없었다. 그러나 나는 공포에 압도됐다. 커피가 쏟아질 때부터 좌불안석이었다. "여보, 나 무서워….."

남편은 이해하지 못하겠다는 표정이었지만 내 손을 잡아주며 괜찮다고 했다. 그때부터 착륙할 때까지 내 심장은 계속 쿵쾅거렸다. 속히 도착하기를 속으로 기도했다. 비행기가 무사히 착륙하고 나서도 놀란 가슴이 쉬 진정되지 않았다.

비행공포증이 시작된 것은 그때부터였다. 한 번의 경험으로 끝난 게 아니라 그 후부터는 비행기를 타는 상상만 해도 겁이 났다. 꿈에서도 비행기를 타는 장면이 자주 나타났다. 어쩔 수 없이 비행기를 타면 기체가 흔들리기만 해도 눈물을 흘리며 벌벌 떨었다. 이런 증상이 비행공포증이란 것을 나중에 알았다. 비행기를 탈 때 항불안제를 한 시간 간격으로 여섯 번 정도 먹어야 안정됐다. 일시적인 과다복용으로 단기 기억상실증이 왔다. 여행을 좋아하는 내가 비행공포증만 없었더라면 지구 어디까지 가려 했을지 모를 일이다. 배와 비행기를 자유롭게 타지 못하는 것은 내 생활에 큰 불편을 주었다. 이제는 내 삶의 일부로 받아들이고 살아가지만.

상트페테르부르크로 돌아오자마자 집주인이었던 스베타가 암 투병 끝에 사망했다. 그녀가 암 환자인 줄 몰랐던 나는 큰 충격을 받았다. 얼마나 울었던지 눈에서 빠져나온 렌즈가 바싹 말라 있었다. 장례가 끝나고 난 뒤 스베타의 딸 비카의 제안으로 그 집에 우리 부부가 살게 되었다.

그러던 5월의 어느 날 저녁이었다. 갑자기 "픽!"하는 소리와 함께 현관 쪽에서 불이 번쩍하더니 사라졌다. 곧 집 안으로 연기가 들어오며 타는 냄새가 나기 시작했다. "여보, 불났어!" 나는 동물적인 감각으로 벌떡 일어나 현관으로 달려갔다. 누군가 집 밖에서 불을 낸 것 같았다. 문틈 사이로 연기가 들어와 아파트 안으로 스며들고 있었다. 문밖으로 타고 있는 불꽃이 보였다. 남편은 호스를 가져와서 문틈 사이로 뿌리기 시작했다. 심장이 거세게 뛰었다. '정신 바짝 차려야 해.' 우선 같은 층에 사는 선배에게 연락해야겠다는 생각이 퍼뜩 스쳤다. 다행히 선배는 집에 있었다. "선배님, 집에 불이 났어요. 빨리 좀 와 주세요!" "응, 알았어." 선배 목소리에 긴장감이 묻어났다.

나는 다시 현관 쪽으로 달려갔다. 밖에서 사람들이 웅성거리는 소리가 들리고 남편은 여전히 물을 뿌리고 있었다. "여보, 비켜봐"하고는 현관문을 열어보니 현관 앞에 놓여 있는 깔개에 불이 붙어 타고 있었다. 대야에 물을 담아 휙 부으니 순식간에 불이 꺼졌다. 다행히 문에는 불이 옮겨붙지 않은 채 까맣게 그을려 있었다.

"이게 무슨 일이야? 누가 그랬지?" 선배가 물었다. "모르겠어요." 그제야 나는 펑펑 울기 시작했다. 집 안으로 들어온 연기를 내보내는 사이 누가 연락했는지 경찰이 왔다. 경찰은 타버린 깔개와 문을 조사하고 누가 그랬는지 짐작 가는 사람이 있냐고 물었다. 우리는 모르겠다고 답했다. 경찰은 서류에 뭘 적더니 어떻게 하겠다는 말도 없이 그냥 가 버렸다. 사람들은 흩어졌고 선배는 나와 남편에게 자기 집에 와서 자라고 말했다. 남편은 금방 평정심을 되찾았지만 나는 충격에서 쉽게 헤어 나오지 못했다. 상황이 종료되자 더 무서웠다. 누가 우리를 노리고 방화를 저질렀다는 사실이 소름 끼쳤다.

나는 다시 그 집에 들어가지 못했다. 다음날 나와 남편은 같은 교회에 다니는 잔나라는 친구에게 신세를 졌다. 잔나는 나와 동갑인 미혼 여성이었다. 아무 연락 없이 무작정 기숙사에 사는 잔나를 찾아가 그녀가 일에서 돌아올 때까지 바깥에서 쭈그리고 앉아 기다렸다. 우리를 본 잔나는 깜짝 놀라며 무슨 일이냐고 물었다. 우리 얘기를 들은 잔나는 얼마든지 자기 방에서 지내라고 말했다.

잔나의 방에서 하루를 보내고 다음 날 선교사님께 전화해서 사정을 알리고 집을 알아봐 주실 수 있냐고 부탁드렸다.

우리는 짐을 싸 놓기 위해 집으로 갔다. 현관은 반쯤 그을려 있었고 집 안에는 아직도 탄내가 빠지지 않았다. 이틀 전 상황이 생생하게 기억났다. 서둘러 삼단 가방에 짐을 싸기 시작했다. 결혼 초부터 왜 이런 험한 일이 생기는 건지….

짐을 다 싸서 집을 나서는데 복도에서 이웃집 여자를 마주쳤다. 그 여자는 우리를 보더니 어처구니없는 말을 하기 시작했다. "여기 보세요. 당신들 때문에 복도 천장이 다 그을렸어요." 고개를 올려보니 정말 천장이 연기로 그을려 있었다. "당신들 책임이니 페인트칠하는 비용을 내세요." "얼마를요?" "천 달러요." "네?"

어안이 벙벙했다. 방화의 책임이 우리에게 있다니. 우리는 피해자였다. 그런 우리에게 돈을 내라는 것도 모자라 천 달러라니. 외국인인 우리를 호구로 보는 것인가. 따져봐야 소용없으리라는 걸 알았다. 대충 알겠다고 얼버무리고 그 자리를 피했다. 러시아 사람들의 고약한 인심을 경험한 건 다행히 그때 한 번뿐이었다.

우리는 다시 선교사님께 전화를 드렸다. 다행히 선교사님이 사는 동네에 집이 구해졌다며 빨리 오라고 하셨다. 같은 교회 고려인 전도사가 사는 아파트에 마침 빈 집이 있었다. 우리는 부리나케 지하철을 타고 도시 정반대 쪽에 있는 선교사님 댁으로 갔다. 전도사가 우리를 데리고 간 곳은 막 수리가 끝나 깔끔한 집이었다.

주인 여자 이름이 공교롭게도 또 스베타였다. 의사인 그녀는 눈빛이 선량했다. 큰 방 두 개에 부엌과 화장실, 복도가 있는 집이었는데 월세를 150달러만 받겠다고 했다. 그날 바로 007 작전을 방불케 하는 이사를 해야 했다. 이웃들이 알면 우리에게 페인트 비용을 내놓으라고 할 게 뻔했다. 미리 작은 트럭을 구해놓고 한밤중에 가서 몰래 이사하기로 계획을 세웠다.

나는 선교사님 댁에 머물고 남편과 전도사의 남편, 그리고 아들이 트럭을 타고 출발했다. 사람들에게 들키지 않고 무사히 돌아오기를 빌었다. 자정이 넘어서야 트럭이 도착했다. 남편은 이웃들에게 들키지 않으려고 얼마나 조심해서 짐을 옮겼는지 무용담을 펼치듯 이야기했다.

문제는 여기서 끝이 아니었다. 그날부터 잠을 자려고 누우면 심장이 쿵쾅거리기 시작했다. 누군가 또 우리 집에 불을 낼 것 같았다. '만약 또 불을 내면 그때는 어떻게 하지? 어떻게 탈출할까. 방독면이라도 있으면 얼마나 좋을까.' 그런 상상으로 잠을 이루지 못했다. 낮에는 그나마 지낼만했지만, 밤이면 두려움이 찾아왔다. 옆에서 곤히 잠들어 있는 남편을 방해하지 않으려고 혼자 끙끙대면서 불안에 떨다가 간신히 잠들곤 했다. 그렇게 두 달을 보냈다. 나의 불안장애가 시작된 시점이었다. 도대체 누가 불을 냈는지는 지금까지도 오리무중이다.

새집으로 이사하기 전 지도교수님께 전화를 드렸다. 이제 러시아에 온 지 3년이 다 되어가고 있었다. 그동안 읽은 자료들을 정리하고 텍스트를 분석한 노트가 쌓였다. 본격적으로 논문을 써야 할 시기였다. 그러나 방화 사건을 겪은 후 마음의 안정을 잃어 아무것도 손에 잡히지 않았다. 논문을 쓰지 못할 것 같다는 강한 절망감이 몰려왔다. 지도교수님께 말씀을 드려야 했다.

"선생님, 누가 우리 집에 불을 냈어요." "오, 소냐. 어떻게 그런 일이…. 괜찮아요?" "괜찮아요. 그런데…. 일을 할 수가 없어요. 논문을 쓰지 못할 것 같아요." "소냐. 그런 말 말아요. 절대 논문을 포기해선 안 돼요. 일단 쉬어요. 반년이고 일 년이고 쉰 후에 쓰면 돼요. 알겠지요?"

지도교수님은 자상하게 나를 위로하고 간곡하게 설득했다. 얼마든지 쉬고 나서 다시 생각하라는 교수님의 말씀이 어찌나 큰 위로와 격려가 되던지. "알겠습니다. 감사합니다." 전화를 끊고 나는 논문 생각을 잊어버렸다. 그로부터 반년이 지나서야 다시 교수님께 연락을 드릴 수 있었다. 만약 그때 교수님이 나를 압박하셨거나 그만두든 말든 상관하지 않으셨다면 아마 논문 쓰기를 포기했을 것이다.

여름이 지나면서 마음이 조금씩 진정되었다. 쉬었던 논문을 다시 시작해야겠다고 마음먹었다. 그런데 또다시 예기치 않은 일이 터졌다. 1999년 9월 9일. 저녁 뉴스를 보고 있었다. 믿을 수 없는 장면이 TV 화면에 펼쳐지고 있었다. 아파트 한 채가 순식간에 그 자리에 주저앉았다. 짙은 연기에 휩싸이고 난 후 아파트는 자취를 감추고 말았다. 모스크바에 있는 아파트가 폭파되었다는 보도가 이어졌다. 94명이 사망했다.

"누가 한 짓이야? 어떻게 아파트를 폭파할 수가 있지?" 나는 아연실색했다. 그때만 해도 누가 그런 짓을 했는지에만 관심이 쏠렸다. 며칠이 지나도록 폭파범이 누군지 밝혀지지 않았다. 그런데 불과 4일 후 모스크바의 또 다른 아파트가 폭파되었다. 이번에는 119명이 사망했다. 그 화면을 보지 말았어야 했다. 두 번째 보도를 본 나는 누가 그런 짓을 했는지는 이제 관심이 없었다. 누군가가 연쇄적으로 사람들이 사는 아파트를 폭파하고 있었다. 그 말은 앞으로도 계속해서 아파트 폭파가 이어질 거라는 의미였다. 예의 공포심이 엄습했다. 갑자기 어디론가 뛰쳐나가고 싶은 충동이 일어났다.

"여보, 나가야 해." "나가긴 어딜 나가? 왜?" "나 무서워. 우리 아파트도 폭파되면 어떡해?" "그런 일은 없어." 남편은 도무지 내가 이해되지 않는다는 표정으로 날 쳐다보았다.

그날부터 불면의 밤이 시작되었다. 밤새도록 한숨도 잘 수 없었다. 밤에 누군가 우리 아파트 지하에 폭탄을 설치하는 장면이 상상되었다. 수상한 움직임이 없는지 밤새 밖을 내다보았고 근처에서 작은 소리만 나도 촉각이 곤두서며 가슴이 덜컹 내려앉았다. 길고 긴 밤이 지나 아침이 되어서야 지쳐 잠이 들었다. 낮에는 그나마 무서움이 덜했다. 방화가 난 후와 증상은 비슷했지만, 강도가 더욱 심했다. 극도의 공포가 나를 마비시켰다. 밥을 먹는 것도, 씻는 것도 아무것도 할 수가 없었다.

그리고 3일 후 이번에는 러시아 남부 도시 볼고돈스크에서 아파트가 폭파되었다. 17명이 사망했다. 다음 차례는 상트페테르부르크인가. 며칠 간격으로 벌어진 테러 소식에 내 신경은 갈기갈기 찢어지고 말았다. 사람들이 잠들어 있는 사이 폭탄 소리와 함께 아파트가 무너지는 광경이 자꾸만 상상 속에 침투했다. 가공할 만한 점은 이것이 사고가 아니라 누군가 의도적으로 행한 테러라는 것이었다. 아무 잘못 없는 사람들이 졸지에 끔찍한 테러에 희생되고 있었다. '도 대체 왜 이런 일이 일어나는 거지. 러시아에 무슨 일이 있는 거야.' 나는 마치 이 일이 내 신상에 직접 일어날 수 있는 일 인 양 위협을 느꼈다.

처음에 사람들은 동요했다. 한국 유학생들도 불안에 떨었 다. 그러나 더 이상의 테러가 발생하지 않고 정부가 테러범 을 잡겠다고 공표하자 이 사건은 사람들 기억에서 차차 옅어 졌다. 그러나 불면의 밤은 계속되었다. 아침이 되어 잠들고 오후 늦게 깨어 꼬박 밤을 새우는 일이 계속되었다. 남편과 얼굴을 볼 수 있는 시간은 저녁부터 남편이 잠들 때까지뿐이 었다. 하루는 너무 무서워서 밤에 남편을 졸라 시내로 나갔 다. 상트페테르부르크의 중심가인 넵스키 대로는 인적이 드 물었지만, 한밤중에도 노란 가로등이 환하게 밝혀 있었다. 넵스키 대로의 중간쯤에 있는 KFC는 24시간 문을 열었다. 사람들이 오가는 곳에 있으니 마음이 진정되었다. 나는 그 곳에서 자료를 정리한 노트를 밤새 읽으며 시간을 보냈다.

집을 떠나 어디론가 안전한 곳으로 가고 싶다는 강한 충 동을 느꼈다. 도시가 아닌 자연 속에 숨으면 안전할 것 같았 다. 맹수의 추격을 받아 놀란 짐승처럼 온통 안전에만 신경이 집중됐다. 선교사님께 전화를 걸어 어디 지낼만한 곳이 없는지 여쭤봤지만 딱히 생각나는 곳이 없다고 하셨다. 선교사님도 내 상태가 심상치 않다고 여기셨는지 걱정하셨다. 그러던 중 사나토리에 며칠 가서 지내면 어떻겠냐고 제안했다. 사나토리는 러시아인들이 요양하는 일종의 숙박시설이었다. 자연경관이 좋은 곳에 있어 안정을 취하기 적합한 시설이었다. 나는 당장 가겠다고 했다. 예전에 이사를 도와준 전도사의 남편이 나와 남편을 상트페테르부르크 근교 레피노에 있는 사나토리로 데려다주었다.

레피노는 러시아의 가장 위대한 화가 일리야 레핀이 살았던 곳이었다. 그가 생전에 살았던 집이 박물관이 되어 있었다. 울창한 숲과 핀란드만의 바다가 어우러져 휴식하기에 더할 나위 없는 최적의 장소였다. 사나토리에 가서야 나는 처음으로 밤에 단잠을 잘 수 있었다. 그때 사진을 보면 몇 주 동안 밤에 잠을 자지 못해 얼굴이 핼쑥하고 웃음기가 없다. 레핀 박물관에도 가고 러시아의 유명한 여성 시인 아흐마토바의 묘지도 방문하며 2박 3일을 보냈다. 그동안 지쳤던 마음이 자연 속에서 조금은 쉼을 얻을 수 있었다. 영원히 그곳에 머물고 싶었다.

다시 집으로 돌아온 우리는 아침마다 기도 모임에 참석했다. 함께 기도하면서 천천히 불안이 가라앉기 시작했다. 나는 그때야 내가 비정상적이라는 사실을 인지했다. 그 전해부터 있었던 일을 되짚어 보았다. 라도가 호수에서 파도를 만났을 때, 비행기가 심하게 흔들렸을 때, 집에 불이 났을 때, 그리고 폭탄 테러까지 일련의 연쇄적인 사건들을 겪으며 내가 보인 반응은 확실히 정상 범주를 벗어나 있었다.

내 주변에는 내 상태를 정확히 이해하는 사람도, 비슷한 증상을 보이는 사람도 없었다. 나조차 스스로가 이해되지 않았다. '내가 왜 이런 걸까? 원래 이렇게 불안이 많은 사람이었나? 왜 이렇게 변했을까?' 바보가 되어 버린 것 같았다. 어디서 도움을 받아야 할지, 문제가 무엇인지, 뭘 어찌해야 할지 아무것도 알 수 없었다.

혹시 내가 불안정한 어린 시절을 겪었기 때문에 성인이 되어서 이런 증상이 나타난 것일까? 그런데 왜 하필 결혼을 즈음해서 터지게 되었을까. 이제 의지하고 싶은 사람이 나타났기 때문일까. 만약 그때 한국에 있어서 병원에 찾아갔더라면, 상담이라도 받았더라면 내 문제를 좀 더 일찍 알 수 있었을 것이다. 하지만 당시 러시아에는 도움을 받을 곳이 없었다. 분명히 알 수 있었던 한 가지는, 내게 죽음에 대한 공포가 크다는 사실이었다. 실제로 죽음의 위협이 없어도 죽음을 생각하는 것만으로도 너무나 무서웠다. 죽음이 왜 그리 두려운지 그 이유를 알 수 없었다. 그렇게 미해결된 문제를 안고 지내던 나는 몇 년 후 인생 최악의 밑바닥으로 곤두박질쳤다.

2,000년

10년 동안 러시아를 혼란 속에 방치했던 옐친의 시대가 막을 내렸다. 폭탄 테러범을 잡기 위해 지도력을 발휘한 건 전 소련 국가보안위원회(KGB) 요원 출신 푸틴이었다. 푸틴은 체첸 공화국을 테러 사건의 주범으로 지목했고 곧 2차 체첸 전쟁이 벌어졌다. 무거운 내 마음 상태 때문이었는지 몰라도 길거리의 사람들 표정은 그 어느 때보다 어둡고 음울했다. 이렇게 무서운 테러가 공공연히 자행되는 나라의 국민인 그들이 가여웠다. 푸틴은 테러범들을 잡아들이고 빠르게 권력을 장악해 나갔다. 옐친은 그를 자신의 후계자로 지목했다. 2,000년이 밝아오고 있었다.

연말이 되자 남편이 한국에 가자고 했다. 소위 Y2K 때문이었다. 밀레니엄을 앞두고 전 세계가 긴장했다. 컴퓨터가 2,000년을 인식하지 못해 무슨 일이 생길지 모른다는 것이었다. 그런 사태를 러시아에서 맞는다면 속수무책일 터였다. 불안감에 다른 유학생들도 한국으로 돌아갔다. 나는 비행기를 탈 일이 무서웠지만 러시아를 벗어나고 싶었기에 남편의 제안이 반가웠다.

공항에 우리를 데리러 오신 시아버님 차를 타고 시댁으로 갔다. 막냇동생은 내가 시댁으로 가는 모습이 영 낯설다고 했다. 한국에 있는 동안 일주일에 한 번 정도 아버지를 뵈러 친정에 갔다. 아버지의 상태는 별로 달라지지 않았다. 동생 부부는 말을 하지는 않았지만, 표정만 봐도 힘들어 보였다. 막냇동생도 아버지와 지내는 걸 버거워하고 있었다. 어서 학위를 받아 돌아와야 하는데 내 상태가 불안정하니 미래를 장담할 수 없었다. 이러려고 러시아에 간 게 아니었는데 어쩌다 이렇게 되어버렸을까. 마음이 조급해졌다.

한국에서 한 달을 지낸 것이 마음의 안정에 큰 도움이 되었다. 다행히 Y2K는 별 탈 없이 지나갔다. 러시아로 돌아온 나는 논문을 다 쓰기 전까지 두 번 다시는 한국에 가지 않겠다고 결심했다. 그리고 매일 논문 한 페이지를 쓰며 1년을 보냈다. 지도 교수인 베틀롭스카야 선생님은 장별로 써 간 내 논문을 보시고 "됐다"며 계속 쓰라고 격려하셨다. 선생님은 내 러시아어 논문을 알파벳 하나하나 꼼꼼하게 교정하셨다.

선생님은 상트페테르부르크 북쪽 외곽에 홀로 사셨다. 결혼하지 않고 평생을 학문에 바친 분이었다. 부모님이 일찍 돌아가시고 하나뿐인 언니도 먼저 세상을 떠났다. 혈육이라곤 언니의 딸인 조카뿐이었다. 쓸쓸한 인생이었지만 교수님은 학문이 천직이라 그런지 늘 활달하고 에너지로 넘쳤다. 러시아 제자들도 있었지만 늘 내가 최고의 제자라고 말씀하셨다. 도스토옙스키 연구의 권위자인 선생님에게 그런 찬사를 듣는 건 영광이었다. 그러나 나는 그저 외국에서 온 학생을 격려하시는 말씀이려니 여겼다. 카랑카랑한 그 목소리와 소년같이 장난기 있는 웃음을 띠던 회색 눈동자가 그립다.

2001년 봄, 드디어 논문을 완성했다. 논문자격시험으로 내 생애 마지막 시험을 치렀다. 러시아어로 답안을 준비해 달달 외웠다. 친하게 지내던 유학생이 도서관에서 공부하고 있는 나를 보고 "머리에서 김이 난다"고 했다. 논문을 인쇄하고 가을에 있을 논문심사까지 몇 달의 시간이 주어졌다. 러시아에서는 여름에 석 달을 쉬기 때문에 어떤 학사일정도 진행되지 않았다.

    이제 내 공부는 끝이 보였다. 그해 여름 큰동생이 모스크바 출장길에 하루 시간을 내서 상트페테르부르크로 우리 부부를 보러 왔다. 러시아에서 동생을 볼 수 있으리라는 기대를 한 적이 없었기에 들뜨고 행복했다. 풀코보 공항으로 가서 동생을 마중했다. 일요일이었고 우리에게 주어진 시간은 하루뿐이었다.

    집에 와 짐을 풀고 상트페테르부르크 관광을 시켰다. 하루라는 한정된 시간에 보여줄 수 있는 곳으로만 골랐다. 궁전광장으로 갔더니 동생은 "여기가 1905년 혁명이 시작된 곳이구나"라며 감개무량했다. 한때 학생 운동권이었던 동생에게 러시아 혁명의 발상지에 서는 것은 특별한 경험이었을 것이다. 해군성을 지나 이삭 대 성당의 웅장한 외관을 보여주고 청동 기마상 쪽으로 걸었다. 네바강과 운하들을 연결하는 배를 타고 가며 보이는 건물들을 설명했다. 남편은 연신 나와 동생의 사진을 찍었다. 내가 제일 좋아하는 여름 정원을 갔더니 동생도 "여기 좋네"라고 했다.

    저녁을 먹고 집으로 돌아왔다. 동생은 인쇄된 내 논문을 들고 사진을 찍었다. 바라는 건 없고 그저 누나가 러시아 문화 얘기 정도 해주면 족하다고 했던 동생이었다. 그러기에는 동생이 치러야 했던 대가가 너무나 컸다. 우리 부부는 조심스레 동생에게 신앙 이야기를 꺼냈다. 그러자 동생의 얼굴이 석고같이 굳었다. "힘든 짐을 내려놓고 하나님에게 의지하면 어떠니?" 동생은 어떻게 해야 할지 모르겠다고 했다. 나는 기도를 따라 하라고 했다. 보통은 그런 식으로 전도하지 않는 편이지만 그날은 마음이 급해서 억지로라도 동생이 기도하도록 만들고 싶었다. 동생은 한 마디씩 따라 하기 시작하다가 어느 지점에 이르러서는 큰 한숨을 내쉬며 "더 못하겠어요."라고 말했다. 깊은 고통이 배어 있는 목소리였다. "누나, 매형 오늘 나한테 왜 이러세요?" 그리고는 믿지 못할 광경이 펼쳐졌다.

동생이 폭포 같은 눈물을 쏟기 시작한 것이다. 어깨를 들썩이며 흐느끼는 동생의 모습을 보는 순간 내 가슴이 파열되었다. 그렇게 우는 동생을 한 번도 본 적이 없었다. 늘 굳건하고 든든했던 바위 같던 동생이 촛농처럼 녹고 있었다. 그 눈물의 의미를 알기에 마음이 무너져 내렸다. 나는 동생 옆에서 같이 흐느꼈다. 남편은 동생을 안아 주었다. 자신을 방어하던 방패를 내려놓고 남편의 품에 안겨 동생은 한동안 울었다.

다음 날 아침 동생의 눈은 퉁퉁 부어있었다. 풀코보 공항에서 찍은 사진에서 동생은 부은 눈으로 어색한 웃음을 짓고 있었다. 동생과의 만남으로 인해 어서 빨리 한국으로 돌아가 부담을 덜어주어야 한다는 생각이 더욱 강해졌다.

돌아가야 해

러시아에서 논문들을 뒤질 때마다 대학자들의 위세에 눌려 학자로서 업적을 세울 수 있으리라는 자신감을 잃어갔다. 대신 나의 과대 자기는 신앙적인 영역에서 발현되었다. 찰스 스펄전이나 드와이트 무디 같은 위대한 전도자들의 생애가 부러웠다. 나도 그렇게 하나님이 크게 쓰시는 사람이 되고 싶었다. 하나님의 영광은 솔직히 뒷전이었다. 그저 어떤 수단을 통해서든 내 과대 자기를 만족시켜야만 했다. 그러나 그런 야망이 헛되다는 것 또한 너무나 잘 알고 있었다.

유학생들과 '코이노니아'라는 기도 모임을 만들었다. 일주일에 한 번씩 만나 함께 밥을 먹고 기도하는 모임이었다. 20대 후반 교회에서 느꼈던 행복감을 다시 맛보았다. '그래, 이렇게 살면 되는 거야. 큰 학자가 되지 않아도 좋고, 교수가 되지 않아도 좋고, 하나님이 크게 쓰시는 사람이 되지 않아도 괜찮아. 이렇게 소박하게 사람들과 믿음을 나누며 살면 그게 행복이고 천국이야.'

심리적 안정을 찾은 나는 한국에 돌아가면 어떻게 살지를 구상하곤 했다. 공부한 것으로 강단에 설 수 있으면 족하고 주위 여성들과 성경을 공부하며 남은 삶을 살겠다는 소박한 꿈을 꾸었다. 가장 중요한 건 친정 식구들을 챙기는 것이었다. 그렇게 나는 과대 자기와 결별한 줄만 알았다.

2001년 10월 말 드디어 논문심사를 마쳤다. 3년 반을 목표로 했던 논문을 5년 만에 끝냈다. 러시아에서는 박사 학위수여식이 따로 없었다. 논문심사를 마치면 그것으로 끝이었다. 대신 작은 파티를 열어 손님들을 초대해 자축했다. 박사 학위증도 양 손바닥을 합친 넓이 정도 되는 붉은 색 표지의 작은 증서가 전부였다. 고생한 시간에 비해 결과로 보이는 물리적인 성과가 너무 소박했다. 어쨌든 마음은 홀가분했다. 러시아에 온 목적을 이뤘으니까. 덤으로 결혼까지 했으니 고생한 보람이 있었다고 해야 할까.

선교사 자녀학교에서 1년간 한국어를 가르치며 남편의

논문이 끝나기를 기다렸다. 2002년, 뜨거웠던 월드컵의 열기가 가라앉고 가을이 되었다. 가슴이 답답해지기 시작했다. 남편의 논문이 진척되지 않고 있었다. 남편의 지도 교수는 너무나 소극적이었다. 논문을 어떻게 지도해야 할지도 모르고 의지도 없어 보였다. 나는 남편에게 압력을 가하기 시작했다. 나를 먼저 한국으로 보내달라고. 더 기다릴 수 없다고. 당시 내 머리는 온통 한국에 돌아갈 생각으로 가득했다. '빨리 가서 아버지를 돌봐드리고 동생들의 짐을 벗겨주어야 해.'

한 번은 내가 제일 싫어하는 꿈을 꾸었다. 꿈속에 테이블이 하나 덩그러니 놓여 있었다. 긴 테이블보가 바닥에 닿을 정도로 길게 늘어져 있었다. 그 테이블 아래에 무엇인가 있을 것 같다는 느낌에 슬쩍 테이블보를 들춰보았다. 그랬더니 거기에 몇 마리인지 셀 수도 없이 많은 뱀이 서로 엉겨 붙어서 우글대는 것이 아닌가. 뱀에 대한 공포가 있는 나는 소리를 지르며 잠에서 깨었다. 의미하는 바가 있는 꿈이었는데 해석을 할 수 없었다. 나중에야 그 꿈이 불안한 나의 무의식을 반영했다는 걸 알게 됐다. 한국에 가서 있을 일에 대한 경고였던 셈이었다.

남편은 먼저 보낼 수 없다며 나를 업고 방을 빙빙 돌면서 울었다. 그리고 지도 교수에게 찾아가 논문을 포기해야 할 것 같다고 말했다. 그랬더니 지도 교수는 만류하지 않고 "마음대로 하라"고 했다. 나는 분노했다. "무슨 지도 교수가 그래? 당신 그 교수 밑에서는 절대로 논문 못 써. 나를 먼저 보내주든지, 당신이 논문을 포기하든지 결정해." 남편은 한 달만 시간을 달라고 했다. 한 달 동안 남편은 평소 신뢰하던 분들에게 조언을 구했다. 대부분 아내와 함께 귀국하라고 조언했다. 결국 남편은 나와 함께 귀국을 결정했다.

우리는 서둘러 짐을 정리해 주위에 나눠주고 그동안 샀던 책들을 컨테이너에 실어 한국으로 보냈다. 은정이를 비롯해 친했던 사람들은 이미 러시아를 떠난 상태였다. 내가 귀국한다는 소식을 전하자 부산대학교의 한 교수님께서 내게 강의를 부탁하셨다. 남편의 거취가 불분명했지만, 아직 30대 중반이니 얼마든지 취직을 할 수 있으리라고 낙관했다. 한국만 가면 모든 일이 잘 풀릴 것이라 믿었다.

그때 내 나이 서른여섯. 한 해가 끝나가는 12월 19일 우리는 마침내 인천공항에 발을 디뎠다. 겨울이었는데도 날씨는 포근했고 온 천지에 햇살이 넘실댔다. 드디어 돌아왔구나. 러시아로 떠난 지 6년 반 만이었다.

5부

삶의 밑바닥에서
발견한 것

귀국 후 나는 드디어 고갈됐다.

인생의 밑바닥으로 곤두박질쳐 비로소 나의 상처를 마주하고 나를

이해하기 시작했다. 나는 치유가 필요한 사람이었다.

지옥의 문이 열리고

귀국한 우리 부부는 30대 중반이었지만 둘 다 무일푼이었다. 일단 안산에 있는 시댁으로 들어갔다. 막냇동생은 그사이 신림동에서 한 번 더 이사했다. 60대 중반이 넘은 아버지는 예전보다는 덜했지만, 여전히 술을 마셨다. 동생 말로는 1년에 한두 번씩 사라졌다가 일주일 뒤에 거지가 되어 나타났다.

나는 일주일에 한 번씩 친정집에 찾아가 집을 청소하고 아버지에게 식사를 차려주었다. 함께 살 수는 없어도 그렇게라도 아버지를 챙길 수 있는 게 어딘가. 드디어 가족을 위해 뭔가 할 수 있다는 게 기뻤다. 차차 모든 것이 안정되리라고 낙관했다.

그러나 막냇동생은 아버지와 살았던 6년 반을 지긋지긋해하고 있었다. 내가 돌아오자 더 이상 아버지와 살지 않겠다고 선언했다. 동생에게 아버지를 맡기는 건 무리였다. 내가 가끔 살림을 도와준다고 해결될 일이 아니었다. 아버지의 거취를 결정해야 했다. 마음이 점점 무거워졌다.

귀국한 지 한 달도 안 되어 단단한 현실의 벽에 부딪혔다. 한국으로 돌아오기만 하면 동생들의 짐을 벗겨줄 수 있을 줄 알았다. 그런데 정작 해결책은 갖고 오질 못했다. 러시아로 떠나기 전과는 달리 결혼해 내 가정이 생겼다는 게 얼마나 큰 의미인지 깨달았다. 집도 없으니 아버지를 모시고 살 수도 없었다. 할 수 있는 일이 별로 없음을 깨닫고 무력해졌다.

2003년은 내 인생의 분기점이었다. 전에 겪었던 어려움과는 비교도 되지 않는 최악의 시간. 흔히 '밑바닥을 쳤다'는 표현대로 내려갈 수 있는 곳까지 내려갔다. 그해 나는 불에 다 타버리고 재만 남았다.

시작은 단순했다. 결혼한 동생이 나서서 아버지가 지낼만한 요양시설을 알아보았다. 동생은 곤지암에 있는 요양원을 찾아냈다. 그곳에 가보니 몸 건강한 어르신들이 각자 자기 방을 쓰면서 지내고 있었다. 외출도 자유로웠다. 여자 원장은 병이 있으면 거기서 생활할 수 없다며 건강 상태를 증명할 자료를 요구했다. 상담을 마치고 돌아오는 길에 아버지에게 간단한 건강검진을 받게 했다.

일주일 후 동생이 검진 결과를 문자로 알려왔다. 아버지의 간과 폐에 이상소견이 있으니 정밀 검진을 받으라는 내용이었다. 문자를 보자마자 가슴이 '쿵' 하며 불안이 올라오기 시작했다. '그렇게 술과 담배를 많이 하셨으니 당연히 간과 폐가 정상일 리 없지. 무슨 문제가 있는 게 당연해. 그런데 만약 큰 병이면? 암이라도 발견되면?' 별별 생각이 다 들었다. 안산 고대병원에 검진 예약을 해놓고 기다렸다. 그때부터 불면증이 시작됐다. 음악을 틀어보기도 하고 한밤중에 거실을 빙글빙글 돌며 걸어보아도 소용이 없었다. 하룻밤을 불면으로 날려 보내면 다음 날은 피곤해 잠이 들었다. 그렇게 이틀에 한 번씩 잠을 잤다.

대학병원이라 검진 결과가 나오는 데까지 3주가 걸렸다. 코아의 특징 중 하나인 '파국적 사고'가 발현되었다. 상상할 수 있는 최악의 상황을 가정하는 것. 그래야만 그 상황을 마주할 전투태세를 갖출 수 있었다. 그런데 이번에는 도무지 마음 준비가 되지 않았다. 만약 아버지에게 큰 병이라도 발견된다면 감당해 낼 자신이 없었다. 분명 안 좋은 결과가 나오리라고 예상했다. 극도의 긴장이 나를 압박했다. 불면에 두통까지 더해졌다. 목 뒷부분부터 시작된 두통은 머리 위로 퍼져 올라갔다.

마침내 검진 결과가 나왔다. 신기하게도 별문제가 없었다. 안도의 한숨을 내쉬었다. '다행이다, 아 감사하다.' 그것으로 내 마음도 평온을 되찾을 줄 알았다. 그런데 문제는 그때부터였다. 불면과 두통은 가라앉질 않았다. 두통이 점점 심해져 마치 머릿속에 폭탄이 설치되어 있는 듯했다. 곧 폭탄이 터져 머리가 날아가 버릴 것 같았다. 병원과 약국을 다니며 진통제를 처방받아도 전혀 듣질 않았다. 평생 가라앉지 않을 끔찍한 두통과 살아야 할지도 모른다는 생각에 공포를 느꼈다.

3월이 되어 부산대학교에 출강하기 시작했다. KTX가 없던 그 시절, 안산에서 부산까지 통일호를 타고 다섯 시간이 걸렸다. 기차 안에서 불안 증세가 나타나 자리에서 일어나 통로 쪽으로 나갔다 들어오기를 반복했다. 옆자리 사람이 이상하다는 듯 나를 힐끗 쳐다보았다. 왼쪽 가슴에 묵직한 통증이 느껴졌다. '이건 또 뭐지?' 통증은 약해졌다 강해졌다 반복하며 찾아왔다.

힘겹게 부산에 도착하여 숙소에서 하루를 묵고 다음 날 두 과목을 수업했다. 수업 시간 전에는 안절부절못하다가도 수업이 시작되면 정신을 똑바로 차리고 강의했다. 얼마나 서고 싶던 대학 강단이었는가. 그런데 첫 학기부터 강의를 즐기기는커녕 수업 준비와 부산에 내려가는 일이 고문이 되었다. 강의를 마치고 구포역에서 수원 가는 기차를 기다렸다. 플랫폼에 서 있는데 비참함이 몰려왔다. 한국에 오면 모든 게 순조로울 거라 여겼다. 그런데 이 무슨 복병이란 말인가. 쌀쌀한 봄바람이 불었다. 러시아에서 불던 바람 못지않게 차가웠다. 눈물이 맺힐 뿐 막막하고 기가 막혀 울음이 터지지도 않았다.

　병원을 찾아 검사했지만, 가슴에는 아무 문제가 없었다. 하지만 통증은 계속되었다. 의사는 스트레스성일 거라고 했다. 다음에는 장이 꼬이는 증상이 왔다. 오른쪽 아랫배에 뭐라 설명할 수 없는 통증이 밤낮으로 괴롭혔다. 아픈 것보다 불안이 문제였다. '대장암에 걸린 거 아냐?' 검진을 받는 게 두려워 바로 병원에 가지 못했다. 그때쯤 우연히 건강염려증이라는 병에 대해 알게 됐다. 증상이 나와 똑같았다. 질병이 없어도 몸에 각종 증상이 나타나고 그걸 큰 질병의 징후라고 추측하며 불안해하는 병이었다. 나는 건강염려증에 걸려 버린 것이다.

　가라앉지 않는 두통이 제일 큰 문제였다. 뇌종양일지도 모른다는 공포에 사로잡혔다. 고대병원 신경외과에서 뇌의 문제는 아닌 것 같다며 신경정신과에 예약을 잡아주었다. 예약한 날짜까지 한 달이나 남아있었다. 그때 바로 신경정신과에 갔더라면 최악의 고통까지는 맛보지 않았을 것이다. 러시아에서 경험했던 죽음에 대한 공포가 다시 엄습했다.

안절부절못하고 초조해 밥맛을 잃었다. 45kg이던 체중이 한 달 사이 38kg까지 줄었다. 걸을 기운조차 없어 길을 가다 주저앉아 꼬마들이 뛰는 모습을 멍하니 쳐다봤다. 어디서 저런 힘이 나는 걸까. 나는 다시는 뛸 수 없을 거라 확신했다.

두통이 너무 심해져 불안이 극도로 치솟은 어느 날 나는 광인이 되어 울부짖었다. 남편은 바로 다음 날로 영등포 건강검진센터를 예약했다. 검사하러 가는 길에 느낀 그 불안, 검진 시간까지 기다리는 몇 시간의 죽을듯한 초조함을 평생 잊지 못할 것이다. 검사 시간이 되어 머리를 하얀 MRI 통 안에 집어넣었다. 두려움과 끔찍한 소음에서 벗어나고자 눈을 감고 쉼 없이 숫자를 세었다.

결과는 정상이었다. 긴장이 풀리며 안도감이 찾아왔다. 이제 괜찮을까 싶었다. 그러나 안정감은 잠시뿐. 두통은 계속되었고 몸 어딘가에 다른 심각한 질병이 있을 거라는 두려움이 떠나지 않았다.

시부모님은 내 증상이 심상치 않음을 감지하셨다. 며느리가 정상적인 사람인지 의심하시는 것 같았다. "네가 믿음이 없어서 그런다. 믿음으로 이겨내야지." 그런 말씀을 하곤 하셨다. 나는 이게 믿음의 문제가 아니라는 걸 알고 있었다. 억울했지만 항변하지 않았다. 그런 말을 하는 사람 옆에 있으면 더 불안해져서 자꾸 피하고만 싶었다. 교회에서 한 형제님이 심방을 오셨다. 형제님은 내 증상에 대해 들으시더니 "귀신이 들렸다"고 말했다. 나는 그의 말을 받아들이지 않았다. 하지만 귀신이 나에게 몹쓸 짓을 하고 있다는 생각이 들었다. 그러자 귀신이 무서워졌다. 귀신은 나를 중병에 들게 하고 결국은 죽게 할 힘이 있는 존재라는 생각이 들었다. 누군가 귀신 얘기를 하기만 해도 심장이 거세게 뛰었다.

러시아에서처럼 집을 떠나 어디론가 떠나고 싶다는 갈망에 시달렸다. 남편이 내 소식을 지인들에게 알렸다. 그러자 어느 목사님이 침을 잘 놓는 집사님 한 분을 소개해 주었다. 그가 큰 침을 내 정수리에 꽂자 신기하게도 통증이 금세 사라졌다. 그는 아산에 있는 본인 집에 가서 침을 계속 맞아보기를 권했다. 나는 그날로 남편과 함께 그의 집으로 갔다. 일주일을 그곳에 머무르며 침을 맞았다. 아이 둘에 넉넉한 살림은 아니었다. 나 외에도 자궁경부암으로 고생하시는 할머니 한 분이 더 있었다. 그의 아내가 매일 아침, 저녁으로 식사를 차려 냈다. 아침이면 아이들이 먼저 깨어 어린이 프로에서 흘러나오는 동요를 따라 불렀다. 그 노랫소리를 들으며 잠에서 깨었다. 나는 다시 노래 부를 수 있을까. 누군가 즐거워하고 기뻐하면 나의 불안과 황폐함은 대조적으로 더 강해졌다.

불안에 우울감이 더해졌다. 해가 질 무렵이 되면 눈물이 주르르 흘렀다. "내가 왜 이렇게 됐을까, 여보? 한국에 오면 좋을 줄 알았는데 이게 뭐야. 나 이제 어떻게 되는 걸까?" "괜찮을 거야. 나을 거야." 남편은 이해할 수 없는 증상과 행동을 옆에서 다 지켜보면서도 전혀 동요하지 않았다. 그저 나를 불쌍히 여길 뿐이었다. 어느 순간 이런 나와 결혼한 남편이 한없이 불쌍해졌다.

아산에서 침을 맞았던 때는 4월 중간고사 기간이었다. 나는 교수님께 전화해 강의를 계속할 수 없다고 말씀드렸다. 교수님은 한번 강의를 중단하면 다시 하기 힘들다며 간곡히 만류했다. "도저히 강의를 준비할 수 있는 상태가 아니에요, 교수님. 기운이 없어서 부산까지 내려가지도 못해요." 교수님은 내 청을 받아들일 수밖에 없었다.

내 차례가 되어 침을 맞으면 그걸로 일과가 끝이었다. 그 일주일 동안은 두통이 없이 지냈다. 그런데도 불안은 끊임없이 나를 괴롭혔다. 이제는 대장암이 걱정이었다. 결국 시댁으로 돌아와 대장암 검사를 받았다. 결과는 정상이었다. 준비도 힘들었지만, 검사를 받고 나서 기운이 소진되었다.

나는 택시를 잡아타고 아는 집사님 댁으로 갔다. 집사님은 늘 내게 "곧 괜찮아진다"고 말씀하시곤 했다. 집사님의 긍정적인 말을 들으면 안심이 되는 듯해서 자주 그분을 찾았다. 나는 집사님에게 백숙 요리를 해 달라고 부탁했다. 염치와 체면을 따질 처지가 아니었다. 침대에 누워 끙끙대는 동안 집사님은 백숙을 요리해 오셨다.

한번은 아버지 집에 갔다가 불안해하는 내 모습을 동생이 발견했다. 동생은 별말 없이 지켜보다가 내가 집에 간다고 하자 "누나, 맛있는 거 사 먹어"하며 만 원권 열 장을 내밀었다. 눈물이 핑 돌았다. 도움을 주려고 왔는데 오히려 내가 도움을 받고 있었다. 빚을 갚기는커녕 내가 짐이 되고 있었다.

러시아 유학 시절 친하게 지냈던 친구 은정이는 내 상태를 대충 알고 있었다. 어느 날 은정이로부터 전화가 왔다. "내가 신문 기사를 봤는데, 아무래도 너 우울증 같아." "우울증?" "응. 검사 한번 받아 봐. 병원 가서 약 먹으면 괜찮아진대." "예약해 놓기는 했어." "언제까지 기다려? 가까운 병원이라도 빨리 가 봐."

우울증…. 낯선 단어였다. 그때까지만 해도 내가 우울증일지도 모른다는 생각은 머릿속에 들어온 적이 없었다. 은정이 말고는 내게 그런 말을 해준 사람도 없었다. 병원에 가면 괜찮아질 수 있다는 말이 터무니없이 들렸다. 나는 천벌을 받은 사람처럼 절망했다. 이런 증상에 치료법이라는 게 있을까.

신문을 찾아 우울증에 대해 읽어보았다. 증상이 나와 똑같았다. 내가 우울증이구나. 마침내 내 병명을 알아냈다. 안산 고대병원 신경정신과 예약 날짜까지는 아직 2주 정도 남아있었다. 하루하루가 지옥 불에 타는 날들이었다. 2주는 너무 길었다.

한번은 신경정신과 전문의로 계시는 장로님이 인도하는 회복 예배에 참석했다. 한 집사님이 우울증으로 죽을 뻔했는데, 그 장로님이 운영하는 병원에 가서 치료받고 회복되었다고 했던 말이 기억났다. 그 집사님에게 전화를 걸어 장로님이 하는 병원 연락처를 물었다. 집사님은 연락처를 가르쳐주며 빨리 가보라고 했다. "저 나을 수 있을까요?" "그럼요. 저는 더 심했어요."

어떻게 나보다 더 심할 수가 있을까. 우울증으로 고통받는 사람들이 많다는 사실을 전혀 몰랐던 나는 그 말이 의아하기만 했다. 어쨌든 집사님의 말은 캄캄한 암흑 속을 비추는 한 줄기 빛이었다. 처음에는 남편과 버스로 찾아가다 길을 찾지 못해 되돌아왔다. 역시 정신과는 가는 게 아닌가. 그러나 며칠 뒤 시아버님께 병원에 데려다 달라고 부탁드렸다. 5월 첫 주였다. 두 달 반 동안 알 수 없는 증상들로 피폐해진 나는 드디어 정신과 문턱을 넘었다. 아버지하고만 연관된 줄 알았던 정신과가 내 삶의 일부로 들어온 순간이었다.

우울증을 진단받다

병원은 송탄역 근처에 있었다. 송탄은 어렸을 때 살았던 평택과 가까워서 친숙한 곳이었다. 길에서 조금 안쪽으로 들어가니 병원 간판이 보였다. 이곳이 나를 살릴까. 아담하고 깔끔하게 꾸며놓은 병원에 들어서는 순간 마음이 편해졌다. 의자에 앉아 차례를 기다렸다. 내 옆에 얼굴이 갸름하고 이목구비가 뚜렷한 미모의 여성이 앉아 있었다. 나이는 나보다 조금 더 들어 보였다. 하늘하늘한 원피스를 입고 휴대폰을 만지작거리던 그녀는 나에게 관심을 보였다.

"자기는 여기 어떻게 왔어?" 처음 보는 사람보고 자기라고 하며 여성스럽고 나긋나긋하게 말하는 목소리가 사랑스럽게 들렸다. 어색하기보다 친근하게 느껴져서 말문이 열렸다. "아는 분이 소개해 주셨어요." "그랬구나. 자기 그동안 엄청 힘들었구나." 마치 내 사정을 다 이해하는 듯했다. 나는 그동안 있었던 이야기를 짤막하게 들려줬다. 그녀는 "흠, 흠" 소리를 내기도 하고 고개를 거세게 끄덕이기도 하면서 '나도 다 알지'라는 신호를 끊임없이 보냈다. "고생했구나. 에휴. 여기 오는 사람들 다 고생 고생하다 오는 거야. 나도 죽는 줄 알았잖아." "언니는 어떠셨어요?" "내 얘기 궁금해? 해줄까?" "네."

그녀는 자신의 이야기를 들려주었다. 그녀도 온갖 신체 증상으로 우울증이 시작됐다. 전국에 있는 병원을 안 가본 데가 없었다. 침대에서 일어나지 못할 정도로 무기력이 심각했다. 어떤 검사를 해도 원인을 밝히지 못했는데, 그녀는 분명 의사가 자신의 병을 찾아내지 못하는 거라고 확신했다. 미국에 있는 유명한 병원까지 가 검사를 받는 지경까지 이르렀다. 거액의 돈을 쓰고서도 원인을 찾지 못했다. 결국 누군가의 권유로 이곳 정신과에 오게 되어 우울증 진단을 받았다. 그때부터 약을 먹었고 신체 증상들이 조금씩 사라지기 시작했다. 검사를 받으러 미국까지 갔다는 이야기가 놀라우면서 이해도 되었다.

"지금은 좀 어떠세요?" "많이 좋아졌지. 그래도 남편하고 사이가 안 좋아서 스트레스가 많아." 이렇게 사랑스러운 여성이 남편과 왜 사이가 좋지 않을까. 우울증을 앓고 있으니 남편이 좀 잘해 주면 좋을 텐데.

우리는 전화번호를 교환했다. 차례가 되어 그녀는 진료실로 들어갔다. 그 후에도 우리는 몇 번 더 병원에서 만났고 통화도 했다. 그녀의 삶에 대해 좀 더 알게 되었지만, 우울증에 대한 이해가 없던 나는 무엇이 그녀를 우울증으로 몰고 갔는지는 파악할 수 없었다. 우리 둘 모두에게 우울증은 실체가 잡히지 않는 괴물처럼 들러붙어 떼어낼 방법이 없는 공동의 적이었다.

내 차례가 되어 진료실에 들어섰다. 장로님은 이미 교회에서 몇 번 본 적이 있는 분이었다. 웃지 않을 때는 까다로워 보이는 인상이었지만 웃는 모습을 보니 인자한 분이라는 신뢰감이 생겼다. 대기실에 비해 진료실이 넓었다. 책장에는 영어로 된 전문 서적들이 빼곡하게 들어차 있었다.

"어떻게 오셨어요?" "너무 불안해서요." 나는 증상을 어떻게 설명해야 할지 갈피를 잡지 못했다. "뭐가 불안해요?" "죽을 것 같다는 생각이 들어 불안해요." 장로님은 코끝을 살짝 찡그리더니 다시 물었다. "언제부터 그래요?" 아버지의 건강검진부터 그동안 있었던 일을 줄줄이 이야기했다. 장로님은 내 말을 끝까지 경청했다. "교회에서는 뭐래요?" "귀신이 들렸대요." "본인 생각은 어때요?" "그건 아닌 것 같아요."

장로님은 피식하고 웃고는 이내 진지한 표정으로 말을 꺼냈다. "본인은 우울하고 불안한 거예요. 그건 약을 먹어야 하는 거지 기도로 해결되는 게 아니에요. 귀신 들렸다고 하는 얘기는 아예 듣지 마세요." 한 교회의 장로님이고 예배까지 인도하시는 분이 그리 말씀하시니 속이 다 후련했다.

"약을 먹으면 정말 나을 수 있나요?" 장로님은 한 20분 정도 약을 먹어야 하는 이유를 설명했다. 세로토닌이라는 신경전달물질에 대해 처음 들었다. 우울증은 본질적으로 이 신경전달물질에 문제가 생겨서 걸리는 병이었다. 약은 그 물질의 분비를 도와주어서 우울한 기분을 조절하고 불안을 낮춰준다고 했다. "내성 같은 건 생기지 않나요?" "이 약은 평생 먹어도 괜찮아요." 장로님은 약에 대한 거부감과 저항감을 누그러뜨리는 말을 덧붙였다.

약을 처방받고 긴 진단용 설문지를 받아 병원을 나섰다. 병원에서 처방받은 약을 바로 먹었다. 분홍색으로 된 알약이었다. 하루 세 번 먹으라고 했다. 시아버님 차를 타고 출발한 지 10분 정도 지났을까. 지난 두 달 반 동안 나를 떠나지 않았던 불안감이 사라지고 있었다. "여보, 신기해. 나 지금 불안하지 않아." "그래?" '약 한 알을 먹었을 뿐인데 어떻게 이렇게 극적인 변화가 있을 수 있지?' 놀란 한편, 이제 살았다는 깊은 안도감에 행복하기까지 했다. 약 한 알로 해결될 일을 그동안 지옥에서 지냈다니. 미리 알고 있었더라면, 더 빨리 알았더라면.

누구나 그런 극적인 약효를 경험하는 것은 아니라는 사실을 그때는 알지 못했다. 맞는 약을 찾기 위해서 병원을 전전하고 용량을 조절하기 위해 노력하는 사람들이 많다는 것도. 처음 먹은 약이 내게 딱 맞았던 건 행운이었다. 곧 우울증에서 벗어나게 될 줄 알았다. 우울증에서 벗어나는 데 3년이라는 긴 시간이 남아있다는 사실을 그때는 알 길이 없었다.

처음에는 아침, 점심, 취침 전 매일 세 번 약을 먹었다. 마치 우울증이 다 나은 듯이 편안했다. 지독했던 불안이 이렇게 말끔히 사라지니 신기하기만 했다. 장로님은 효과가 좋으니 약을 아침, 저녁 두 번으로 줄이자고 했다. 두 번만 먹어도 편안했다. 다시 한 번으로 줄였다. 그 정도도 지낼만했다. 그렇게 하루에 한 알로 몇 달을 지냈다.

곤지암 요양시설에서는 아버지의 검진 결과를 보고 입소할 수 없다는 뜻을 밝혀왔다. 담배를 피우는 사람은 입소 자격 미달이었다. 방법을 찾다가 알고 지내던 한 자매님이 운영하는 요양시설에 대해 듣게 되었다. 나는 자매님에게 전화했다. "자매님, 우리 아버지 좀 받아주시면 안 돼요?" "아버님 처지가 딱하긴 한데 여기서 잘 지내실 수 있을까?" "제발 도와주세요. 가실 데가 없어요." 자매님은 아버지에 대해 잘 알고 있었기 때문에 다른 사람들과 어울려 지내기 힘들다는 걸 간파하고 있었다. 그러나 내가 울면서 호소하자 일단은 모셔보자고 했다.

병원에 다녀온 그 주 토요일에 아버지를 데리고 입소 준비를 했다. 짐은 세면도구와 갈아입을 옷, 속옷, 양말, 수건이 전부였다. 아버지에게는 아버지 소유라고 할 만한 물건이 거의 없었다. 따뜻하고 햇살이 밝은 날이었다.

주변이 산으로 둘러싸인 시설은 내 맘에 쏙 들었다. 치매에 걸린 할머니들이 1층에 있는 큰 방을 함께 쓰셨다. 할아버지들이 쓰는 2층 작은 방 두 개에는 병원 침대가 놓여 있었다. 할머니들이 열 분 정도 계셨고 2층에는 할아버지 한 분뿐이었다. 아버지와 함께 생활하실 분이었다. "저희 아버지 잘 부탁드려요." "아, 걱정 마요. 사이 좋게 잘 지낼 테니."

그런데 아버지를 모셔놓고 와서 얼마 지나지 않아 자매님에게 전화가 왔다.

2층에 계시는 다른 아버님이 자매님 아버지하고 도저히 못 지내겠다고 하시네." "왜요?" "자꾸 담배 달라고 하시고, 돈 꿔 달라고 하시고. 너무 귀찮게 하시나 봐. 여기 오래 못 계시겠어." "그럼 어떡해요, 자매님? 아버지 잘 설득해서 그런 행동 못 하시게 하실 수 없어요? 저희가 곧 가볼게요."

우리는 시설에 자주 가서 아버지를 설득하기도 하고 함께 생활하는 할아버지에게 아버지를 잘 봐달라고 부탁드리곤 했다. 그렇게 시간을 끌었는데 결국 자매님으로부터 최후통첩이 왔다. "자매 아버님이라 어떻게든 해보려고 했는데 도저히 안 되겠어. 아버님은 이런 시설에 못 계셔. 병원 모시고 가, 자매."

더 호소한다고 될 일이 아니었다. "알겠어요, 자매님. 그동안 너무 감사했어요." 나는 동생과 의논해 일단 아버지를 일산 백병원 정신병동에 입원시켰다. 그곳에서 아버지 상태를 정확히 진단한 후에 거취를 결정하기로 했다. 백병원 정신병동은 개방병동이었다. 가족들이 병동 안에 들어가 환자의 생활도 살펴보고 면회도 할 수 있었다. 아버지는 넓은 병동 안을 마음껏 돌아다닐 수 있어 만족했다. 그곳에서 계속 지내고 싶어 했다. 그러나 그곳에서는 장기 입원을 할 수 없었다.

한 달 후 아버지에게 알코올성 치매라는 진단이 내려졌다. 그 진단은 왜 그동안 아버지와 소통이 되지 않았는지, 아버지가 왜 사람들과 어울려 지내지 못했는지 설명해 주었다. 뇌가 정상적으로 작동하지 않았기 때문이었다.

중독과 마찬가지로 치매도 진행성 질병이기 때문에 치료는 불가능했다. 병원에서 아버지가 가실 수 있는 알코올 전문병원을 소개해 주었다. 파주에 있는 치매 전문 요양병원이었다. 한 달 병원비가 50만 원이었고 입·퇴원이 자유로웠다. 무엇보다 장기 입원이 가능했다. 아버지를 바로 이동시켰다. 그 병원에서는 매주 토요일마다 셔틀을 운행했다. 금촌역에서 병원까지 정해진 시간에 면회객을 태우러 오고 다시 역으로 태워줬다. 나는 한 달에 한 번씩 아버지를 면회하러 갔다. 아버지는 2003년부터 2010년 돌아가실 때까지 중간에 인천 병원으로 옮겼던 2년을 제외하고는 인생의 말년을 그곳에서 보냈다.

사망의 음침한 골짜기

약을 너무 빨리 줄였던 탓일까. 약을 먹으면 기분이 좋아지고 생각도 긍정적으로 바뀌었다. 그러나 약효가 종일 지속되지는 않았다. 약을 끊어보려고 힘들어도 참다가 견딜 수 없을 정도가 되면 약을 먹었다. 그렇게 한 것이 우울증을 겪는 내내 불필요한 고통을 더 겪은 원인이었다.

성경 시편 23편에는 "내가 사망의 음침한 골짜기로 다닐지라도 해(害)를 두려워하지 않는 것은 주께서 나와 함께 하시기 때문이다"라는 구절이 있다. 존 번연의『천로역정』에는 주인공 크리스천이 사망의 음침한 골짜기를 통과하는 장면이 등장한다. 이 두 문장에는 기독교인들이 삶에서 겪게 되는 극심한 고통을 '사망의 음침한 골짜기'라는 비유로 표현한다. 2003년부터 시작된 우울증이 바로 사망의 음침한 골짜기였다. 나는 그 시기를 견뎌내지도 이겨내지도 극복하지도 못했다. 내가 한 것은 그저 그 골짜기를 통과한 것이었다. 죽지 않고 있으니 시간이 지나 통과하게 되었다. 내게는 그 자체가 기적이었다.

지난 내 삶을 돌아봤다. 그 이전에는 우울증이 없었을까. 되돌아보니 대학에 입학할 때도, 대학을 졸업할 때도, 러시아에 갔을 때도, 결혼했을 때도 나는 우울증을 겪은 게 분명했다. 인생의 큰 전환점에 서거나 상실을 경험할 때, 좌절을 겪을 때 나는 늘 우울증에 걸렸었다. 그것도 3년에서 5년 정도 주기적으로. 아버지의 알코올 중독이 심해진 주기와 거의 일치했다. 유년기와 청소년기를 지나온 내 몸이 기억하는 그 주기를 우울증으로 반복하고 있던 걸까. 그런데 그때는 어떻게 견딜 수 있었는지, 그 시간을 어떻게 버텨냈는지 신기했다.

차이가 있다면 그때는 아무리 우울하고 힘들어도 일상생활을 어떻게든 꾸려나갔다는 점이었다. 밥을 먹고 잠을 자고 공부하고 책을 읽었다. 그러나 이번에는 달랐다. 모든 일상이 무너졌다. 치료를 받기 전에는 먹고 자고 걷고 숨 쉬는 것조차 제대로 할 수 없었다. 약을 먹기 시작한 후 기본적인 일상은 회복되었다. 그러나 3년 동안 나는 공부를 할 수도 책을 읽을 수도 없었다.

나는 인생이 끝났다고 생각했다. 대학 입학 후에도, 졸업 후에도, 러시아에 가서도 내 인생은 이제 끝났다고 느낀 적이 있었지만, 그때에도 나는 무엇인가를 끊임없이 하고 있었다. 그러나 이제는 정말 아무것도 할 수 없는 상태가 되어버렸다. 아침에 일어나 그 긴긴 하루를 무엇으로 채워야 할지 막막했다. 책과 공부가 내 삶에서 사라지자 시간의 여백이 사막처럼 펼쳐졌다.

사람들을 만나러 돌아다녔다. 6년의 공백이 있었으니 만나고 싶은 사람들이 많았다. 영주에 사는 사촌 언니 집도 다녀오고 친척들을 만나러 전국을 한 바퀴 돌았다. 그런 내 모습이 꼭 1년에 한 번씩 집을 비우고 친척들을 찾아다니는 아버지를 닮아 보였다.

그동안 열심히 살아온 결과가 이거란 말인가. 러시아에서 그 무서운 시기를 겪어가며 견딘 대가가 고작 이거라고? 그립던 고국에 돌아와 그 푸근한 품에도 안겨보지 못하고 이게 뭐란 말인가. 나는 상트페테르부르크에 있을 때보다 더한 외로움을 느꼈다. 고국에서 외국인이 된 듯 기묘한 느낌을 받았다. 한국은 변해 있었고 가까웠던 사람들은 멀어져 있었다. 귀국했을 때 배우 김정은이 하는 "부자 되세요!"라는 광고 멘트를 들었다. 그 멘트가 외계인이 내는 소리같이 생경하고 기이하게 들렸다.

러시아 시인 세르게이 예세닌은 혁명으로 변화한 고국에서 자신을 이방인이라고 표현했다. 그는 결국 상트페테르부르크 이삭 대 성당이 내다보이는 아스토리아 호텔에서 자살로 짧은 생을 마감했다. 혁명 후 유럽으로 망명했다가 다시 러시아로 돌아왔던 천재 여성 시인 마리나 츠베타예바 역시 유럽에서보다 고국에서 더한 고독을 맛보다가 자살로 생을 마감했다. 나 자신을 그들과 동일시했다. 그들을 이해할 수 있었다. 그들과 달리 내가 자살 충동을 느끼지 않았던 건 순전히 죽음의 공포 때문이었다.

죽음의 두려움과 죽고 싶다는 생각은 얼마든지 공존할 수 있었다. 매일 근거 없는 죽음의 공포를 맛보면서도 동시에 죽고 싶다는 생각을 하루도 하지 않은 날이 없었다. 나는 죽음의 문제에 강박적으로 매달렸다. 지금이 아니더라도 언젠가 찾아올 죽음이 미치도록 두려웠다. 이미 러시아에서 시작된 공포가 이제는 내 속에 깊이 둥지를 틀고 잠시도 놓아주지 않았다.

왜 이렇게도 죽음이 두려운 걸까. 생각하고 또 생각했다. '나를 두렵게 하는 것은 죽음을 맞이하는 그 순간인 걸까, 죽음에 이르는 과정에 겪는 고통일까, 죽음 후에 있을 사후의 세계에 대한 불안일까.' 두려움의 실체가 명료하지 않았다. 머릿속은 복잡하게 뒤엉켜진 회로처럼 늘 혼란스러웠다. 뚜렷한 원인도, 해결책도 찾지 못한 채 죽음의 주변을 뱅뱅 돌았다.

톨스토이가 그의 작품 『참회록』에서, 소설 『전쟁과 평화』와 『안나 카레니나』에서, 그 유명한 중편 『이반 일리치의 죽음』에서 집요하게 죽음의 문제를 파고들었다는 사실에 위안이 되었다. 위대한 대작가도 풀지 못하고 죽을 때까지 고민했던 문제라면 나 같은 사람이 쉽게 풀 수 없는 문제임이 당연했다.

우울증이 낫고 나서도 죽음의 문제는 근 20년 동안이나 그림자처럼 나를 따라다녔다. 내가 내린 결론은 이러했다. 나에게는 '멸절 불안'이 있다. 아마도 어렸을 때 아버지가 난동을 부리면 어린 나는 죽을지도 모른다는 공포를 본능적으로 느꼈던 것 같다. 그리고 너무 이른 나이에 갑작스럽게 어머니를 잃은 상처가 작용했을 것이다.

내게 죽음은 폭력과 동의어였다. 그저 자다가 조용히 죽는 죽음이라면 두려워할 이유가 없었다. 거기에는 폭력이 없으니까. 그러나 사고나 재해, 살해, 병으로 인한 죽음에는 폭력적인 요소가 있었다. 당사자가 원하지 않는 방식의 죽음을 강제로 받아들여야만 한다. 죽음은 인간에게 불가항력으로 덮쳐오는 폭력이며 인간의 자유와 존엄을 비웃는다. 나는 죽음을 두려워하지 않고 죽음의 위협에 끝까지 항거하는 인간을 경탄하고 존경했다. 그들은 죽음보다 인간이 강하다는 걸 증명하는 이들이었다. 죽음은 인간을 가장 나약하게 만들고 비굴하게 하는 원인이다. 그래서 나는 존엄사를 지지하고 자신이 원하는 방식대로 죽을 자유가 인간에게 부여되길 원한다.

대학 시절, 죽어야만 하는 인간의 유한성 앞에서 신에게 굴복했던 나는 그때까지도 죽음을 받아들이지 못하고 있었다. 기독교는 죽음을 부정적인 것으로 가르치지 않는다. 죽음은 단지 이 세상에서 하나님의 나라로 가는 문턱에 지나지 않을 뿐, 이 세상의 수고를 다 마친 사람은 죽음을 기쁘게 받아들일 수 있어야 한다고 전한다.

그러나 나는 그런 태도를 획득하지 못했다. 그래서 부끄러웠고 남들에게 드러내기가 힘들었다. 그로부터 20년이 지나고 나서야 죽음이 그렇게까지 두렵기만 한 것은 아니라는 걸 조금씩 깨닫게 됐다. 아버지의 죽음, 그리고 갱년기에 극도의 쇠약함을 경험하면서, 죽음이 육체를 고통에서 해방해줄 수 있는 고마운 존재가 될 수도 있다는 깨달음을 얻었다.

연말이 되면 나아질까 기대했지만, 해를 넘겨도 우울증이 계속되자 병이 얼마나 오래 지속될지 알 수 없다는 불확실성에 낙담했다. 사람들은 우울증에 걸렸을 때 무엇이 가장 힘드냐고 종종 묻곤 한다. 여러 가지가 있지만 나는 외로움과 고립감이라고 대답한다. 우울증에 걸리면 죽음의 공포와 죽고 싶은 마음 외에도 극도의 외로움을 겪는다. 익히 익숙한 외로움이었지만 더 깊고 처절한 외로움이었다.

가끔 한강 공원에서 사람들이 자장면을 시켜 먹는 모습을 보곤 했다. 너무 부러웠다. 나도 언젠가 누군가와 함께 음식을 시켜 먹을 날이 올까. 사람들을 만나도 연결되었다는 느낌이 들지 않았다. 마치 수족관 안에 들어있는 물고기 같았다. 수족관 밖의 사람들은 서로 어울리며 소통하고 함께 살아가고 있는데 나 혼자만 수족관 안에서 사람들이 살아가는 모습을 구경하고 있었다. 그들은 나를 보지 못했다. 나만 그들을 보았다.

우울증의 또 다른 고통은 아무도 나를 이해하지 못한다는 것이다. 사람들은 의지를 다지라거나 믿음을 가지라는 등의 말을 건넸다. 주변에 우울증을 제대로 아는 사람이 없었다. 지금이야 '마음의 감기'라고 불리며 익숙한 질병이 되었지만 20년 전만 해도 우울증에 대한 이해가 빈약했다. 이런저런 충고와 조언들이 부질없었다. 할 수 있는 힘도 없었고 해본들 효과가 없었다.

나는 이해받고 싶었다. 공감의 언어가 절실했다. "네 맘

알아. 얼마나 힘드니?" 그런 말이 듣고 싶었다. 그러나 사람들은 너무 단순한 처방을 내렸다. 맹목적인 낙관주의로 단숨에 나를 우울에서 끌어올리려 했다. 우울증이 '마음의 감기'라는 건 맞는 말이다. 그런데 그 감기로 죽을 수도 있다는 걸 사람들은 몰랐다.

무엇보다 힘든 건 도대체 우울증이 왜 왔는지 이유를 알수 없다는 점이었다. 아버지의 건강에 대한 불안에서 시작되었지만, 원인이 사라졌는데도 우울증이 지속됐다. 더 깊은 원인이 있는 것 같았다. 이유라도 알면 좀 낫겠는데 병이 온 이유를 모르니 답답해 속이 터질 것 같았다. 앞으로 이렇게 죽음이나 다름없는 삶이 계속되리라는 예상과 회복을 기대할 수 없다는 절망감이 목을 조였다. 길고 긴 터널이었다. 언제 끝날지 알 수 없는 터널. 사람들은 이 터널이 반드시 끝난다고 말했다. 그리고 나에게 놀라운 일이 기다리고 있을 거라며 희망을 줬다. 나는 터널 끝에 아무것도 없어도 좋으니 어서 이 터널이 끝나기만을 염원했다.

신앙은 완전히 무너졌다. 하나님이 있다는 믿음은 있었지만, 그 하나님은 내 삶에서 사라졌다. 성경을 읽지도, 기도하지도, 찬양을 부르지도 못했다. 믿는 이들과의 교제도 단절되었고 예배에 참석해도 자리만 채울 뿐이었다. 봉사는 상

상조차 할 수 없었다. 믿음의 이름으로 행했던 모든 행위가
멈춰 섰다. 어떻게 하나님은 나를 이토록 비참하게 버려두
실 수 있을까. 하나님의 완전한 부재. 소스라치게 두려웠다.

각자의 삶을 찾아서

2004년, 동생들의 삶에 큰 변화가 일어났다. 1996년부터
LG전자에서 근무했던 큰동생이 미국 지사로 발령받았다.
내가 귀국하자 바통 터치라도 하듯 동생이 한국을 떠나게
되었다. 나는 기쁜 마음으로 동생 가족을 보냈다. 그동안 아
버지 문제로 가정 중심으로 살지 못한 동생 부부가 이제는
원가족으로부터 홀홀 벗어나 미국에서 홀가분한 마음으로
지내기를 바랐다. 미국에 가서도 동생은 매달 아버지 병원
비 일부를 꼬박꼬박 보내왔다.

    늦깎이 졸업을 한 막내는 활동을 넓혀가며 부지런히 돌아
다녔다. 이제 30대 중반이 된 막냇동생의 결혼이 조금씩 걱
정되기 시작했다. 그런데 어느 날 동생이 활동 중에 만난 아
가씨와 사귀고 있다고 했다. 큰동생이 미국으로 떠나기 전

그 아가씨와 만나는 자리가 마련되었다.

얼마 후 동생은 그 아가씨와 결혼하겠다고 했다. 그리고 일사천리로 상견례와 결혼식이 이어졌다. 12월 초 겨울비가 부슬부슬 내리는 날이었다. 결혼식 날 비가 오면 잘 산다는 말이 있다고 오히려 좋은 징조라고 했다. 나와 큰동생의 결혼식에서는 어머니 자리에 외숙모가 앉으셨다. 그런데 막내는 내게 그 자리에 앉아달라고 부탁했다. 고작 네 살 차이밖에 나지 않는 누나지만 동생에게는 내가 어머니를 대신하는 존재였나보다. 나는 기꺼이 그 역할을 수락했다. 한복집에서 파란 색감의 한복을 빌렸다. 작은 올케의 어머니와 함께 초에 불을 밝히고 아버지 옆에 앉았다. 결혼식을 지켜보는 내내 뭉클했다. 지금 이 자리에 어머니가 계시면 어땠을까. 삼 남매가 모두 결혼하여 어른이 되었는데.

이제 우리 삼 남매는 각자 가정을 꾸려 서로에게서 분리됐다. 아버지가 돌아가시기 전까지 때때로 함께 만나는 시간이 너무도 행복했다. 특히 결혼 초기 아이가 없을 때 우리 부부와 막냇동생 부부는 자주 만났다. 생일을 축하하기도 하고 별일 없이 만나기도 했다.

2007년, 막냇동생의 가정에 조카 가영이가 태어났다. 막 태어난 신생아 때부터 보아온 가영이의 존재는 내게 감동

그 자체였다. 한, 두 살 때까지는 나를 빤히 응시하던 가영이가 세 살 무렵부터 내 존재를 알아차렸다. "꼬모, 꼬모"하며 내게 반말을 쓰던 가영이는 지금도 존댓말 쓰기를 거부한다. 내게도 딸이 생기기까지 조카들은 내 삶의 윤활유였다. 생의 기쁨을 느끼게 하는 마법 같은 존재였다.

귀국 후 남편은 실업자 신세가 됐다. 50통이 넘는 이력서를 보냈지만 어디서도 면접을 보러 오라는 연락이 없었다. 번역을 해서 돈을 벌었지만, 수입이 들쑥날쑥했다. 생계가 불안정한 건 우울증에 걸린 나에게는 치명적인 독이었다. 강의를 그만두고 나서 나에게는 생계를 위해 할 수 있는 일도, 에너지도 없었다.

겨울이 되자 절박해진 나는 믿음은 없었지만, 남편에게 철야 기도에 나가자고 했다. 공교롭게도 어머니가 돌아가신 순복음 교회로 다니기 시작했다. 철야 기도가 끝나면 우리는 교회 근처 편의점에서 컵라면과 어묵을 사 먹었다. 검푸른 한강 물을 바라보며 이 어둠이 언제 끝날까 생각했다.

신기하게도 철야 기도를 시작한 지 3주가 지난 어느 날 대전에서 교사로 일하는 후배에게 전화가 걸려 왔다. 그 후배가 러시아 유학을 가게 된 본인 대신 기간제 교사로 일해줄 수 있는지 물었다. 순간 나는 '됐다!' 하는 생각이 들었다. 다음 날 면접을 보러 간 남편은 그다음 주부터 출근했다. 대전에 원룸을 구해 1년 동안 주말에만 집에 올라왔다.

2005년이 되자 남편은 더 이상 주말부부로 생활하지 못하겠다며 서울에서 출퇴근을 시도했다. 6개월 동안 서울에서 대전까지 출퇴근한 결과, 한 달 교통비 지출이 생활비의 3분의 1 수준이 되었다. 결국 대전으로 이사를 결정했다. 그렇게 대전은 평택과 서울에 이어 내 인생에서 새로운 정착지가 되었다. 그해 여름, 둔산동의 한 아파트에 전세를 구해 이사했다. 내 어머니 이름과 같은 이름의 아파트였다. 살고 있는 아파트 명칭에서 어머니 이름을 매일 확인하는 게 신기했다.

우울증은 조금씩 호전됐다. 우울증 회복 사이클을 그래프로 그려보면 한동안 변화가 없다가 어느 지점에서 약간의 도약을 보이고 또 한동안 변화가 없다가 도약을 보이는 계단식으로 그려진다.

약 외에 가장 도움이 된 것은 일이었다. 2004년부터 다시 대학에서 강의를 시작하면서 천천히 활기가 돌아왔다. 강의할 때 어떤 학생도 내가 우울증을 앓고 있으리라고 상상하지 못했을 것이다. 강의 의뢰가 들어오지 않으면 다시 우울감이 심해졌다.

나는 저녁마다 역 근처에서 가판대를 펴놓고 장사하는 사람들을 유심히 관찰했다. 전에는 생계 때문에 아등바등 살아가는 그들이 안쓰러워 보였는데 이제는 그들의 몸놀림과 외침이 팔팔 뛰는 물고기처럼 생동감 있어 보였다. 어떤 일이든 사람들 속에 자리를 잡고 정직하게 일하는 모습이 부러웠다. 나도 언젠가 다시 사람들 사이에 자리를 잡게 될까.

여행도 큰 도움이 되었다. 우리 부부는 주말에 기차로 갈 수 있는 곳이면 어디든 갔다. 봄에는 산수유와 벚꽃, 매화를 보러 지리산 주변으로, 여름이면 산과 바다가 있는 강원도로, 가을이면 단풍으로 유명한 내장산 자락으로, 겨울이면 따뜻한 남도나 겨울 바다를 보러 동해안으로 떠났다. 해외여행을 갈 정도의 여유는 없었다. 러시아에 가기 전에 국내 여행을 거의 해보지 못했던 우리는 아이가 없는 자유로움을 마음껏 누렸다. 비행기를 타야 하는 제주도나 배를 타야 하는 섬 빼고는 어디든 갔다. 여행할 때만큼은 우울증이고 뭐고 다 잊고 즐거운 기분에 들떴다. 외향적인 성격 덕분에 어딜 가나 사람들이 있으면 우울감이 잠시나마 자리를 비켜주는 듯했다.

자연은 치유력을 가지고 있었다. 특히 나무들 사이를 걸으며 나무들이 뿜어내는 향내를 맡고 멀리 산봉우리 뒤에 또 산봉우리가 솟아있는 풍경을 바라보고 있노라면 잠시나마 마음에 평화가 찾아 들었다.

내게 도움을 주었던 사람은 매주 규칙적으로 전화를 걸어주었던 친구 은정이와 대화 선배였다. 두 사람은 일주일 동안 내가 어떻게 지냈는지 물었다. 나는 떠오르는 대로 두서없이 일기에 적듯 내 감정을 그들에게 들려줬다. 두 사람은 회복을 재촉하지도, 내 상태에 한숨을 짓지도 않았다. 그저 있는 모습 그대로 받아주고 들어주었다. 우울증 환자를 돕는 가장 좋은 방법이었다. 사람들이 나를 걱정하고 잊지 않고 있다는 것이 주는 위안은 컸다.

나는 불가항력으로 닥쳐온 우울증에 대해 부끄러워하지 않았다. 우울증은 숨기거나 창피해할 것은 아니었다. 그래서 어디에 가든지 내가 우울증을 앓고 있다고 말했다. 어디에서 도움이 될 인연을 만날지 알 수 없었다.

남편은 공감 능력이 거의 제로에 가까웠기 때문에 우울증 회복에 관한 한 남편의 기여는 크지 않았다고 생각했다. 하지만 내 곁에 있어 준 것만으로, 나 때문에 힘들어하고 지치지 않은 것만으로도 남편은 일등 공신이었다. 어쩌면 공감

능력이 없었기에 가능한 일인지도 몰랐다. 주위 사람들은 남편의 인내에 혀를 내두르고 최고의 남편감이라는 후광을 씌워줬다.

좋아지고는 있었지만 2005년이 다 지나가도록 우울증에서 벗어날 기미는 보이지 않았다. 3년이 다 되어도 낫지 않는 우울증을 평생 품고 가리라 각오했다. '그래, 벗어날 수 없다면 받아들이자. 우울증과 같이 사는 거지, 뭐.' 그렇게 2006년을 맞이했다. 그런데 기적처럼 2006년은 회복의 해로 다가왔다.

우울증의 끝

아버지는 면회를 갈 때마다 퇴원시켜 달라고 졸랐다. 방을 얻어주면 얼마든지 혼자 살 수 있다고 했다. 그리고 국회의원 선거에 나가야 한다고 조급해했다. "아버지가 어떻게 혼자 살아요?" "왜 못 살아? 방이나 얻어줘. 내가 밥도 해 먹고 다 할 수 있어." "안 돼요, 아버지. 여기 그냥 계세요." "나 국회의원도 출마해야지. 여기서는 아무것도 못 해." 그 말에는 대꾸도 하지 않았다.

입원한 지 3년이 지났다. 아버지의 등쌀에 마음이 약해졌다. "여보, 우리가 아버지 모시고 살면 안 될까?" "괜찮을까?" "한번 해보고 안 되겠으면 다시 입원하시게 하면 안 될까?" "그래봐, 그럼."

그렇게 우리는 아버지를 퇴원시켜 대전으로 모시고 왔다. 결혼하고 한 번 정도는 아버지와 살아보고 싶었다. 이제 우리 집도 생겼고 내가 집에 있는 시간이 많았기 때문에 어쩌면 감당할 수 있을지도 모른다고 생각했다. 병원에만 계속 있게 하는 것이 마음에 걸리기도 했다. 최선을 다해야 후회하지 않을 것 같았다. 아버지는 영락없는 옛 모습으로 돌아갔다. 방에 누워 다리를 꼬고 발가락을 까딱까딱하면서 흘러간 옛 노래를 메들리로 불렀다. 얼마 만에 듣는 아버지의 메들리인지 감회가 새로웠다. 처음에는 아버지가 우리 집에 있다는 사실 만으로도 뿌듯하고 가슴이 뭉클해졌다. 그러나 곧 문제가 생기기 시작했다.

아버지는 낮이면 아파트 경로당에 갔는데, 며칠 지나지 않아 전화기가 울렸다. "거기 허성운 할아버지 댁이오?" "네, 그런데요." "실례지만 누구시오?" "저 딸인데요." "아, 이런 말 하기 미안한데. 아버님 좀 모셔가요. 아버님이 경로당에 오시면 사람들한테 담배 달라, 돈 달라 아주 사람들을 불편하게 해서 곤란해요. 아버님은 여기 오시면 안 돼요. 사람들이 아주 질색해. 따님이 잘 얘기해서 못 오시게 해요." "네, 알겠습니다. 죄송합니다."

역시 아버지는 사람들과 어울려 지낼 수가 없었다. 아버지에게 화가 나면서도 경로당에 나오는 어르신들이 좀 야박하다는 생각도 들었다. 그러나 남에게 피해를 줘서는 안 될 일이었다. "아버지, 경로당 가지 마세요. 거기 할아버지들이 아버지 때문에 힘들어들 하신대요." "내가 뭘 어쨌다고?" "담배 달라, 돈 달라 그러셨다면서요? 그렇게 하면 사람들이 다 싫어해요. 이제 가지 마시고 집에 계셔요."

아버지는 한동안 경로당 출입을 삼가고 집에서 시간을 보냈다. 그렇게만 지내도 괜찮았다. 하지만 얼마 지나지 않아 심심해진 아버지는 다시 경로당에 가기 시작했고 또 전화가 왔다. 그렇게 3개월을 버텼다. 남편에게도 미안해졌다. 남편도 조금씩 스트레스를 받기 시작했다. 우울증이 있는 아내와 알코올성 치매까지 있는 장인까지 남편이 감당해야 할 이유는 없었다. 결국 아버지를 다시 입원시키는 수밖에 없다고 결론을 내렸다. 3개월을 밖에서 계셨으니 그래도 갑갑증이 좀 풀리셨으리라 스스로 위안했다. 아버지는 순순히 다시 병원으로 돌아갔다.

　우리는 대전에 와서 한 교회에 정착해 다녔다. 교회에서 운영하는 소모임에서 내 우울증에 대해 말하면 다들 가만히 들어줬다. 특히 소모임 리더의 아내는 과거 자신에게도 심한 우울증이 있었다면서 약을 먹지 않고 극복한 얘기를 들려주었다. 나에게 꼭 나을 거라며 희망을 줬다. 부동산을 하던 한 여자 집사님은 사업 실패와 질병 등 온갖 고난을 겪은 분이었다. 내 얘기를 들을 때마다 "언제 한번 집에 갈게"라고 했다. "언제 오실 거예요?"라고 물으면 "너무 바빠서. 그래도 꼭 한번 갈게"라고 했다. 아버지를 다시 입원시키고 난 어느 날 집사님에게 전화가 왔다. "내가 한번 가려고 했는데 도저히 시간이 안 되네. 미안해서 전화라도 했어."

　집사님은 아버지를 왜 집에 모시지 못했는지 물었다. 그냥 모시고 살지 그랬느냐고 말씀하시고 싶은 눈치였다. 나는 자신을 변호하고 싶었다. 그래서 시작된 이야기가 어느덧 나의 어린 시절을 거슬러 내 인생 전체로 확장됐다. 그런데 내가 말하는 동안 집사님은 단 한 번도 "으응"이나 "그랬구나"라는 짧은 응답조차 없었다. 온몸이 귀가 되어 내 말을 듣고 있었다. 무려 두 시간 동안 내 이야기가 이어졌다.

이야기하다 울먹거리기도 하고 그러다 또 이야기를 이어갔다. 누군가 내 말을 그렇게 오랫동안 끊지 않고 들어준 적은 없었다. 말을 마치고 나는 집사님이 어떤 충고를 할지 기다렸다. 그런데 집사님의 말은 아주 짧았다. "그동안 정말 수고 많았네. 잘 살아왔어." 그게 전부였다. 그리고 전화를 끊었다.

그런데 신기한 일이 벌어졌다. 내 눈에서 폭포 같은 눈물이 쏟아지기 시작했다. 서러움의 눈물도, 슬픔의 눈물도 아니었다. 이해받은 데서 오는, 가슴 깊은 곳에서 차오르는 감동의 눈물이었다. 순간 나는 내가 듣고 싶었던 말을 들었음을 깨달았다. '이거였구나, 내가 원했던 것이.' 그리고 동시에 하나의 통찰이 섬광처럼 뇌를 0.1초 만에 스쳐 지나갔다. '죄책감! 그거였구나, 내가 아팠던 이유가.' 집사님이 가르쳐 준 것이 아니었다. 수고했다, 잘 살아왔다는 그 말을 듣는 순간 내 마음속에서 뭔가가 풀린 것 같았다. 비밀의 문을 굳게 채워놓았던 자물쇠가 열리고 그 안에 무엇이 있었는지가 드러났다.

그리고 나는 기다리고 기다리던 순간이 도래했음을 알았다. 내가 우울증에서 벗어났다는 것을 말이다. 폭포처럼 흐르던 눈물은 잦아들고 시냇물 같은 눈물이 줄줄 흘렀다. 나는 바깥으로 나와 천이 내려다보이는 비탈에 앉았다. 4월이었다. 새하얀 목련이 바람에 흩날렸다. 따스한 봄 햇살이 흐르는 물과 깔깔거리며 장난을 쳤다. 온 세상이 생명의 약동으로 떨리고 있었다. 3년 동안 산 채로 무덤 속에 갇혀 있던 내가 무덤 밖으로 나오고 있었다.

회복은 홀연히 찾아왔다. 전혀 예상하지 못했던 순간에, 전혀 예상하지 못했던 방식으로. 그날 0.1초 만에 내가 깨달은 우울증의 작동 방식은 이런 것이었다. 결혼한 후, 더 이르게는 러시아로 유학을 떠나면서부터 내 마음에는 원가족에 대한 죄책감이 자리 잡았다. 시간이 지나도 죄책감은 해결되지 않았고 한국에 돌아와서 책임을 다함으로써 해소될 줄 알았다. 그러나 한국에 돌아와도 할 수 있는 일이 별로 없자, 해소되지 않은 죄책감은 결국 나를 처벌했다. 죄책감에는 용서 아니면 처벌 밖에는 해결책이 없기 때문이다. 나는 자신을 용서하지 못했다. 가차 없는 내 양심은 나를 처벌하여 정신적 죽음을 선고했다. 3년이라는 기간은 나의 무의식이 선고한 형벌의 기간이었다. 그 시간이 다 차서 드디어 내 양심은 내게 방면을 명했다. 만약 집사님의 말을 듣지 못했더라면 그 기간은 더 길어졌을지도 모른다. 그 말을 듣고 나서 나의 무의식이 나를 놓아주었기 때문이다.

그리고 드디어 하나님에 대한 오해가 해결됐다. 나를 벌한 것은 내 양심이었지 하나님이 아니었다. 왜 그것을 더 일찍 깨닫지 못했을까. 모든 일에는 때가 있는 법. 깨달음에도 적합한 때가 있는 모양이었다. 나는 거짓된 죄책감으로 고통받았음을 알게 됐다. 집사님의 말을 통해 내 잘못이 아니라는 사실을 받아들이게 되었다. 러시아에 간 것도, 결혼해서 돌아올 수 없었던 것도 내 잘못이 아니었다. 나로서는 그 순간 최선을 다한 것일 뿐, 가족이 고통스러워한다고 해서 그게 내 탓은 아니었다. 러시아에서도 내 잘못이 아니라고 말을 해준 사람들이 많았다. 그러나 나는 한사코 "아니야, 내 탓이야."라고 말했다. 그만큼 경직되어 있었고 어쩌면 고집스러웠다.

스물세 살 대학 시절에 종교적 거듭남을 체험한 이후 다시 한번 커다란 정신적, 영적 변화를 경험했다. 그때만큼 극적이지는 않았지만 확실하면서도 돌이킬 수 없는 변화였다. 그 후 인간에 대한 나의 이해의 범위가 비교할 수 없을 정도로 확대됐다. 소위 정상 범주 바깥에 있는 현상들이 더 이상 이상한 것으로 여겨지지 않았다.

우울증을 비롯해 불안장애, 공포증 등 정신 문제에 관한 책을 읽기 시작했다. 그리고 '코아'라는 단어를 접하게 됐다. 코아(COA)는 '알코올 중독자의 자녀'(Children of the Alcoholics)라는 영어 단어의 약자였다. '역기능 가정'이라는 용어도 만났는데, 그 용어가 알코올 중독자 가정을 연구하면서 생겨났다는 것도 알게 됐다. 나와 같은 사람이 특정한 용어로 정의되고 내가 가지고 있는 특성이 학문적인 연구 대상이 되어 있다는 사실이 놀랍고 새로웠다.

자신을 객관적 시각으로 바라보기 시작했다. 우울증의 원인이 멀게는 어린 시절, 알코올 중독자 아버지를 둔 쓰라린 경험에서 비롯되었다는 사실을 알게 됐다. 지나치게 책임감이 강하고 스스로 많은 것을 떠맡으려고 하는 내 성향은 우울증에 취약했다. 우울증에 걸리지 않는 게 오히려 이상할 정도였다. 중독이 대물림되는 경향이 강하다는 걸 고려하면 우리 삼 남매 중 알코올 중독자가 출현하지 않은 게 기적이었다. 우리는 중독이라는 환경에서 살아남은 생존자라는 대가로 각기 다른 방식으로 아파야 했다. 우울증은 나를 가장 먼저 찾아왔고 이어 큰동생에게 찾아갔다. 다행히 막내는 우울증의 방문을 피했다.

나의 관심은 자신을 넘어서 정신적인 어려움을 겪는 사람들에게로 확장됐다. 언젠가부터 내 주변에 우울증, 불안장애, 사회 불안증, 성격장애, 심지어 조현병으로 고통받는 사람들까지 나타났다. 정신적으로 아픈 사람들이 넘쳐나고 우리 사회가 그런 이들을 낳을 수밖에 없는 혹독하고 잔인한 사회임을 목격했다. 전에는 이해의 영역 밖에 있던 이들을 이해하고 공감하게 됐다. 언젠가 심리상담을 공부해 그런 이들을 돕겠다는 새로운 꿈을 꾸기 시작했다. 무려 17년이라는 세월이 흘러 나는 그 꿈을 실현하기 위한 걸음을 떼었다.

우울증을 겪은 내 경험으로부터 발견한 코아의 특징은 지나친 책임감과 죄책감이었다. 특히 맏이로 자란 코아가 그런 특징을 갖게 될 가능성이 높다. 원가족 안에서 유년 시절에 감당할 수 없는 책임을 지는 것이 습관이 되었기 때문이다. 누가 부과하지 않아도 스스로 과도한 책임을 짊어지면 언젠가 코아는 그 무게 아래에서 정신적으로 무너진다. 책임을 감당하지 못하면 이내 죄책감이 그를 덮쳐오기 때문이다. 무엇이 나의 책임이고 무엇이 아닌지 코아는 스스로 구분하지 못한다. 그래서 남의 몫까지도 짊어지려 하다가 실패할 때 죄책감을 느껴 우울증에 걸리기 쉽다. 문제는 이런 과정이 코아 자신에게 잘 인식되지 않는다는 것이다.

보상은 없다

우울증을 겪을 때 좋았던 것이 딱 하나 있었다. 바로 비교 의식과 경쟁심이 사라졌다는 점이다. 남과 비교한다는 건 우울증 환자인 나에게는 사치 중의 사치였다. 남들이 어떤 성취를 하든 무슨 찬사를 듣든 나와는 상관없는 일이었다. 세상사가 관심의 영역에서 물러나 버렸기 때문에 주변에서 일어나는 일에 자극받지 않았다. 그런 마음 상태가 계속 유지되기를 바랐다. 마침내 나의 과대자기가 사라진 줄 알았다.

그러나 우울증이 해결되자 의식 뒤편으로 밀려나 있던 과대 자기와 비교 의식이 다시 전면에 나타났다. 무려 3년 동안이나 아무것도 하지 않고 시간을 날려버렸다는 현실을 깨달았다. 그동안 어떤 후배는 교수가 되고 어떤 동료는 논문을 쓰고 번역서를 출간하고 프로젝트를 수행했다.

마흔한 살이 되어 인생에서 처음으로 꼴찌라는 씁쓸한 자괴감을 맛보았다. 늘 일등을 놓칠까 봐 전전긍긍했던 학창 시절에는 위로 올라갈 일만 남은 꼴찌를 부러워한 적도 있었다. 그러나 막상 꼴찌라는 생각이 드니 비참함이 이루 말할 수 없었다. 마흔이면 이미 성공을 맛본 사람들도 적지 않았다. 자신의 분야에서 입지를 굳히기 충분한 나이였다. 그러나 그때까지 한 일이라고는 공부밖에 없는 나는 사회에 이제 막 첫발을 내디딘 사회 초년생이었다. 학위를 딴 것 말고는 아무것도 이룬 게 없었다. 최소한 중간은 가야 한다는 생각으로 잃어버린 시간을 따라잡기 위해 노력하기 시작했다.

내가 대학을 졸업했던 당시에는 취직이 잘됐다. 같은 과를 졸업한 동기들은 모두 사회의 어디선가 자리를 잡았다. 그 물결을 타지 못한 나는 2,000년대에 20대 청년들과 함께 시대의 흐름 속에 표류했다. 대학을 나와도, 스펙을 쌓아도 취업이 되지 않는 청년들의 비애와 좌절은 내 일이기도 했다. 기회를 잃은 세대였다. 나는 시대를 잘못 타고났다는 피해의식에 사로잡혔다. 문학을 비롯해 인문학이 죽은 시대에 내가 하는 일에 자부심을 가진다는 건 어떻게든 살기 위한 발악과도 같았다.

어린 시절 꿈꾸었던 것과 같은 보상은 없었다. 나는 보상이 없다는 사실을 받아들이기가 억울했다. 그동안 살아온 삶이 전부 부정당하는 것 같았다. 그러나 그게 인생이었다. 어쩌면 나는 내가 원했던 방식이 아닌 다른 방식으로 충분히 보상받았는지도 몰랐다. 어린 시절 내게 필요했던 건 안전하고 두려움 없는 가정이었다. 지금 그런 가정을 꾸리며 살아가는 자체가 어쩌면 이미 보상이었다. 성공이 곧 보상이라는 세상의 기준에는 맞지 않지만 말이다.

뭔가 되어야 하고 더 해야 하고 대단한 성취를 이뤄야 하는 강박에서 벗어날 때가 됐음을 깨달았다. 흔들리며 왔지만 여기까지 오느라 수고한 나를 인정해 주어야 했다. 나를 가혹하게 대했던 삶을 그대로 수용하기를 배워야 했다.

50이 넘어서 비로소 진정 내가 원하는 삶, 내가 정말 하고 싶은 일들에 대해 고민하게 됐다. 어릴 적 꾸었던 작가라는 꿈이 의식의 수면 위로 떠올랐다. 재능이 부족하다는 이유로 포기했던 그 꿈, 언젠가 되살아날지도 모른다는 막연한 기대로 마음 한구석에 조심스럽게 접어두었던 그 꿈을 다시 꺼내 살포시 펼쳐보았다. 용기가 없어 미뤄두고 실패가 두려워 밀쳐두었던 그 꿈을 더 이상 외면할 수 없었다. 실패하더라도 시도조차 하지 않는다면 죽음이 찾아온 그날 가장 후회할 일이 되지 않을까. 내 삶에 일어난 모든 일이 언젠가는 글감이 되리라고 생각했다. 글감은 이제 쌓일 만큼 쌓였다. 용기를 내 보기로 했다. 삶이 내게 건넨 레몬으로 레모네이드를 만들 시간이 됐다. 그 첫걸음으로 이 글을 쓰기 시작했다.

6부

이별

아버지는 내 인생에서 영원히 사라지지 않을 줄 알았다.

그러나 결국 아버지와 이별할 순간이 다가왔다.

나는 아버지를 수용하고 비로소 아버지에게 헌신할 수 있었다.

내 인생에서 잘한 일 중 하나는 아버지를 버리지 않은 것이었다.

면회 가는 길

아버지가 계신 파주 요양병원은 나지막한 산 아랫자락 호젓한 장소에 있었다. 정문을 통과하면 병원 마당이 나왔고 정면으로 병원 건물이 보였다. 나무와 꽃을 곳곳에 가꾸어 놓았다. 오른쪽으로 면회실을 겸한 식당 같은 건물이 있었는데, 면회객들이 오면 그곳에서 챙겨온 음식을 먹기도 하고 이야기를 나누기도 했다. 면회실 안에서는 간단한 음료수나 과자를 팔았다.

면회를 신청하고 기다리고 있으면 10분쯤 후에 아버지가 간호사와 함께 면회실로 들어왔다. 흰 바탕에 파란색 잔무늬가 있는 환자복은 아버지의 마른 몸을 감싸기에는 커 보였다. 입원한 후 볼록 나왔던 뱃살도 다 빠지고 운동 부족 때문인지 허벅지와 종아리가 유독 가늘었다. 우리는 늘 면회실 앞쪽에 놓인 소파에 앉아 이야기를 나눴다. "어떻게 지내요, 아버지?" "별일 없어." "심심하진 않으세요?" "심심하진 않아."

아버지는 나와 대화하는 중간중간 주변에 누가 있는지 연신 두리번거렸다. 아는 환자가 있으면 아는 체를 했다. "내 딸이야. 러시아 유학 갔다 왔어." 동생들이 오기라도 하면 영락없이 "내 아들이야. 서울대학교 나왔어"라며 자랑했다. "어이구, 자식 잘 두셨네." 그 소리를 들으면 아버지 얼굴에 득의만면한 미소가 번졌다.

아버지는 폐쇄병동에 있었기 때문에 병원 생활을 어떻게 하는지 직접 확인할 수가 없었다. 아버지 말을 통해서만 대충 짐작할 뿐이었다. 한 방에 대여섯 명의 남자들이 함께 생활하고 매일 프로그램을 해서 시간은 잘 간다고 했다. 아버지는 매번 사탕과 콜라를 사 달라고 했다. "아버지, 이런 거 드시면 이 상해요. 다른 거 드세요." "난 이게 좋아." 담배를 오래 피운 탓인지 유난히 단 것을 좋아했다. 면회를 마치고 돌아갈 때는 사탕과 건빵을 몇 봉지씩 사 달라고 졸랐다. "내가 저번에 다른 사람한테 얻어먹어서 이번에는 내가 살 차례야. 얻어먹기만 할 수는 없잖냐." 맞는 말이었지만 사실인지는 확인할 수 없었다. 오래전에 해 넣은 틀니가 자꾸만 빠지고 검어지는 게 단 음식을 많이 먹은 탓인 것 같았다.

"아버지, 여기 있는 사람들 다 가족이 면회와요?" "연고가 없어서 여기서 계속 사는 사람들도 있어. 불쌍해." "아버지는 자식들이 면회 와 좋아요?" "좋지, 그럼. 언제 오나 그거만 기다리는데…." 대화는 늘 이런 식이었다. 특별한 사건이 없는 병원 일상이나 다른 사람들과 지내는 얘기는 화젯

거리가 되지 못했다. 말없이 그저 앉아 있는 시간이 면회 시간의 절반을 채웠다. 간호사가 아버지를 데리러 오면 아버지는 자리에서 일어나면서 "만나면 반갑고 헤어지면 서운하고…." 이 말을 연극 대사처럼 되풀이했다. "다음 달에 또 올게요, 아버지. 잘 지내세요." "그래." 아버지는 사탕과 건빵이 든 검은 비닐봉지를 소중히 들고 손을 흔들었다. 뒤로 돌아 병동으로 들어가는 아버지의 등이 구부정해 있었다.

막냇동생네 조카 가영이가 세 살쯤 되었을 무렵 어버이날에 동생 가족과 함께 면회했다. 가영이는 어린이집에서 카네이션을 만들었다며 할아버지에게 드리겠다고 가져왔다. 꼬물꼬물한 작은 손으로 만든 카네이션이 제법 모양을 갖추고 있었다. "와, 할아버지 보시면 좋아하시겠는걸. 우리 가영이 최고!" 칭찬받은 가영이는 으쓱해져서 병원 마당에 있는 소나무 주위를 빙글빙글 돌며 뛰었다. 아버지에게는 손녀에게 받는 첫 번째이자 마지막 카네이션이었다. "아버지, 카네이션 오늘 하루 종일 달고 계세요." "그럼 그래야지."

중독으로 허망하게 날려버린 세월이 야속했지만, 대를 이어 아버지의 자손이 자라고 있었다. 그것만으로도 아버지의 삶이 전혀 헛된 것만은 아닐지도 몰랐다. 그날 우리는 아버지를 모시고 근처에 있는 파주 영어마을과 헤이리마을로 나들이를 갔다. 병원 밖으로 나온 아버지는 기분이 들떴다. 그런 시간을 좀 더 많이 가질 수 있었으면 좋았을 텐데 그날이 유일한 나들이였다.

어느 날 파주 요양병원에서, 병원에 환자가 꽉 찼다며 아버지를 인천에 있는 병원으로 옮겨도 되겠느냐는 연락이 왔다. 인천 병원은 폐쇄병동이 아니라고 해서 그렇게 하기로 했다. 병원은 도로변에 있는 빌딩에 있었고, 한 층 전체에 노인들만 지내고 있었다. 큰 방 몇 개에 할아버지들과 할머니들이 나누어 방을 썼는데 각자 병실 침대를 사용했다. 큰 거실이 있어 그곳에서 대화도 나누고 바둑을 두기도 했다. 아버지가 생활하는 모습을 직접 볼 수 있는 게 좋았다.

인천 병원에는 파주 요양병원보다 힘센 남자 간호사들이 많았다. 아버지는 가끔 지나가는 한 남자 간호사를 보고 욕을 해댔다. "저놈이 나를 침대에 묶었어. 나쁜 놈이야, 아주." 그 간호사는 자초지종을 설명했다. 가끔 난폭해지는 아버지를 저지하기 위해 침대에 손발을 잠시 묶는 경우가 있다고 했다. "그래도 아주 꽉 묶는 건 아니에요. 금방 풀어 드려요." "네⋯." 상황을 정확히 모르니 항의를 할 수 없었다. 병원을 믿는 수밖에, 그리고 아버지를 달래는 수밖에 없었다.

하루는 병원에 들어서니 거실에 노래방 기계가 놓여 있고 할머니, 할아버지들이 모여 앉아 노래를 부르고 있었다. 아버지는 잠시 나와 이야기를 나누고는 노래를 불러야 한다며 거실로 나갔다. "여기 있어라. 나 노래 부르는 거 들어." "네." 나는 거실 의자에 자리를 잡고 앉았다. 한 분씩 나와 마이크를 잡고 반주에 맞춰 옛 노래를 불렀다. 노래를 부르는 동안에는 할머니, 할아버지들의 표정이 눈에 띄게 밝아졌다. 간호사들과 내가 청중이었다. 열심히 박수치고 환호를 보내기도 했다.

아버지 차례가 되었다. 울고 넘는 박달재. 아버지 십팔 번이었다. 아버지는 소리를 꺾어가며 제법 구수하게 노래를 부르는 편이었다. 그런데 반주보다 빠르게 노래를 부르며 끝까지 박자를 맞추지 못했다. 그래도 열심히 부르는 모습이 우습기도 하고 뭉클하기도 했다. 마이크를 잡았으니 한 곡으로 끝낼 수 없다는 듯 연달아 몇 곡을 불러제꼈다. 다른 할아버지들의 항의를 받고서야 자리로 돌아왔다. 노래가 계속 이어지는 가운데 나는 아버지에게 손을 흔들고 병실을 나섰다. 아버지도 그날은 손만 번쩍 들어 흔들 뿐 나를 따라 나오지 않았다.

2008년에 아버지 성화에 못 이겨 한 번 더 집에 모셔 온 적이 있었다. 그런데 어느 날 아버지가 아무 말도 없이 사라졌다. 나는 친척들 집에 전화를 돌렸다. 아버지가 다녀갔다고는 하는데 지금은 어디 있는지 아무도 몰랐다. 아버지 소재를 파악하지 못한 채 일주일이 흘렀다. 일주일 후 아버지가 홀연히 집에 나타났는데, 그 몰골이라니! 입고 나간 옷은 흙과 먼지로 뒤범벅되어 있었다. 머리칼은 헝클어지고 얼굴은 새까맸다. 바지 주머니는 구겨진 천 원, 만 원짜리 지폐로 불룩해져 있었다.

하루는 비가 오는 날 아버지가 밖에 나갔는데, 누군가 벨을 눌러 나가보니 초등학생 남자아이가 아버지를 부축해 들어왔다. "할아버지가 길에 쓰러져 누워계셨어요." "이런 기특하기도 해라. 정말 고맙다, 얘야." "아니에요." 아이는 쑥스러워하며 발길을 돌렸다. 아버지는 술에 취해 빗길에 쓰러져 옷과 얼굴에 진흙이 잔뜩 묻어있었다.

며칠 후 아버지는 다시 병원으로 돌아갔다. 다시는 아버지를 퇴원시키지 않겠다고 결심했다. 병원 밖에 있다가는 아버지가 길에서 돌아가실 수도 있었다. 파주 요양병원에 자리가 났다고 해서 인천에서 다시 파주로 옮겼다.

마침내 풀린 비밀

내가 코아라는 사실, 그리고 중독이 중독자뿐만 아니라 가족에게도 장기적이고 파괴적인 영향을 미친다는 사실을 발견한 후 나는 어쩌면 평생 갈 수도 있는 긴 치유의 길로 들어섰다. 다양한 치유 프로그램에 참여했고 정신분석과 상담도 받아 보았다. 치유에 관련된 책도 꾸준히 읽었다.

2009년에 치유 사역이라는 것을 접하게 됐다. 일주일에 한 번 강의를 듣고 기도하며 상처를 드러내고 치유하는 방식으로 진행되었다. 나는 충분히 애도하지 못한 상실의 아픔과 혼자 남겨지는 데 대한 공포, 동반 의존, 과도한 성취욕, 파국적 사고 등 치유해야 할 상처 목록에 압도되었다. 몇 년간 이어진 치유 과정을 통해 치유란 극적으로 이루어질 수도 있지만 대부분 매우 느리고 점진적으로 이루어진다는 사실을 배웠다. 치유에 있어서 애도가 필수적이라는 사실도 알게 됐다.

2010년, 러시아 트베리라는 작은 도시에서 대전으로 이민 와 살고 있는 이야라는 이름의 고려인 여성을 만났다. 신앙심이 깊었던 이야는 친구를 통해 한국 남자를 소개받아 결혼했다. 그녀의 남편은 과거 환시와 환촉까지 경험했을 정도로 지독한 알코올 중독자였다. 한번은 괴한이 쫓아와서 도망치다가 죽을 뻔한 적도 있는데, 알고 보니 괴한은 그의 환각이었다. 그는 살기 위해 대전에 있는 '라파'라는 중독자 공동체를 스스로 찾아가 피나는 노력 끝에 중독의 굴레에서 벗어났다. 그 후 건실한 생활인이 된 그는 이야와 결혼해 딸을 낳고 행복한 가정을 이루었다. 나는 이야에게서 그녀의 남편과 라파 공동체에 대해 듣고 흥분했다. '중독자가 중독에서 벗어날 수 있구나. 그런 공동체가 다 있었다니!' 당장 그곳에 가보고 싶었다.

라파 공동체는 당시 보문산 아래 자리하고 있었다. 교회와 공동체가 함께 운영되고 있었다. 도로에서 구불구불하고 좁은 골목을 따라 올라가면 울퉁불퉁한 돌계단이 나왔다. 그 계단을 올라가면 작은 문이 나타났고 그 문을 열고 들어서면 아담한 라파 공동체가 모습을 드러냈다. 작은 마당 왼쪽으로 교회 건물이 있었고 오른쪽으로 중독자들이 생활하는 공간이 있었다. 최소한의 생활이 가능한 소박한 공간이었다. 공동체가 세워진 지는 벌써 10년이 넘었다. 그동안 무수한 중독자들이 공동체를 거쳐 갔는데 목사님은 열 명 중 두 명 정도가 중독에서 벗어났다고 했다. 경이로웠다. 중독은 치료할 수 없고 오로지 격리만 가능하다는 비관적인 생각이 여지없이 깨졌다. 중독에서 회복되어 정상적인 삶을 살아갈 수 있다니. 꿈이요, 기적이라고밖에는 말할 수 없었다.

공동체에서는 일주일에 몇 차례씩 교육이 진행되었다. 중독자의 자녀라는 자격으로 나는 매주 한 번 교육에 참석했다. 처음으로 병원 밖에서 중독자들을 만났다. 그들의 입에서 나오는 이야기를 듣는 것도 처음이었다. 중독자들이 그렇게 말을 잘하고 자신의 상태를 정확히 알고 있으며, 중독에 대한 이해가 그렇게 깊다는 사실이 충격적이었다. 중독에서 벗어나고자 하는 그들의 갈망은 처절했다. 그들의 이야기를 들을 때마다 '우리 아버지도 젊었을 때 저랬을까, 아버지도 저렇게 힘들었을까…' 하는 생각이 절로 들었다. 가망 없는 인생으로 보였던 중독자가 노력하기에 따라서 회복될 수 있는 망가진 보석 같은 존재라는 인식에 처음 눈을 떴다. 술을 먹지 않을 때 그들은 너그러웠고 유머 감각이 풍부했으며 인간다웠다. 나는 그들 사이에 끼어 마냥 그들의 인생 이야기를 듣고만 싶었다. 무용담처럼 펼쳐지는 경험담은 들어도 들어도 새롭고 다채로웠고 슬펐다.

라파 공동체를 알고부터 오랫동안 내 안에 잠재되어 있던 물음이 되살아났다. 도대체 아버지는 왜 중독자가 된 것일까. 공동체 안에서 중독자들은 자신이 중독에 빠진 근본적인 원인을 알고자 교육받고 자신을 성찰하고 있었다. 그 원인을 밝혀내는 게 회복에 결정적인 영향을 주었다. 자신에 대해 파악하고 중독의 원인을 찾아내어 회복의 여정을 걷고 있는 그들과 아버지의 모습이 겹치면서 부럽기만 했다. '아버지도 젊었을 때 이곳에 오셨다면 회복될 수 있지 않았을까.' 그런 물음이 떠오를수록 가슴이 진하게 아려왔다. 아무런 도움도 받지 못한 채 평생을 중독의 노예로 살아온 아버지가 가여웠다. 누군가 아버지를 제대로 도와주었다면 다른 인생을 살 수도 있지 않았을까. 이제는 너무 늦어버려서 할 수 있는 게 아무것도 없었다.

그래도 아버지에게 한번 물어봐야겠다고 생각했다. 어쩌면 중독의 원인만큼은 알아낼 수 있을지도 몰랐다. 마음을 단단히 먹고 아버지를 면회했다. 이런저런 얘기를 잠시 나누다 느닷없이 질문을 던졌다. "아버지, 아버지는 왜 그렇게 술을 드셨어요?" "세상이 내 맘대로 안돼서 마셨지." "세상이 내 맘대로 안된다고 다 술 마시나? 혹시 아버지 어렸을 때 무슨 가슴 아픈 일 있었어요?" 다른 때 같으면 "그런 거 없었다"고 했을 아버지였다. 그런데 그날은 달랐다. 갑자기 아버지가 먼 과거를 회상하는 듯 눈을 가늘게 떴다. 그리고 아버지의 입에서 뜻밖의 이야기가 흘러나왔다.

"전쟁이 나서 이북에서 아버지, 어머니, 형하고 나, 그리고 동생이 피난을 떠났어." "어, 동생이 있었어요? 큰아버지만 계셨던 거 아니에요?" 아버지의 동생 이야기는 금시초문이었다. "있었지. 내가 열세 살이고 동생은 다섯 살이었어. 피난 오고 나서 여름에 동생하고 강에서 헤엄을 치고 놀았어. 그런데 동생이 갑자기 꼬르륵하더니 물속으로 가라앉았어. 내가 손을 써볼 틈도 없이." "네? 진짜요?" 나는 귀를 의심했다. 아버지가 지금 무슨 이야기를 지어내고 있는 게 아닌지 의심스러웠다. 그런 일이 있었다면 왜 지금까지 누구도 말하지 않았던 것일까. 그런데 더 놀랍게도 그 이야기를 하는 동안 아버지의 메마른 눈가가 촉촉이 젖고 있었다. 아버지는 눈물을 흘리지는 않았다. 그러나 이야기하는 내내 눈 아래에 눈물이 고여있었다. 지어내는 이야기로 눈물을 흘릴 수도 있는 걸까.

"그래서요?" "그래서 동생이 죽었어. 그 애가 아주 똑똑해서 아버지가 이뻐했어. 큰 인물 될 거라고. 그 애를 묻고 오면서 아버지가 대성통곡을 했어. '네가 죽고 그 애가 살아야 했는데…' 하면서." 아아, 내 눈앞에 영화 같은 장면이 펼쳐졌다. 강에서 헤엄치다 죽은 아이. 자신의 온 희망이었던 아이를 안고 오열하는 할아버지. 아이를 묻고 오면서 북받쳐오는 슬픔을 감당하지 못해 차마 해서는 안 될 말을 입 밖에 낸 할아버지. 내가 어릴 때 알았던 할아버지와 전혀 연결할 수 없는 사건이었다.

더 이상 아버지에게 정말이냐고 묻지 않았다. "그런 일이 있었구나. 그래서 아버지가 그렇게 된 거였어. 우리 아버지 너무 불쌍하다." 나는 아버지의 눈에 고인 눈물을 손으로 닦아주었다. 그 말이 사실이든 아니든 아버지의 마음속에 맺혀있는 사건이 있음에는 틀림없었다. 그 사건은 아버지가 중독자가 된 이유를 설명하고도 남았다. '네가 대신 죽었어야 했다'는 말을 들은 아버지가 그 후 무슨 힘으로 살아갈 수 있었을까. 아버지가 왜 그렇게 대통령이 되겠다는 터무니없는 과대망상에 사로잡혀 살았는지 의문도 풀렸다. 똑똑한 동생을 대신해 할아버지의 희망이 되어야 했던 아버지는 자신의 인생을 살 수가 없었을 것이다. 할아버지의 말은 아버지에게 '너는 너로 살면 안 된다'라는 의미의 사형선고나 마찬가지였다. 자신의 삶을 살 수 없었던 아버지가 중독 외에 갈 곳이 어디 있었겠는가.

내 눈에서도 눈물이 나려는 걸 간신히 참았다. "아버지, 힘들었겠다. 그것도 모르고. 진작 얘기해주지." 아버지는 가슴 깊이 묻어두었던 묵직한 돌을 들어내기라도 한 듯 후련한 표정이었다. 그 이후로 다시 그 얘기를 꺼내지 않았다. 큰아버지가 돌아가셨기 때문에 아버지의 이야기가 사실인지 확인할 길도 없었다. 사촌 언니들도 들은 바가 없다고 했다. 두 형제는 같은 아픔을 가지고 살아온 걸까. 큰아버지는 동생의 상처를 알기에 끝까지 돌보려고 하셨던 것일까. 아버지의 큰 비밀을 알아버린 나는 아버지의 어린 시절에 일어난 그 사건이 중독의 원인이었다고 지금도 믿고 있다.

쇠약해지는 아버지

2009년에 큰동생의 가족이 5년간의 미국 생활을 마치고 귀국했다. 여섯 살이었던 조카 예영이는 초등학교 4학년이 되어 돌아왔다. 미국에 있으면서 동생은 한국 본사에 올 때마다 아버지를 만나러 갔다. 예영이가 초등학교 1학년 때 동생 가족이 한국에 잠시 나왔다. 삼 남매 가족이 모두 모여 식사하는 자리에서 갓 한 살 된 가영이가 자꾸만 기어서 예영이 옆으로 갔다. 예영이 얼굴을 빤히 쳐다보고 손을 만지

기도 했다. 처음 보는데도 언니인 줄 아는 건지 신기했다. 동생이 없는 예영이는 가영이를 보며 어찌 대해야 할지 난처해했다. 그런 아이들을 바라보고 있자니 잔잔한 행복이 밀려왔다.

큰동생이 귀국한 해 여름 삼 남매 가족 전체가 단양으로 여행을 떠났다. 병원에 계신 아버지는 모시고 갈 수 없었지만, 처음이자 마지막으로 동생들의 가족과 함께 한 여행이었다. 내가 얼마나 큰 행복의 절정을 경험했을지 짐작하고도 남을 것이다. 그렇게도 그리워하던 동생이 돌아왔으니 이제 아버지가 무탈하게 잘 지내기만 하면 되었다. 나를 제일 예뻐했던 아버지도 장남이라 그런지 동생을 그리워하고 찾곤 했다. 아버지에게 남은 시간이 그리 많지 않다는 걸 당시에는 아무도 알지 못했다.

그해 가을 어느 토요일, 면회실에서 아버지를 기다리고 있었다. 창밖으로 아버지가 오는지 내다보고 있는데, 병원 문을 나서서 걸어오는 아버지의 모습이 어딘가 이상했다. 걸음걸이가 영 부자연스럽다 싶더니 갑자기 자리에 풀썩 주저앉았다. 간호사가 아버지를 부축해 일으켰다. 조금 더 걷다가 다시 한번 주저앉으려고 하는 아버지를 간호사가 붙잡왔다. '무슨 일이지? 아버지가 왜 저러지?' 가슴이 서늘해지며 두근거렸다. 아버지가 면회실로 들어서자 나는 간호사에게 다가갔다. "아버지가 왜 주저앉으신 거예요? 어디 문제 있으신가요?" "아버님이 요즘 좀 기운이 없으셔요. 그래서 그러신 거예요." 간호사는 별일 아니라는 듯 답했다. "왜 기운이 없으신데요?" "아무래도 연세가 있으시니까요. 노인들은 그렇게 갑자기 기운이 약해지시곤 해요." 그럴듯한 말이었다. 아버지는 당시 73세였다. 가슴 한구석이 콕 쑤시면서 아려왔다. 아버지도 늙어가시는구나.

"아버지, 어디 아프세요?" "아니, 아픈 데 없어." "걷는 거 힘드세요?" "괜찮아." "근데 왜 넘어지셨어요? 평소에 걷는 운동 많이 하셔야 해요." "그래." 아버지와 대화하는 건 평소와 다름이 없었다. 크게 기운이 없어 보이지도 않았다. 그런데 면회를 마치고 다시 돌아갈 때도 아버지의 걸음은 예전과 달랐다. 나는 간호사의 말만 믿고 그저 나이 때문에 쇠약해지시는 거려니 생각했다. 그게 무슨 병의 징후일지도 모른다는 생각은 추호도 하지 않았다. 사실 그때부터 아버지의 병세가 드러나기 시작했는데도 한 달에 한 번 멀리서 찾아가는 자식은 무심하기만 했다.

한동안 아버지 상태에 별다른 변화가 없었다. 2010년 어버이날, 아버지를 병원 근처 식당에 모시고 식사하기로 계획했다. 오랜만에 모두 모이는 자리가 기대되고 설렜다. 병원에서는 내가 가져간 양복을 아버지에게 입혀 외출 준비를 시켰다. 회색 줄무늬 양복을 입고 나타난 아버지는 한 달 사이에 살이 쏙 빠져 볼 아래쪽이 움푹 파일 정도였다. 양복을 입은 아버지 모습이 막대에 옷을 걸어놓은 모양이었다. "아버지, 왜 이래?" 놀란 나는 눈물이 터져 나오려는 걸 간신히 참았다. 아버지를 모시고 식당에서 식사하는데, 아버지는 몸을 제대로 가누지 못했다. 그래도 갈비탕 한 그릇을 천천히 다 비웠다. 아무래도 아버지 건강에 문제가 생긴 게 분명했다.

병원에 물어보니 아버지 틀니가 자꾸 빠져서 식사를 잘 못한다는 답이 돌아왔다. 식사를 잘 못하니 살이 갑자기 빠지는 게 당연했다. 틀니를 교체해야 할 것 같다는 게 병원에서 내놓은 처방이었다. "아버지, 아 해보세요." 틀니 상태를 보니 간호사 말이 맞는 것 같았다. 이 틀니로 식사하기에는 무리가 있어 보였다. 그런데 조금 전에 갈비탕은 잘 드셨는데…. 어쨌든 원인이 틀니라고 하니 우리는 틀니를 교체해야겠다고 결정했다. 그런데 틀니 교체가 그리 간단하지 않았다. 외래로 치과를 데려가야 하니 병원을 알아봐 달라고 해도 병원에서는 자꾸 꾸물대기만 했다. 생활에 바쁜 동생들이 아버지를 모시고 치과에 가는 건 무리였고 차가 없는 우리 부부도 엄두를 내지 못했다. 빨리 손을 쓰지 못하고 차일피일 미루다 몇 달이 지나갔다.

다음 달에는 아버지 상태가 조금 나아졌다. 간호사는 좀더 지켜보자고, 노인들은 이런 경우가 많다고 했다. 간호사의 말만 계속 믿었던 것이 나중에 큰 후회로 돌아올 줄을 그때 어찌 알았을까.

여름이 되었다. 7월의 무더위가 시작됐다. 더위가 좀 가시고 나면 면회를 갈 작정이었다. 그런데 자꾸 병원에서 전화가 걸려 왔다. "허성운 아버님이 따님을 찾으세요." 전화를 받는데 아버지의 울음소리가 들렸다. 가슴이 덜컥 내려앉았다.

"아버지, 왜 울어요?" "선화야, 선화야…." "말씀하세요, 아버지." "선화야, 선화야…." 아버지는 내 이름만 부르고 아무 말도 하지 못했다. 말하는 법을 잊어버린 사람처럼 어린아이처럼 울기만 했다. 처음 있는 일이었다. 가슴을 칼로 벤듯 아팠다. 간호사를 바꿔 달라고 해서 "저희 아버지 왜 그러세요? 어디 아프세요?"라고 물었다. "아버지가 자식들을 자주 찾으세요. 면회 자주 오세요." "아프신 건 아닌가요?"

"괜찮으세요. 너무 걱정하지 마셔요."

아버지 상태를 확인하기 위해 며칠 후 병원으로 갔다. 아버지는 폐쇄병동에서 병원 별관 건물로 옮겨와 있었다. 그곳은 환자 중에서 몸 상태가 일시적으로 나빠진 환자들을 특별히 돌보는 공간이었다. 1층에 있는 큰 병실 안에 20명 정도 되는 환자들의 병상이 다닥다닥 붙어 있었다. 아버지를 찾았지만 금방 보이지 않았다.

"누구 찾아오셨어?" 병상에 누워있던 한 남자가 물었다. "허성운 씨요." "아이고, 빨리 좀 오지. 저기 계셔." 남자가 손으로 가리킨 곳은 병실 맨 구석 자리였다. 누군가 병상에 누워있는 모습만 보였다. 급히 그곳으로 갔다. 아버지는 몸을 겨우 눕힐만한 작은 침대 위에서 눈을 감은 채 간신히 숨을 몰아쉬고 있었다. 환자복 아래로 드러난 앙상한 팔로 수액이 들어가고 있었다. 식사를 얼마나 못했기에 한 달 사이에 이 정도로 상태가 나빠졌을까. 주체할 수 없이 눈물이 쏟아졌다.

"아버지…." 조심스레 아버지를 부르며 가느다란 아버지의 손목을 붙잡았다. 아버지는 간신히 눈을 떠 나를 바라보았다. 그런데 내 이름조차 부를 힘이 없는지 얼굴 근육이 움직이지 않았다. "아버지, 아파요?" 아버지는 고개를 끄덕이

지도 흔들지도 못했다. 기력이 완전히 소진된 중환자의 모습이었다. 아버지와 대화를 나누기는 불가능했다. 나는 눈물을 줄줄 흘리며 아버지 손을 잡은 채 10분 정도 서 있었다. "아버지 다른 병원으로 모셔요." 옆 병상에 있는 남자가 딱하다는 듯이 말했다.

문 앞에 책상을 놓고 앉아 있는 간호사 혼자서 병실에 있는 모든 환자를 책임지고 있었다. 중년쯤 되어 보이는 그 간호사에게 가서 물었다. "아버지 상태가 왜 저래요? 어디 많이 아프신 거 아니에요?" "상태가 많이 안 좋으셨는데 좋아지고 계세요." 저게 좋아지고 있는 거라고? "식사를 잘 못해서 기력이 쇠해지셨어요. 여기로 옮겨오셨으니 좋아지실 거예요. 저희가 잘 돌볼 테니 걱정하지 마세요."

잘 돌본다고? 상태가 저 지경인데도 수액만 꽂아놓고 방치하는 게 돌보는 거라고? 따지고 싶은 말이 목구멍까지 올라오는 걸 간신히 참았다. 아버지를 저렇게 방치한 책임이 어찌 병원에만 있겠는가. 병원을 옮겨야겠으니 그때까지만 잘 부탁한다는 말을 남기고 발길을 돌렸다. 아버지는 내가 가는 것도 인지하지 못했다.

더 이상 병원을 신뢰할 수 없었다. 아버지의 증세가 무엇인지 정확히 알아야 했다. 집에 돌아오자마자 대전에 있는 요양병원을 알아봤다. 다행히 적당한 가격에 시설이 좋은 요양병원을 찾았다. 아버지 건강 상태도 점검해야 했다. 치매를 염두에 둔 나는 대전 충남대병원 신경외과를 예약했다. 필요한 건강검진도 예약했다. 그곳에서 검사 후 바로 요양병원으로 옮길 생각이었다. 그때 틀니도 교체하기로 했다.

나는 아버지가 간경화에 걸렸을지 모른다고 생각했다. 술을 마신 세월이 너무 길었으니 간이 온전할 리 없었다. 모든 증상이 간이 나빠져서 나타나는 거라고 짐작했다. 내 지식으로 그 외에 다른 문제는 생각해 낼 수 없었다. 치료할 수 있다면 치료하고 어렵다면 가까운 요양병원으로 옮겨야지. 아버지를 자주 찾아가면 나중에 돌아가시더라도 후회하지 않을 것 같았다. 그런데 그 판단은 너무 늦은 것이었다.

시한부 선고

모든 준비를 마치고 아버지를 모셔 올 날짜가 며칠 앞으로 다가온 어느 날. 교회 프로그램을 마치고 지인 차를 얻어 타고 집으로 돌아오는 길이었다. 집에 거의 도착해가는데 휴대전화가 울렸다. 파주 요양병원이었다. 직감적으로 무슨 일이 생겼다고 느꼈다. 긴장된 마음으로 전화를 받았다.

"여보세요." "안녕하세요? 허성운 님 따님이시죠?" "네, 네." "저…, 아버님이 어제부터 황달 증세가 나타나서 오늘 시내 병원에 모시고 갔다 왔거든요. 검사를 해보니 췌장암 말기라고 하시네요." "췌장…암이요?" "네…. 저희도 미처 몰랐어요. 이미 치료 불가능한 상태라고 해요. 한 달 정도 사실 수 있을 거라고 하시네요."

그때 느꼈던 감정은 기억나지 않는다. 눈물이 터져 나와 말을 제대로 이을 수 없었던 것밖에는. 운전하던 지인은 조용히 고개를 숙였다. "저희가 그동안 아버지 모셨으니까 남은 시간도 저희가 아버지 잘 돌봐드릴게요. 저희한테 맡겨주세요." 그동안 아버지에게서 나타났던 모든 증세가 췌장암 때문이었다는 게 드러났는데도 병원에서는 아버지를 끝까지 맡겨달라고 했다. 누구를 탓할 수 있겠는가. 자식들도 살피지 못했는데 병원이 제때 알아차리지 못했다고 원망한들 이제 와 무슨 소용이 있을까.

"아니요. 내일 가서 아버지 모시고 나오겠습니다. 바로 가능한가요?" "그렇게 하시겠어요? 가능하긴 해요." "그럼 준비해 주세요. 내일 몇 시쯤 가면 되나요?" "오후 한 시쯤 오세요. 준비해 놓겠습니다." 전화를 끊고 차 안에서 펑펑 울었다. 지인이 아무 말 없이 내 손을 꼭 잡아주었다. "고마워요. 내릴게요." "아버지 잘 모셔요."

집으로 돌아온 나는 바로 남편과 올케에게 전화했다. 동생이 해외 출장 중이었기 때문이었다. 소식을 들은 올케도 울음을 터뜨렸다. "며칠 전에 뵙고 왔을 때 괜찮아 보이셨는데요." 올케는 나를 위로했다. 동생에게 연락해 달라고 부탁했다.

통화를 마치고 막내에게도 전화했다. "뭐라고?" 한마디 후에 침묵이 이어졌다. 눈물을 삼키고 있는 동생의 모습이 그려졌다. "어느 병원으로 모실 거야? 알았어, 내일 가볼게." 가족들에게 소식을 알린 후 나는 누구의 방해도 받지 않고 울 수 있는 만큼 실컷 울었다. 세상에 슬픔의 안개가 내려앉았다. 어머니를 보낼 때는 울지 못했던 내가 이제는 마음껏 감정을 드러낼 수 있었다.

한 달. 아버지에게 남은 시간은 한 달이었다. 이 짧은 시간이 비현실적으로 느껴졌다. 그러면서도 동시에 아버지의 죽음을 받아들이고 있었다. 그 한 달 동안 아버지를 위해 해 드릴 수 있는 게 무엇이 있을까. 눈물을 쏟으면서도 머릿속에서 여러 생각들이 빠르게 오갔다.

다음 날 병원에 도착하니 아버지를 이송할 앰뷸런스가 대기 중이었다. 아버지는 별관 로비에 나와 있었다. 한여름인데도 담요를 두르고 로비 바닥에 털썩 주저앉아 멍한 눈길로 나를 바라보았다. 휑한 두 눈과 푹 파인 볼, 앙상한 팔과 다리. 영락없는 말기 암 환자의 모습이었다. 아버지는 구조를 요청하듯이 나를 바라보기만 할 뿐 기운이 없어 입을 열지도 못했다. 가슴이 미어졌다. 눈물을 흘릴 새도 없었다. 간호사들이 아버지를 병상에 눕히고 신속하게 앰뷸런스에 태웠다. 나는 정산을 마치고 아버지 병상 옆에 놓인 의자에 앉았다. 아버지가 2003년부터 6년간 머물렀던 병원은 달리는 차 뒤로 멀어졌다.

일단 아버지의 암을 발견한 파주 시내의 병원으로 아버지를 이송했다. 그곳에 가서 아버지의 상태에 대한 설명을 듣고 다음 계획을 세울 생각이었다. 앰뷸런스는 금세 병원에 도착했다. 아버지를 응급실에 옮기고 의사를 만났다. 의사는 복부를 촬영한 CD를 보여주며 암이 이미 복부 전체로 퍼져 손을 쓸 수가 없는 상태라고 했다. 한 달 정도 예상한다고 말했다. 그리고 황달을 잡기 위해 담즙을 밖으로 빼내는 시술을 당장 하지 않으면 당장 며칠 내로 돌아가실 수도 있다고 했다.

시술이 바로 시작됐다. 시술하는 동안 나는 병원 컴퓨터로 남편에게 아버지의 복부를 촬영한 사진을 보냈다. 남편은 고대 구로병원의 내과 전문의였던 한 장로님에게 그 사진을 보여드렸다. 장로님은 남편에게 파주 병원 의사의 소견에 동의한다고 하시며 아버지를 호스피스 병동에서 돌보라고 권하셨다. 그 말을 듣고 호스피스 병동을 찾아보기로 마음먹었다. 아버지를 돌볼 방법을 찾은 셈이었다.

아버지가 시술받는 동안 의자에 앉아 창문으로 아버지의 모습을 바라보았다. 지금은 살아있는 아버지가 한 달 후에는 이 세상에서 사라진다. 또 한 번 비현실감이 찾아왔다. 이런 날이 결국은 오고야 마는구나. 언제 끝날지 알 수 없었던 오랜 여정의 종착지에 도착하는 기분이었다.

시술이 끝나니 밤이 되었다. 응급실로 돌아온 아버지는 낮보다는 상태가 나아 보였다. 나를 알아보고 말도 할 수 있었다. "아버지, 아프세요?" "아니, 안 아파." 아버지의 표정이 편안해 보였다. 예전 습관대로 시트 밖으로 드러난 발가락을 까닥까닥했다. 기분이 좋다는 표시였다. 그동안 아버지가 불안했구나. 딸이 곁에 있으니 안정이 되나 보다 싶었다.

응급실에는 환자가 아버지 혼자였다. 나는 아버지의 병상 옆에 놓인 침상에서 밤을 지내기로 했다.

자정 무렵, 응급실 문이 열리며 누군가 들어왔다. 막내였다. 동생은 아무 말 없이 아버지에게 다가갔다. 아버지는 잠들어 있었다. 동생은 아버지 얼굴을 보자마자 눈물을 쏟았다. 그리고 몇 분 뒤 울음을 멈췄다. 동생이 우는 모습을 보는 건 처음이었다. 출장 중인 큰동생도 전화로 아버지 소식을 듣고 한참을 울었다고 했다.

동생은 한 시간 정도 응급실에 머물다 다시 오겠다며 돌아갔다. 우리가 무슨 대화를 나눴는지 기억나지 않는다. 아마 아버지 상태에 대한 것 말고는 별 이야기를 하지 않았을 것이다. 우리 삼 남매는 미주알고주알 이야기하는 법이 없었다. 필요한 이야기 외에는 하지 않았고 감정에 대해서는 더더욱 말하지 않았다. 아버지의 암 선고를 듣고 각자 어떤 마음이 들었는지는 굳이 말할 필요가 없었다. 어릴 때부터 그랬다. 감정을 드러내지 말라. 그것이 코아의 삶의 방식이었다. 다른 사람들과는 감정을 잘 나누었지만, 동생들과는 감정에 대해 말하는 것이 여전히 어색했다.

밤이 깊었다. 아버지의 숨소리가 편안해지고 깊이 잠든 것을 확인한 후 나도 침상에 누웠다. 시한부를 선고받은 아버지 옆에서 잠드는 기분은 다른 행성에서 삶을 시작하는 기분이었다. 잠이 오지 않았다. 모든 게 꿈 같았다. 아버지에 대한 안타까움, 미안함, 통렬한 아픔이 가라앉고 아버지를 잘 지켜드려야겠다는 생각뿐이었다. 마지막 한 달이라도 아버지를 외롭게 내버려 두지 말아야지. 아버지 곁에 있어야지. 아버지가 사랑받고 있다고 느끼게 해 드려야지. 그 생각만 떠올랐다. 왜냐고 묻지 않았다. 내가 원하는 건 단 하나, 아버지가 너무 큰 고통을 받지 않고 돌아가시는 것이었다. 췌장암은 통증이 극심하다고 알려진 암이었다. 아버지가 통증으로 힘들어하는 걸 볼 자신이 없었다. 부디 큰 고통 없이 지내다가 돌아가시기만을 빌고 또 빌었다.

아버지와 마지막 한 달

출장 중인 큰동생에게서 연락이 왔다. 친구가 일하는 대림역 부근의 병원으로 아버지를 옮겼으면 좋겠다고 했다. 며칠 후 아버지를 다시 앰뷸런스에 태웠다. 파주에서 대림동까지는 차로 한 시간 넘게 걸렸다. 8월 말, 무더위가 기승을 부리고 있었다. 하늘은 푸르렀고 길가의 나무들은 건장한 청년처럼 힘찬 생명의 약동을 주체하지 못하는 듯 보였다. 아버지는 이동하는 내내 턱을 위로 올리고 앰뷸런스의 좁은 창을 통해 바깥을 바라봤다. 하늘과 구름, 나무 등을 바라보며 아버지는 곧 떠날 세상과 작별의 의식을 치르고 있었다. 나는 아버지의 손을 붙잡고 아무 말을 하지 않았다. 그 장엄한 순간을 깨뜨리고 싶지 않았다. 한 인간이 다시는 보지 못할 세상과 무언의 이별을 하는 장면은 가슴을 뭉클하게 하는 감동과 형언할 수 없는 슬픔을 느끼게 했다.

2인 병실에 들어갔는데 옆자리가 비어있었다. 병원장인 동생 친구가 배려한 덕분인지 아버지가 있는 동안 옆 병상은 늘 빈 상태였다. 동생 친구는 아버지를 성심껏 보살피겠노라고 말했다. 호스피스 병동처럼 모시겠다고. 아버지에게는 치료가 아닌 완화요법으로 돌아가실 때까지 최대한 고통을 경감시키는 게 목적이었다.

도저히 혼자서 아버지의 기저귀를 갈아주고 목욕시킬 자신이 없어 간병인을 수소문했다. 아버지의 몸은 돌처럼 무겁고 딱딱하게 굳어 있었다. 남편도 간호사의 도움을 받아야 겨우 아버지의 기저귀를 갈 수 있었다. 처음 온 간병인은 조선족 여성이었는데 하루 일하고 나서는 아버지가 까다롭다며 일을 그만두었다.

　다행히 두 번째 온 간병인은 70이 넘은 분이었는데도 체력이 좋고 경험이 많아 노련했다. 아주머니는 본인이 드실 반찬을 챙겨와서 냉장고에 넣었다. "염려 말아요. 아버지 돌아가실 때까지 내가 돌봐드릴 테니." 항상 아버지 옆을 지킬 믿음직한 간병인이 생기니 마음이 한결 놓였다. 나는 낮에는 병원에 있다가 저녁에는 양평동에 있는 큰동생의 집에서 자고 주말에 대전 집에 다녀왔다.

　아버지는 처음 며칠은 우유니 바나나니, 요구르트 같은 가벼운 음식을 먹었다. 그러더니 곧 모든 음식을 거부했다. 그나마 요구르트라도 떠서 아버지 입에 넣어드릴 때 느끼던 작은 만족감마저 사라졌다. 간호사가 매일 와서 팔 이곳저곳에 주사를 찌르고 영양제와 수액, 진통제를 투여했다. 평소에는 통증을 호소하지 않던 아버지는 주사를 맞을 때마다 "아야, 아야" 소리를 냈다. 주사도 아픈 양반이 어떻게 암 통증을 견디는 걸까. 간호사는 통증이 너무 심해서 오히려 느끼지 못할 수도 있다고 했다. 돌아가실 때까지 아버지는 한 번도 아프다는 말을 한 적이 없다. 그것이 얼마나 큰 위로였는지 모른다.

　문제는 통증이 아니었다. 곧 섬망 증세가 나타났다. 아버지는 낮잠을 자다가 갑자기 눈을 뜨고는 "저놈 잡아라, 저놈!"하면서 공중에 대고 욕을 퍼부었다. "아버지, 왜 그래? 누구한테 그러는 거야?" "저놈이 소를 훔쳐 간다. 저 나쁜 놈!" "무슨 소?" 아버지가 횡설수설하는 말을 종합해 보면 북한에 있을 때인지 피난 때인지 누군가 집에서 물건과 가축을 훔쳐 간 모양이었다. 그 기억이 꿈에 나타나 몇 번씩이나 입에 담지 못할 욕을 해대곤 했다. 피난 때 있었던 일은 아버지의 기억 속 가장 어두운 곳에서 기어 나와 아버지를 밤낮으로 괴롭혔다.

그게 전부가 아니었다. 아버지는 갑갑한지 기저귀를 끄집어내서 갈기갈기 찢고 숨을 편히 쉬라고 코에 끼워놓은 호흡기를 떼어냈다. 얼마나 답답하면 그럴까 싶으면서도 간병인 아주머니와 나는 그럴 때마다 아버지에게 호통을 쳤다. 한번은 아버지가 갑자기 방 한구석을 쳐다보면서 소리쳤다. "저 뱀 잡아라, 뱀!" "아버지, 뱀이 보여?" "응, 큰 뱀이 여러 마리. 잡아!" 나는 근심에 휩싸였다. 뱀이 보이는 건 좋은 징조가 아니었다. 아버지 마음에 괴로움이 있는 게 분명했다.

아버지는 오래전부터 나를 따라 교회에 다녔지만, 신앙심이 생기지 않았다. 말씀은 늘 바람처럼 아버지의 귓가를 스치고 지나갔다. 나는 마지막이라는 생각으로 할 수 있는 건 다 해봐야겠다고 마음먹고 대학 시절에 나에게 성경을 전해주었던 선배에게 연락했다. 선배는 죽어가는 환자들에게 복음을 전해본 경험이 많았다. 선배는 쉬운 말로 아버지에게 다시 한번 예수님을 전했다. 그날따라 몸 상태가 좋았던 아버지는 휠체어에 앉아 "네, 네"하며 응답했다. 순순히 예수님을 영접하는 기도를 따라 했다. 기도를 따라 했다고 안심이 되지는 않았다. 대전에서 다니던 목사님에게 전화해 아버지가 세례를 받으실 수 있는지 물었다. 목사님은 준비해 올라오겠다고 했다.

목사님과 교회 자매님 몇 분이 대전에서 올라왔다. 아버지는 순순히 세례를 받았다. 이제 내가 할 수 있는 일이 무엇일까. 나는 시간이 날 때마다 성경책을 읽어주고 찬송가를 불러드렸다. 아버지는 성경 말씀을 읽어주는 것보다 찬송가 불러주는 걸 더 좋아했다. 찬송 소리가 끊어지면 "찬송가 불러"라고 말하곤 했다. 찬송가를 들으면 마음이 안정되는 모양이었다. 찬송가를 들을 때 이따금 아버지의 눈에 눈물이 맺혔다. 그런 모습은 본 적이 없었다. 아버지 영혼이 건드려진 것일까.

아버지 정신이 또렷하다 싶을 때마다 반복해서 예수님과

천국을 이야기했다. "아버지, 무서워요?" "아니, 안 무서워." "장하다, 아버지. 무서워하지 마세요. 예수님이 아버지 맞이하러 오세요. 걱정하지 마세요." "응⋯." 천국에 대해 들을 때 아버지는 절박하게 그 소망을 붙잡는 것 같았다. 나는 죽어가는 사람에게 천국에 대해 말해주는 것 외에 다른 어떤 위안도 줄 수 없으리라는 생각이 들었다. 그럴 수 있어서 얼마나 다행인가.

알고 지내던 한 자매님이 전화를 걸어와서 친언니가 세상을 떠났을 때 이야기를 들려줬다. 대화를 많이 나누라고, 하고 싶은 얘기를 다 하라고 했다. 사랑한다는 말을 많이 들려주라고 했다. 그것까지는 미처 생각하지 못했다. 나는 한 번도 해본 적이 없던 사랑한다는 말을 아버지에게 자주 해드렸다. 아버지를 사랑하는 마음은 진심이었다. 죽음에 의해 파괴되어 가는 연약한 아버지가, 정말 나를 그렇게 두려움으로 몰고 갔던 사람이 맞을까. 아버지를 용서하긴 했지만 사랑하지 못했던 시간이 안타까웠다.

한번은 아버지에게 물었다. "아버지, 우리한테 미안하지 않아요?" "뭐가 미안해?" "술 먹고 무섭게 한 거." "안 미안해." "왜 안 미안해요?" "다 술 때문인걸⋯." 기대하진 않았지만, 아버지는 정말 아무런 잘못이 없다고 생각하는 모양이었다. 사과나 용서를 구하는 말을 바라진 않았다. 그저 조금이라도 미안한 마음이 있을까 확인하고 싶었다. 나는 피식하고 웃었다. 끝까지 자신의 양심을 마주할 수는 없었던 아버지. 이제라도 양심이 깨어난다면 그 고통을 어찌 감당할까 싶었다.

"난 아버지 다 용서했어요. 마음 편히 가지셔도 돼요. 아셨죠?" "그래." 한 가지 더 확인하고 싶은 게 있었다. "아버지, 아직도 대통령 되고 싶어요?" "아니." 아버지는 천천히 고개를 저었다. 마침내 죽음 앞에서 아버지는 망상을 내려놓았다. 드디어 그 오랜 망상에서 벗어난 아버지의 마음은 홀가분해졌을 것이다.

한번은 병원에 도착했는데 병실이 비어있었다. 한참을 기다리니 간병인 아주머니가 아버지를 휠체어에 태워 병실로 데리고 돌아왔다. "어디 갔다 오세요?" "시장 한 바퀴 돌고 왔어요. 아버지가 얼마나 좋아하시는지 몰라. 더 있다 가자고 하시는데 너무 힘드실까 봐 왔지. 아이처럼 좋아하시더라고." "그러셨어요? 힘드셨을 텐데 감사해요." "너무 좋아하셔서 또 나가야겠어."

그러나 그것이 마지막이었다. 아버지는 점점 체력이 약해져 다시 밖에 나갈 수 있는 상태로 회복되지 못했다. 시장을 돌면서 아버지 눈에 비친 세상은 어땠을까. 다시는 볼 수 없는 세상과 마지막으로 놀다 오셨구나. 그리 돌아다니길 좋아하셨으니 그 순간만큼은 행복하셨을 것이다.

아버지는 내게도 자주 휠체어를 태워달라고 했다. 휠체어를 타고 병원을 도는 것을 좋아했다. 몇 바퀴를 돌아도 아버지는 "한 번 더, 한 번 더"를 연발했다. 아버지는 탐욕스러울 정도로 사람들과 사물을 눈으로 집어삼켰다. 바깥이 내다보이는 1층 로비 앞에 휠체어를 세우면 초점 잃은 눈으로 하염없이 밖을 내다보았다. 세상을 향해 구애하는, 사랑에 목마른 사람처럼. 가슴이 먹먹해지고 눈시울이 뜨거워졌다. 그렇게 아버지는 세상과 조금씩 작별하고 있었다.

2주일 정도 병원에 오가던 나는 지쳐가고 있었다. 무엇보다 동생 집에서 잠을 자는 것이 편치 않았다. 아버지도 좀 더 편안한 곳에서 계시게 하고 싶었다. 대전 성모병원 호스피스 병동을 알아봤다. 다행히 자리가 있었다. 한 번 더 아버지를 이동시켜야 했다. 죽어가는 말기 암 환자를 몇 번이나, 그것도 서울에서 대전으로 옮기는 게 무리였지만 강행했다. 사실 아버지가 한 달 넘게 사실 수도 있다는 생각이 들어서

이기도 했다. 시간이 길어질수록 내가 가까이서 아버지를 돌볼 수 있어야 했다. 다행히 간병인 아주머니도 대전까지 따라오셨다. 참 감사한 분이었다. 아버지에게 인간적인 연민을 느껴 잘해 주고 싶어 하셨다. 아버지가 지상에서 마지막으로 지낸 곳은 대전 성모병원 호스피스 병동이었다.

이별

대전 성모병원 내과 교수는 아버지의 진료 기록을 보더니 혀를 차면서 고개를 저었다. "어떻게 이런 상태가 되셨나 그래." 무수히 많은 암 환자를 보았을 의사가 혀를 찰 정도면 병세가 얼마나 심각한지 짐작할 수 있었다. 아버지는 폐 엑스레이를 찍다가 그 자리에서 털썩 주저앉았다. 더 이상의 검사는 무리였다. 병원을 옮기느라 비슷한 검사를 반복하게 한 장본인이 나였다. 나는 끝까지 미숙한 보호자였다.

성모병원의 호스피스 병동은 병원 안쪽에 마련된 특별한 별도의 공간이었다. 병동으로 들어서는 육중한 문을 닫으면 바깥세상과 차단됐다. 몇 개의 병실이 가운데 넓은 로비를 빙 둘러싸고 있었다. 병실마다 환자들이 거의 다 차 있었음에도 병동 안에는 늘 고요함과 적막함이 감돌았다. 환자들의 신음만이 간간이 들려올 뿐, 삶과 죽음의 경계가 모호한 중간 지대였다. 매일 한 명 이상의 환자가 임종을 맞이했다. 그곳에서 죽음은 매일 일어나는 일상이었다. 처음에 6인실에 들어갔던 아버지는 섬망이 올 때마다 기저귀를 잡아뜯고 자다가 소리를 질렀다. 옆 병상의 환자가 불만을 제기해서 할 수 없이 2인실로 옮겼다. 비어있던 옆 병상에는 의식을 잃은 할아버지가 들어오셨다가 밤사이 돌아가셨다. 그후 아무도 들어오지 않았다.

병동 안에는 기도실이 마련되어 있었다. 마리아상이 놓여있는 성당 기도실이었지만 그곳에서 내가 개신교 신자라는 건 아무 의미가 없었다. 나는 아버지가 잠이 들면 기도실에 가서 조용히 앉아 있거나 짧게 기도하곤 했다. 아버지가 돌아가실 때 곁에 있을 수 있음에 감사했다. 내가 러시아에 있었거나 일을 해야 해서 아버지 곁을 지킬 수 없었다면 어땠을지 아찔했다. 그 학기에 수업이 없었던 것을 감사했다. 죽어가는 사람 옆에서 두려움을 느끼지 않는 것에 감사했다.

그토록 오랜 기간 공포를 불러일으키던 죽음을 막상 가까이에서 지켜보니 두렵기만 한 것이 아니었다. 의미로 충만

하고 어쩌면 인생에서 아름다울 수 있는 시간이었다. 나는
아버지에 대해 그때만큼 자부심을 느껴본 적이 없었다. 아
프다는 투정 한마디, 불평 한마디 하지 않는 아버지가 장하
기만 했다. 살아있을 때 삶의 모델이 되어주지 못했던 아버
지는 죽음을 맞이하는 자세로 모범을 보였다. 아버지가 통
증을 호소하지 않는 것에, 내 유일한 기도를 들어주심에 감
사했다. 아버지가 마지막 숨을 내쉬고 떠나는 순간을 위해
기도했다. 고통스럽지 않게 하소서. 그 순간 아버지의 영혼
을 받아주소서.

　어느 날 병원에 갈 준비를 마치고 막 집을 나서려던 참이
었다. 휴대전화가 울렸다. 간병인 아주머니였다. 가슴이 쿵
쾅거리며 뛰기 시작했다. "왜요, 아주머니?" "에고, 빨리 와
요. 아버지 돌아가시겠어." "왜요?" "지금 피 토하시고 큰일
났어." "금방 갈게요." 평소에는 지하철을 타고 역에서 내려
걸어가곤 했었다. 전화를 받은 나는 도로로 뛰어가 택시를
잡아탔다. 걷잡을 수 없는 눈물이 흘러내렸다. '안 돼요, 아
직은. 제발요, 하나님. 오늘 돌아가시지 않게 해주세요.' 간
절한 마음으로 입술을 움직였다. 아직 아버지를 보낼 준비
가 되지 않았다. 병실까지 뛰어가면서 '제발, 제발'을 연발

했다. 다시 전화가 오지 않는 걸 보니 아직 무사하신듯했다.

병실에 들어서니 아버지는 몸을 일으켜 앉아 있었고 간호사는 아버지 주위를 분주하게 돌아다니고 있었다. 내가 들어서자마자 '흑' 하더니 아버지 입에서 검붉은 피가 솟구쳐 나왔다. 그 모습에서 나는 말기 암의 실체를 마주했다. 아버지의 연약한 육체를 사정없이 짓이겨놓은 그 병이 추악한 웃음을 지었다. 이래도 내가 무섭지 않아? 라고. 아버지가 가엾어서 눈물이 흘렀다.

"다행이야. 무사히 넘기셨어. 난 돌아가시는 줄 알았어. 얼마나 놀랐는지." 간병인 아주머니가 내 손을 꼭 잡아주었다. 다행히 피가 멈추고 상태가 진정되었다. 지친 아버지는 깊은 잠에 빠져들었다. 아버지 얼굴을 빤히 내려다보며 이제는 고생 그만하시고 가시는 게 낫겠구나 싶었지만, 그날 돌아가시지 않은 것에 감사했다. 시간이 조금 더 필요했다.

호스피스 병동에서는 아버지와 대화를 나눌 시간이 없었다. 아버지는 대부분의 시간 동안 잠을 잤다. "찬송가 불러." 눈을 뜰 때마다 아버지는 이 말만 되풀이했다. 나는 작은 소리로 아는 찬송가를 전부 불렀다. 남편이 오면 나를 대신해 찬송가를 불렀다. 넓은 성모병원 전체를 휠체어로 구경시켜주려던 내 작은 소망은 이뤄지지 않았다. 아버지는 다시는 휠체어에 앉을 수가 없었다. 의식이 조금씩 꺼져가던 아버지는 어느 날 완전한 무의식 상태로 빠졌다. 이제는 아버지의 목소리를 들을 수도, 눈을 뜬 아버지의 얼굴을 볼 수도 없었다. 아버지의 팔다리를 주무르고 찬송가를 부르고 병동을 몇 바퀴 돌면서 하루하루가 지루하게 흘렀다.

아버지가 의식을 잃은 지 일주일이 지났다. 이제는 아버지를 보내드릴 준비가 되었다는 걸 알았다. 하루하루 아버지가 오늘 돌아가실 수 있다고 생각하며 병원에 갔다. 밤사이에 전화가 올지도 몰랐다.

9월이 끝나가고 있었다. 추석 연휴가 다가왔다. 추석 당일, 간병인 아주머니가 명절을 지내러 서울 집으로 올라가셨다. 대신 대전에 오기 어려웠던 두 동생이 내려왔다. 남편과 두 동생, 세 남자가 처음으로 아버지 병상 주위에 모였다. 세 남자가 아버지 머리맡에서 함께 찬송가를 불렀다. '아빠, 듣기 좋지? 남자들이 같이 부르니까 내가 혼자 부를 때보다 멋있지?' 아버지의 얼굴에는 이제 어떤 표정도 나타나지 않았다. 가볍게 오르락내리락하는 가슴만이 아버지가 살아있다는 표시였다. 까딱까딱하던 발가락의 움직임도 멈춘 지 오래였다.

오랜만에 셋이 뭉친 김에 온천이라도 다녀오라고 제안했

다. 온천으로 유명한 유성이 가까웠다. 세 사람이 온천에서 돌아오니 오후가 되었다. 동생들이 떠날 시간이 됐다. "다시 올게요, 아버지." 큰동생이 아버지 얼굴에 입을 가까이 대고 말했다. 그러자 놀랍게도 아버지 입에서 "헉"하는 소리가 나면서 두 손이 가슴으로 올라갔다. 의식을 잃은 아버지가 동생이 간다는 말에 반응을 보이는 모습이 경이로웠다. "네가 가서 서운하신 모양이네." 동생이 아버지 손을 잡아드렸다. 아버지는 다시 부동의 자세로 돌아갔다. 감은 눈에 살짝 물기가 어린 것 같았다.

두 동생이 떠나고 나와 남편이 남았다. 오후 4시경이 되자 간호사의 움직임이 갑자기 부산해졌다. 아버지의 혈압과 맥박을 자주 체크하러 오더니 얼마 후 나를 불렀다.

"마음의 준비를 하셔야 할 것 같아요. 아무래도 오늘 돌아가실 것 같아요." "어떻게 아세요?" "최고 혈압이 60밖에 안 되세요. 이건 임종 전에 나타나는 증상이에요. 오늘 밤을 넘기기 힘드실 거예요."

마음은 의외로 차분했다. 아침에 얘기해주었으면 좋았을 걸. 그러면 동생들이 가지 않았을 텐데. 동생들도 함께 아버지 임종을 지킬 수 있다면 좋았을 텐데. 아쉬웠다. 아버지의 팔과 다리가 며칠 전부터 많이 부어있었다. 그것이 전조였다.

나와 남편은 바빠졌다. 담임목사님께 전화를 드렸다. 추석 당일이었는데 다행히 집에 계셨다. 혹시 와 주실 수 있느냐고 했더니 오시겠다고 했다. 교회 모임 식구들에게도 연락했는데 감사하게도 시간이 되는 분들이 많았다. 저녁 8시부터 사람들이 하나, 둘 병실로 모여들기 시작했다. 아버지가 떠나는 순간 나와 남편만 아버지 옆에 있지 않아서 좋았다. 한 달 동안 아버지 면회를 온 사람은 극소수였다. 아버지를 기억하고 찾아와 줄 사람이 거의 없었다. 돌아가시는 순간만이라도 쓸쓸하지 않기를 바랐다. 그 바람이 추석 덕분에 이뤄졌다.

밤 9시가 되자 병실 안이 사람들로 꽉 찼다. 사람들은 병실 밖 로비에서 이야기를 나누며 아버지의 임종을 기다렸다. 오랜만에 사람들로 활기가 도는 병실에서 이 사람 저 사람과 이야기를 나누느라 곧 있을 아버지의 죽음을 슬퍼할 겨를이 없었다. 아이러니한 상황이었다.

9시 반이 넘어 목사님이 오셨다. 병실 밖으로 목사님을 모시고 나가 그간의 일과 아버지의 상태를 말씀드리고 있는데 갑자기 병실에 있던 남편이 나왔다. "아버지가 돌아가신 것 같아." "응?" 병실로 달려 들어갔다. 내 눈앞에서 아버지의 얼굴이 아래서부터 점점 노랗게 변해갔다. 그 점 외에는 어떤 변화도 찾아볼 수 없었다. "어떻게 된 거야? 아버지 돌아가신 거야?" "조금 전에 크게 세 번 숨을 내쉬셨어. '후' 하시더니 그 뒤로 아무 소리가 없었어." 간호사가 들어왔다. 아버지의 눈을 열어보고 목에 손을 대 보더니 "돌아가셨어요"라고 말했다. 실감이 나지 않았다. 잠깐 나간 사이에 임종을 놓쳤다. 남편이라도 아버지의 마지막 순간을 지켜본 것이 다행이었다. 노랗게 변해가던 아버지의 얼굴이 나를 향한 마지막 작별 인사였다.

아버지의 얼굴은 편안해 보였다. 드디어 모든 고통이 끝났다. 내 속에서 어떤 안도감 같은 것이 퍼져 나갔다. 사람들이 많아서인지 눈물이 나지 않았다. "아빠, 잘 가요." 마지막으로 인사했다. 곧 예배가 시작되었다. 모인 사람들이 아버지를 둘러싸고 찬송가를 불렀다. 목사님이 기도를 해주셨다. 아버지와 나를 위해 이보다 큰 배려는 없었다. 처가댁인 강릉으로 운전하던 큰동생에게 전화했다. 동생 집에서 가까운 이대목동병원에서 장례를 치르기로 했다. 남편이 운구차를 타고 바로 서울로 갔다. 나는 남은 손님들과 인사를 나누고 혼자 집으로 돌아왔다. 다음 날 아침 일찍 동생의 집으로 향했다. 추석 연휴가 끝나지 않아 장례식은 다음 날로 예정되었다.

애도

짙은 회색빛의 행렬이었다. 사람인지 시체인지 구분할 수 없는 형체가 끝없이 늘어서 지그재그로 줄을 맞추어 어디론가로 가고 있었다. 형체들은 모두 비쩍 말라 있었고 그들이 입은 회색빛 옷은 헐렁했다. 얼굴은 무표정하거나 고개를 숙이고 있어 분간할 수 없었다. 그 무리 가운데 아버지가 보였다. 아버지도 회색 옷을 입고 아주 천천히 행렬을 따라 움직였다. 아버지의 볼은 움푹 들어가 있었고 눈은 초점을 잃었다. 아버지는 갑자기 그 자리에서 털썩 주저앉더니 더 이상 움직이지 못했다. 형체들은 아버지를 지나쳐 계속 앞으로 나아갔다. 아버지는 망연자실한 표정으로 형체들을 쳐다보았다. 아무도 도와주지 않았다. 그 모습을 본 나는 뜨거운 눈물이 솟구쳐 오르고 심장이 녹아내렸다. "아버지, 아버지…."

꿈이었다. 새벽 4시. 이틀간의 장례 절차를 마치고 발인하는 날 새벽이었다. 왜 그런 꿈을 꾼 것일까. 아버지가 저세상으로 가는 길에서 힘이 없어 더 가지 못하는 것처럼 느껴졌다. 나의 신앙과는 도저히 합치될 수 없는 그런 느낌을 떨쳐낼 수가 없었다. 아버지가 편안히 가시지 못하는 이유가 있을까. 슬픔과 아픔에 가슴이 찔려 아버지 영정 사진 앞에서 대성통곡했다. 진정되지 않은 채 몇십 분을 울고 있으니 남편이 다가와 안아줬다. 나는 횡설수설하며 꿈 얘기를 했다. "여보, 아버지가 편안히 못 가나 봐. 엉, 엉, 엉." 나는 어린아이처럼 흐느꼈다. 잠시 후 큰동생이 나를 발견했다. 왜 그러냐고 남편에게 물었다. 남편은 악몽을 꾸었다고 답했다. 동생은 단호한 목소리로 "누나, 그만 해"라고 말했다. 막내는 무표정한 얼굴로 나를 바라보기만 했다. 내가 동생들의 마음을 불편하게 하고 있었다. 가까스로 울음을 진정시켰다.

장례 절차를 마친 후 생활은 일상으로 돌아갔지만, 아버지가 없는 세상은 이전과 달랐다. 고아가 되었다는 느낌이 들었다. 아버지가 내 보호자였던 때가 단 한 번도 없었는데도 아버지가 있는 나와 없는 나는 달랐다. 세상이 꿈에서 본 것처럼 온통 회색빛으로 보였다. 이 세상에 더 이상 아버지가 존재하지 않는다는 사실이 이상했다. 아버지가 없는 세상을 살아본 적이 없었다. 허전했다. 아버지가 그립고 보고 싶었다. 한 달에 한 번이라도 찾아갈 수 있을 때가 좋았다. 아버지 목소리라도 녹음해 둘 걸, 동영상이라도 찍어둘걸,

때늦은 후회를 했다. 아버지는 유언을 남기지 않았다. 유언을 들을 수 있는 자녀들이 부러웠다.

아버지 인생을 회고해 보았다. 술을 마시고 가족에게 피해를 주는 가해자로 살아온 삶이 아닌 아버지 자신의 인생을. 자녀들은 부모가 세상을 떠날 때 어쩔 수 없이 부모의 삶을 평가하게 된다. 아버지도 나름 행복하고 보람있게 살았던 시절이 있었을지도 몰랐다. 그러나 중독으로 인해 인생의 절반 이상을 인간다운 삶에서 동떨어져 있던 아버지가 가여웠다. 자녀들에게 준 상처와 아픔은 차치하고라도 자신의 인생을 제대로 꾸려나갈 수 없었던 아버지. 나의 존재가 아버지의 삶을 정당화시킬 수 있을까. 어쩌면 그러고 싶어서 나도 더 힘들게 살아온 것은 아닐까.

부모로서 자녀에게 이런 아픔과 짐을 남겨서는 안 되는 거였다. 아버지에 대한 연민과 사랑과는 별도로 나는 냉정하게 아버지의 삶을 평가했다. 길을 가다가도, 집안일을 하다가도 불현듯 아버지가 떠올라 멍하니 시간을 보낼 때가 많았다. 가끔 눈물이 터지면 참지 않고 울었다. 아버지를 향한 애도는 어머니 때처럼 평생 지속하고 싶지 않았다.

아버지가 돌아가신 지 3개월 정도 지났을 때 대전 성모병원에서 카드가 한 장 배달되었다. 돌아가신 분들의 가족을 모시고 싶다는 내용이었다. 아버지가 생애 마지막 시간을 보냈던 그곳에 다시 가보고 싶었다. 초대받은 날짜에 혼자 병원을 찾아갔다.

모임 장소는 호스피스 병동이 아닌 다른 곳이었다. 입구부터 꽃으로 정갈하게 장식이 되어 있는 홀 안으로 들어섰다. 수십 명의 사람들이 앉아 있었다. 나이가 지긋해 보이는 수녀님 한 분이 앞에서 이야기하고 있었다. "이렇게 초대에 응해주셔서 감사합니다. 그동안 어떻게들 지내셨어요? 여기 오신 분들 가운데 어떤 분은 부모님을, 어떤 분은 배우자를, 어떤 분은 자녀를 떠나보내셨습니다. 여러분이 겪은 슬픔을 모두 이해할 수는 없지만 여기 계신 분들은 아마 비슷한 마음이실 겁니다. 그래서 이런 자리를 마련했어요. 여러분 각자의 이야기를 들려주시면 서로에게 위로를 주실 수 있을 거예요." 수녀님은 이렇게 모임의 취지를 설명했다. 그리고 자리에 앉아 있는 사람들에게 본인의 이야기, 고인의 이야기를 나와서 들려달라고 부탁했다.

머리가 희끗희끗한 한 남자분이 나가시더니 아내를 떠나보낸 이야기를 했다. 그분의 뒤를 이어 젊은 여자가 나가서 어머니가 돌아가신 이야기를 들려줬다. 그렇게 한 명씩 나

가서 짧게 고인을 보낸 후 그들이 겪은 심정을 나누었다.

홀에 들어서면서부터 주체할 수 없을 정도로 눈물이 흘렀다. 자리에 앉아서도, 사람들의 이야기를 들으면서도 눈물이 그치지 않았다. 홀 안에서 그렇게 우는 사람은 나밖에 없었다. 사람들이 무슨 특별한 사연이 있는가 싶어 나를 쳐다봤다. 왜 그렇게 눈물이 쏟아지는지 나도 이유를 알 수 없었다. 마침내 수녀님이 고개를 돌려 내 눈을 바라보았다. "아까부터 계속 우시던데 나오셔서 이야기해 주실 수 있을까요?"

나는 앞으로 나갔다. 무슨 말이든 하고 싶었다. 무슨 말을 했는지 정확히 기억나지는 않지만, 아버지가 알코올 중독자였다는 것, 췌장암으로 돌아가셨다는 것, 그리고 아버지가 나에게 어떤 의미였는지, 아버지의 죽음 이후 내 마음 상태에 대해 말했을 것이다. 말을 하고 나서야 간신히 눈물이 진정되었다.

사람들은 테이블을 사이에 두고 앉아 있었는데, 그 테이블 위에는 카드가 놓여 있었다. 수녀님이 말했다. "여러분 앞에 카드가 보이시죠? 그 카드에 고인에게 보내는 짧은 인사말을 적어보세요. 작별 인사인 셈이죠. 카드를 다 쓰고 나면 함께 옥상으로 올라가서 풍선에 카드를 매달아 하늘로 올려보낼 거예요." 나는 그것이 애도의 예식임을 이해했다. 너무나 멋지고 의미 있는 애도의 방식이라는 생각이 들어 마음이 설레기까지 했다. 나는 천천히 아버지에게 마지막 인사말을 적어 내려갔다.

아버지, 저 선화예요. 잘 계세요? 아버지가 떠나가시고 벌써 석 달이 흘렀어요. 아버지가 없는 세상이 허전하고 쓸쓸해요. 아버지를 이렇게 그리워하게 될 줄은 몰랐어요. 아버지, 이제 아버지에게 작별 인사를 하려고 해요. 저 잘 살게요. 아버지도 이제 편안하게 쉬세요. 아버지, 사랑해요. 잘 가세요. 안녕.

아버지가 내 아버지여서 좋았다고, 고맙다고 쓰지 못했다. 내가 죽기 전에 그 말을 할 수 있을지는 모르겠다. 우리는 모두 수녀님을 따라 병원 옥상으로 올라갔다. 빨간색, 분홍색, 초록색, 흰색, 파란색, 보라색, 노란색 온갖 색깔의 풍선이 준비되어 있었다. 나는 분홍색 풍선을 골랐다. 그리고 카드를 넣은 봉투를 풍선에 매달았다. "자, 다 준비되셨으면 이제 풍선을 날려 볼까요? 풍선이 우리 눈에 보이지 않을 때까지 계속 바라보세요. 그리고 이제 고인을 보내드리는 거예요." 나는 손에 붙들고 있던 풍선을 놓았다. 풍선이 공중으로 둥실 떠올랐다. 한꺼번에 수십 개의 풍선이 하늘로 올라가고 있었다. 갖가지 사연을 담은 카드를 매단 풍선은 고인에게 메시지를 전달하기 위해 높이, 높이 올라갔다. 나는 내 풍선을 놓치지 않으려고 계속 하늘을 바라보았다. 분홍색 풍선이 쉼 없이 올라가고 있었다. "아빠, 안녕. 안녕." 그쳤던 눈물이 다시 흘러내렸다. 표현하기 힘든 감동이 몰려왔다. 한참을 바라보고 있노라니 풍선은 점으로 변했고 이내 시야에서 사라졌다. 사람들은 밝아진 얼굴로 옥상 계단을 내려갔다.

3개월 후 다시 한번 병원에서 카드가 왔다. 나는 한 번 더 병원에 갔다. 그때는 다과를 나누며 간단히 근황 이야기를 한 것이 전부였다. 그날은 눈물이 나지 않았다. 그 후로도 한 번 더 카드가 왔지만 나는 더 이상 병원을 찾아가지 않았다.

일상으로 돌아오는 데는 그리 오랜 시간이 걸리지 않았다. 그러나 가끔 길을 걷다가, 빨래를 널다가, 아버지가 아쉬운 눈길로 바라보던 나뭇잎과 햇살을 마주치면 불현듯 아버지가 떠올랐다. 그러면 나는 자리에 주저앉아서 아이처럼 엉엉 울었다. 내가 탄 버스가 성모병원 근처를 지나가면 병원 건물이 보이는지 목을 길게 빼고 눈을 가느다랗게 떴다. 아버지가 마지막 시간을 보낸 그곳은 아버지와의 가장 아름다운 추억을 남겨준 장소가 되었다.

6개월쯤 지나니 점차 눈물이 말라갔다. 나는 아버지의 죽음을 온전히 그리고 충분히 애도했음을 알았다. 어떨 때는 젊었을 때 모습으로, 또 어떨 때는 아플 때 모습으로 내 꿈에 방문하던 아버지는 언제부터인가 나타나지 않았다.

그 후의 이야기: 우리 안의 코아들에게

안녕. 나는 몇 년 있으면 60이 되는 중년 여성이야. 네가 이 편지를 읽고 있다면 지금까지 내 글을 읽어준 데 대해 고마운 마음을 전하고 싶어. 내 뒷이야기가 궁금하니? 나는 마흔여덟 살에 딸을 입양해 엄마가 되었어. 그 이야기는 또 다른 책의 주제가 될 거야. 대학에서 러시아 문학과 문화를 가르치는 일을 계속하면서 논문도 쓰고 몇 권의 책을 번역했어. 갱년기가 되니 다시 우울증이 찾아오더라고. 정말 달갑지 않은 손님이야. 이번에는 3년보다 훨씬 길었어. 내 문제를 제대로 다뤄보려고 미뤄두었던 상담 공부를 시작했어. 그리고 어릴 적 꿈을 찾아서 내 이야기를 글로 옮겨 적었지. 어쩌면 나의 긴 우울증에서 벗어나기 위해 이 책을 썼는지도 몰라.

4개월 정도에 걸쳐 이 글을 썼는데, 쓰면서 힘든 순간들이 많았어. 쓰다가 눈물이 터져서 화장실에 가서 펑펑 울다가 다시 돌아와서 마저 쓴 적도 많아. 그런 나의 글을 네가 어떻게 읽었을지 정말 궁금해. 네 안에 있는 무언가가 자극되어서 힘들지는 않았을지, 기억 속 상자에 넣고 꽁꽁 잠가두었던 과거의 사건들이 떠올라 괴롭지는 않았을지 걱정이 돼. 이 글을 끝까지 쓴 나에게 칭찬을 보내듯이, 끝까지 읽어준 너를 칭찬하고 싶어. 여기까지 잘 와 주었어.

우리는 코아라는 공통점이 있지. 그런데 말이야, 코아는 이 세상에 아주 많아. 우리나라만이 아니라 전 세계에 엄청 많단다. 코아에게는 술을 마시는 아버지, 어머니가 우리 집뿐이라고 생각하는 경향이 있어. 밖에서 그 이야기를 해본적이 없거든. 나도 그랬어. 그래서 우리 집이 세상에서 제일 불행하고 무섭다고 생각했어. 커보니 그게 아니었어. 나와 똑같은 경험, 똑같은 상처를 가진 사람들이 너무 많은 거야. 얼마나 많으면 코아라는 용어까지 생겼겠어.

아마 너도 그런 생각을 하지 않았을까. 왜 내게는 이런 아버지, 어머니가 주어진 걸까. 나도 그런 생각을 수없이 했어. 억울하고 분했지. 어떤 아이들은 자기 때문에 아버지나 어머니가 술을 마신다고 생각하기도 한다더구나. 그래서 죄책감을 가진다는 거야. 혹시 너도 그런 생각을 하고 있니? 그랬다면 분명히 말해줄게. 절대 네 잘못이 아니야. 혹시 너의 부모가 네 탓을 했더라도 그건 사실이 아니야. 내 잘못이 아니라는 데서 우리의 치유는 시작되어야 한다더라고.

왜 우리에게 그런 부모님이 주어졌는지 어떻게 알겠니? 나도 몰라. 답을 내릴 수 없는 질문으로 자신을 괴롭히지 말았으면 좋겠어. 나도 더 이상 그런 질문을 하지 않으려고 해. 어차피 답이 없는 질문이니까. 찾을 수 없는 답을 찾으려고 너무 애쓰지 않기를 바라.

혹시 너도 나처럼 보상 심리를 가지고 있니? 아버지나 어머니의 중독 때문에 불우했던 어린 시절을 보상하려고 뭔가 큰일을 이루거나 대단한 사람이 되어야 한다고 생각하지는 않았어? 아니라면 참 다행이야. 만약 그랬다면 나와 함께 치유의 여정을 더 가야 할 것 같아.

난 이런 생각을 하기 시작했어. 중독이라는 모진 환경을 살아낸 것만으로도 참 잘해온 거라고. 내가 중독자가 되지 않은 것만으로 성공한 거라고 말이야. 네가 중독자가 되지 않았기를 빌어. 만약 너도 중독자가 되었다면 너무 슬플 것 같아. 그렇다면 중독에서 벗어나기 위해 속히 도움을 찾기를, 내 아버지 같은 인생을 살지 않기를 바라. 너에게 자녀가 있다면 네가 겪은 상처를 물려주어서는 안 되잖아. 네가 중독자가 아니라면 너를 크게 칭찬해주고 싶어. 잘 견뎠어. 브라보! 우리 참 대단한 것 같아.

아직 너의 부모님이 원망스럽니? 근데 아니? 사실은 너의 부모님도 도움이 필요한 분들이라는 걸. 예전에는 중독자들이 도움을 받을 수 있는 길이 거의 없었어. 그분들이 중독자가 된 건 어쩌면 그분들 탓이 아닐지도 몰라. 물론 그렇다고 해서 자신의 삶을 무책임하게 산 것까지 용서하라는 건 아니야. 이제 너도 컸을 테니 부모님을 이해하려고 노력하면 좋겠어. 부모님을 위해서가 아니라 너를 위해서. 부모님을 원망하고 미워하느라 네 삶을 갉아먹지 말았으면 해. 상처는 지난 것만으로도 충분하니까.

사실 이런 충고를 하려고 편지를 시작한 건 아니야. 너를 위로하고 싶었어. 너를 이해한다고 말해주고 싶었어. 그 무섭고 캄캄했던 날들이 어떤 거라는 걸 알고 있다고. 지금의 내가 너를 알았다면 네 곁에 있어 주고 네가 의지할 수 있는 어른이 되어주었을 거라고 말하고 싶어. 우리는 누군가 우리를 보호해 줄 사람이 절실히 필요했지. 우리를 도와줄 힘 센 어른이 필요했어.

혹시 세상은 참 차가운 곳이라고 느껴지지는 않았니? 손을 내밀 수 있는 사람이 주위에 아무도 없었잖아. 이제는 어른이 된 우리가 의지할 데 없는 어린 날의 우리에게 손을 내밀어 주자꾸나. 넌 더 이상 혼자가 아니라고, 너에게 관심을 가지고 너를 지켜봐 주는 사람이 있다고 말해주자. 바로 어른이 된 나 자신 말이야.

알고 있니? 이 책은 울기 위해서 썼다는 걸. 그러니 네가 혹시 울었다면 정말 잘한 거야. 그게 내가 바란 거거든. 우리 안에는 눈물의 바다가 있어. 울어도 울어도 마르지 않는 바다. 언제까지 울어야 할지 나도 모르지만 우는 걸 겁내거나 부끄러워하지 마. 우는 건 좋은 거야. 나처럼 너도 울어야 할 때 울지 못했을지도 몰라. 그러니 지금이라도 우리 안에 갇혀 있는 눈물을 조금씩 밖으로 내보내자꾸나. 그러면 언젠가 마를 날이 오지 않겠니.

우리나라 코아들의 흐느낌은 들리질 않아. 그들은 말을 안 해. 국내에 코아가 직접 쓴 책이 한 권도 없더라고. 그래서 내가 용기를 내어 이 책을 먼저 썼어. 너희들이 쓴 책도 조만간 볼 수 있기를 바란다. 나는 아버지를 탓하려고 이 책을 쓴 건 아니야. 시간 여행을 하면서 나의 삶을 되짚고 내 성찰을 보여주고 싶었어. 그리고 다시 한번 애도하고 싶었어. 나의 슬픈 유년기와 청소년기를 말이야. 치유를 위한 긴 노력의 한 자락이라고나 할까. 이 글을 써서 내가 얼마나 치유되었는지는 모르겠어. 시간이 말해주겠지. 분명한 건 원고를 자꾸 들여다볼수록 뭔가 상처가 엷어지는 느낌이 들었다는 거야. 그리고 나에게 나쁜 일만 있었던 건 아니라는 생각이 들더라고. 요즘 나는 삶을, 세상을 있는 그대로 받아들이는 걸 연습하고 있어. 그리고 나에게 다정하고 따뜻해지기로 했어. 많이 노력하고 있으니까 더 좋아질 것 같아.

코아가 자기 이야기를 하는 건 굉장히 어려워. 성장해야만 이야기를 꺼낼 수 있어. 앞으로는 코아도 자기 얘기를 할 수 있었으면 좋겠어. 그렇게 된다면 너무 오래 아픈 상처를 간직하고 살지 않아도 될 거야. 코아들이 자기 이야기를 할 수 있게 돕고 싶어. 아마 나는 앞으로 그런 일을 하게 될 것 같아.

드디어 내 얘기를 끝냈어. 마치 영혼의 항암치료를 한 느낌이야. 효과는 조금씩 나타나겠지? 효과가 있다면 나는 코아들에게 글을 쓰라고 성화를 부리겠지?

에필로그

내 첫 책이 코아의 이야기가 될 줄은 몰랐다. 구술 생애사 작가인 친한 동생 은하가 알코올 중독에 관한 책을 같이 써보면 어떻겠느냐고 제안했을 때도 이런 책이 나오리라고 예상하지 못했다. 은하가 중독에 대한 개념을 정리하고 중독자 자녀로서 내 경험을 섞어서 써보기로 했는데 시간이 지날수록 현실성이 없는 계획임이 판명되었다. 나는 이왕 구상이 시작된 김에 그냥 내 이야기를 혼자 써봐야겠다고 마음먹었다. 몇 편의 에피소드를 써서 브런치 작가가 된 후 2023년 3월부터 6월까지 4개월 동안 세종시 아름동 복합 커뮤니티 4층에 있는 아담한 도서관이 나의 집필 공간이 되었다.

오래된 기억들이 또렷이 살아나면서 이야기가 술술 풀려나왔다. 문제는 너무 자주 자리에서 일어나 화장실을 들락거렸다는 것이다. 거의 매일 눈물보가 터졌다. 눈이 벌겋게 변하기 시작하면 나는 후다닥 일어나 화장실로 들어가 차오른 눈물을 훔치거나 때로는 밖에 누가 있든 말든 엉엉 울어버렸다. 내 앞에 앉아 있던 주민은 눈 주위가 빨개져서 돌아온 나를 보고 의아했을 것이다. 책에 묘사된 나는 거의 항상 울고 있다. 책을 쓰면서도 나는 거의 매일 그렇게 울었다.

이 책은 눈물로 쓰였다.

운 보람이 있었다. 초고를 쓸 때보다는 교정을 볼 때 조금 덜 울었고, 마지막으로 출력해서 읽을 때는 어머니와 아버지가 돌아가시는 장면 외에는 눈물이 나오지 않았다. 조금씩 상처가 씻겨나가는 느낌, 엷어지는 느낌이 들었다. 출간을 앞둔 지금, 책으로 인쇄된 내 글을 읽으며 다시 눈물이 날까 궁금하다.

책을 쓰는 과정이 치유에 도움이 된 것은 확실하다. 원고를 읽고 또 읽으며 과거를 재구성하는 작업을 반복했다. 무엇이 문제였는지 더 분명해졌고, 과거를 받아들일 수 있게 되었다. 당연하게도 완전한 치유라는 건 없다. 그러나 이전처럼 어린 시절의 상처를 무한히 반복해 말하지는 않을 것 같다. 또한 수십 년 묵은 상처를 툴툴 털고 일어나 앞으로 나아갈 내면의 힘이 생겼다. 치유는 계속될 것이다. 글을 쓴 덕분이다.

올봄, 교정을 거의 마칠 즈음 아버지가 피난 이후 살았던 곳을 처음 찾아가 보았다. 공주시 정안면 석송리. 내가 사는 세종에서 너무나 가까운 거리에 있었다. 그 번지수에 집이 남아있을까, 동네는 어떤 모습일까 상상하며 두근거리는 마음으로 찾아간 그곳에는 빈 집터만 남아있었다. 아버지가 청소년기를 보낼 당시에는 없었을 4차선 도로 너머로 제법 높은 산등성이가 이어져 있었다. 나의 본적지이기도 한 그곳을 방문한 경험은 조금 과장을 보태서 마치 나의 근원을 찾아간 여행 같았다. 이 책을 쓰지 않았다면 결코 생각조차 하지 못했을 의미 있는 경험이었다.

고마움을 전하고 싶은 이들이 있다. 200페이지가 넘는 초고와 교정본까지 읽어준 나의 가장 소중한 친구 은정, 초등학교와 중학교 친구 지영, 그리고 고등학교 친구 경현. 그리고 상미 님. 글의 줄기가 잡히지 않는다며 글을 과감하게 잘라내라고 매서운 지적을 해준 은하. 덕분에 불필요한 부분을 덜어내고 현재의 분량으로 완성할 수 있었다. 함께 울고 가슴 아파하며 때로는 위로받았다고 격려와 응원을 보내준 브런치 독자분들께도 감사하다. 과연 출간할 만한 글일까 고민하며 두려워하는 나에게 지지를 보내준 그들이 없었다면, 완성도가 부족한 이 글을 세상에 내놓을 용기를 낼 수 없었을 것이다.

번역으로 책을 출간한 적은 몇 번 있지만 내 글을 출간하는 것은 처음이다. 늦어진 감이 있지만 작가가 되겠다는 어릴 적 꿈을 향해 한 걸음을 내디딘 나에게도 박수를 보내고 싶다. 소중한 인연으로 만난 책과나무 출판사와 정성껏 원

고를 읽고 유용한 피드백을 제공해 주신 홍민지 편집자님께
도 깊은 감사를 전한다. 책이 꼭 필요한 분들께 가 닿기를 소
망하며 이제 원고에서 손을 떼고 이번 여름 완성한 두 번째
책의 초고를 손볼 날을 설레는 마음으로 기다린다.

2024년 가을

세종에서

허선화